光文社文庫

白銀の逃亡者

知念実希人

光　文　社

白銀の逃亡者

目次

第1章

1

息苦しい。ＢＭＷ Ｚ４の運転席に腰掛けた岬純也《みさきじゅんや》はシャツの襟元を緩《ゆる》める。しかし、首元にわだかまる不快感が消えることはなかった。四年前、自らを取り巻く環境が全て変わってからというもの、たびたびこの喉がつまるような感覚に悩まされていた。

純也は手を伸ばし、イグニッションキーを回す。生命を吹き込まれたエンジンが咆哮《ほうこう》を上げた。尻の下から伝わってくる直列六気筒エンジンの心地よい振動が、息苦しさをいくらか希釈《きしやく》してくれる。

純也はバックミラーを自分に向けた。青みがかったレンズの眼鏡をかけた青年が鏡に映し出される。

「つくづく似合わねえな、この眼鏡」

唇の片端が上がる。四年前からこの眼鏡を常用していた。かなりレンズの色が濃いため、はた目にはサングラスのようにも見え、どこか軽薄な雰囲気を醸《かも》し出してしまう。こんなものをかけたくはないのだが、背に腹は替えられなかった。

腕時計を見ると、時刻は午後七時を少し回っていた。勤務時間まではあと一時間近くある。純也はクラッチを踏んでギアを入れると、Ｚ４を発進させる。その瞬間、背筋に静電気が流れたような気がした。反射的に足がブレーキを踏み込む。

初めて経験する感覚だった。背中がむずがゆいような、しかしどこか懐かしいような不思議な感覚。純也はサイドウィンドウを下ろして外を見る。誰かが自分を見ている。そんな気がした。

そよ風が産毛《うぶげ》を撫でていくようなその感覚は、いまや全身で感じるほどに強くなっていた。純也は眼鏡を外すと、目を細める。街灯の光も十分に届かないマンションの駐車場。普通の人間なら暗すぎるだろうが、純也には十分に見通すことができた。しかし、周囲に人影を見つけることはできない。

その時、雪の結晶が掌《てのひら》で融《と》けるかのように、全身を走っていた奇妙な感覚は消え去った。

気のせいだったのか……？　ためらいがちにサイドウィンドウを閉めた純也は、再びアクセルを踏み込む。

駐車場を後にしたＺ４は、暗い車道を滑るように走っていった。

……ついてきている。赤信号で車を停めると、純也は眼球だけ動かして左右に視線を送る。マンションを出てから二十分ほど。こうして停まると、駐車場でおぼえた奇妙な感覚が襲ってくる。まるで赤信号のたびに誰かが追いついてきて、自分を見ているかのように。

純也はバックミラーを覗き込む。片側一車線の細い裏通り、後続車はない。車で尾行されているわけではなさそうだ。やはり気のせいなのか？

信号が青に変わり、車を発進させる。数百メートル先には巨大な直方体の建造物がそびえ立っていた。目的地である江東湾岸《こうとうわんがん》総合病院。

裏門から敷地内へと入り、職員用駐車場にＺ４を駐める。エンジンを切って車外に出た純也は、マンションの駐車場でやったように、周囲を見回した。しかし、日勤を終えて病院を後にする職員たちがちらほらと見えるだけで、こちらに視線を向けている者はいなかった。あの奇妙な感覚も消えている。

ちょっと疲れているのか？　純也は軽く頭を振ると、腕時計に視線を落とす。午後七時四十分。引き継ぎの時間まであと二十分しかない。純也は足早に病院へと向かった。

「お疲れ様です」

顔なじみの警備員に挨拶をしつつ、職員用出入り口から院内に入った純也は、人目がないことを確認すると、ロッカールームのある五階まで非常階段を三段飛ばしで軽やかに駆け上がる。全く息を乱すことなくロッカールームの前に着くと、カードキーで扉を開けて中に滑り込んだ。

ジャケットを脱いで自分用のロッカーに入れ、代わりに白衣を取り出した純也は、そのまま個室の洗面所に入った。鏡の前で白衣を羽織り、襟を整えていく。胸のネームプレートには『救急救命科　医師　岬純也』と記されていた。

純也はかけている眼鏡を外すと、顔を近づけて鏡を覗き込む。人前に出る際に、四年前から欠かさず行っている儀式だった。彫りが深く、それなりに整ってはいるが、どこか陰のある青年と目が合う。

純也はさらに鏡に顔を近づけると、自らの瞳《ひとみ》を凝視する。小さな舌打ちが漏れた。右の瞳のそれが少しずれている気がする。普段ならほとんど気にならないようなかすかなずれだが、今日はなぜか落ち着かなかった。

純也は眼球の表面に親指と人差し指で触れ、ソフトコンタクトレンズをつまんで外す。人差し指の上に移動したコンタクトレンズは、虹彩《こうさい》に当たる部分が墨で塗られたかのように黒く着色されていた。

ズボンのポケットに常備してある目薬でコンタクトレンズを洗い、再び装着しようと顔を上げた。純也は、薄く唇を噛んだ。

鏡越しに向かい合っている男の片目が、蛍光灯の光を妖《あや》しく反射していた。

四年前に負った十字架。白銀色《はくぎんいろ》に美しく輝く瞳が、真っ直ぐに純也を見つめていた。

救急医控室で簡易ベッドに腰掛けて、純也は新聞に目を通す。非常口の位置を示す明かりが淡い光を放つだけの暗い室内、普通の人間なら活字を追うことなど到底できないだろう。しかし、網膜《もうまく》の錐体《すいたい》細胞が異常に増殖し、フクロウのように夜目《よめ》が利くようになっている純也の目は、苦もなく文字を追うことができた。

「暇だな……」純也は新聞をベッドの下に放り捨てる。

病床数五百を誇る江東区の中核病院。三年半ほど前から週に三回、純也はこの病院の救急救命科で夜勤に就いていた。日本救急医学会の専門医で、そのうえ大半の医師が敬遠する夜勤を定期的に務めたいという純也は、病院にとっては喉から手が出るほど欲しい人材だったのだろう。非常勤としては破格の条件で契約を結んでもらっている。純也にとっても夜勤のみで雇ってくれるこの病院はありがたかった。

夜間ならどんな重症患者が運ばれてきても、素早く適切な処置を行う自信がある。しかし昼間は頭も体も重く、ハードな救急業務をこなすことなど到底できない。

掛け時計の針は午前三時十五分を指している。日付が変わる前は、心筋梗塞《こうそく》や重症交通外《がい》傷《しょう》、果ては泥酔者まで、多くの患者が搬送されてきて、救急部は戦場のようだった。しかし、この一時間ほどは患者が途絶えている。街も寝静まっているのだろう。しかし、純也はまったく眠気を感じることはなく、逆に体が徐々に活性化していくのを感じていた。

四年前、あの恐ろしい奇病から生還して以降、バイオリズムが大きく変化した。夜目が利くようになった代わりに、太陽が照りつける昼間は眩《まぶ》しすぎて目に痛みをおぼえるようになった。蛍光灯の明かりでも眩しさを感じるので、夜間でもレンズに色が付いた眼鏡を持ち歩いていた。

日光に一時間も皮膚を晒《さら》せば、丸一日ハワイの砂浜で肌を焼いたかのごとく火傷《やけど》を起こしてしまう。自然と夕方、太陽が地平線に沈む頃に目を覚まし、夜明け頃に遮光《しゃこう》カーテンを引いた室内で眠りにつくようになっていた。

純也の目が、部屋の隅に置かれた本棚をとらえる。『ドナルド・ミュラー症候群《しょうこうぐん》（ＤｏＭＳ《ドムズ》）の治療とその予防』、一冊の背表紙にその文字が記されていた。おそらくは研修医が置いていったものだろう。

「ＤｏＭＳか……」

純也は鼻の付け根に深いしわを刻みながら、自らの運命を歪《ゆが》めた忌まわしい病の名をつぶやくと、ベッドに横たわり天井を見つめる。この四年間で、全てを諦めたはずだった。世間から身を隠し、息をひそめるように生きていくことに、もはや疑問も抱かなくなっていた。しかし、なぜか今日は胸の奥がざわつく。きっと、車の中でおぼえたあの奇妙な感覚のせいだろう。

考えるな。俺にできることは何もないんだから。

純也は瞼《まぶた》を落とす。しかし、夜になって活性化した脳には、かつての記憶が次々と蘇ってきた。

「全てのはじまりは……」無意識に口から言葉が漏れる。

全てのはじまりは二〇一六年九月十二日ドイツ、ニュルンベルクの病院に、世界的な考古学者であるウィリアム・テラーが発熱と呼吸困難を訴えて受診し、緊急入院したことだった。その数週間前、テラーは中央アフリカ、タンザニアにある古代遺跡の調査を終えて帰国していた。

検査の結果、テラーの免疫細胞には著《いちじる》しい減少が認められ、末期のエイズによるニューモシスチス・カリニ肺炎が疑われた。入院から二週間後、テラーは肺炎により死亡するが、悲劇はそれだけでは終わらなかった。

テラーの死亡から六日後、主治医であったドナルド・ミュラー医師に呼吸困難、全身倦怠《けんたい》感が生じ、検査したところテラーと同様の病状を呈していることが判明した。ミュラーは自らの症状がテラーから感染した病原体によるものと考え、WHOに『未知のウイルス感染による急速進行性免疫《めんえき》不全症候群』として同疾患《しっかん》を報告し、至急対処するように要請した。その三週間後、ミュラーは敗血症《はいけつしょう》で命を落とすことになる。

ミュラーの報告を受けたWHOが調査に乗り出したところ、すでにニュルンベルク市内に同様の症状を呈した患者が数十人いることが判明、さらに首都ベルリンをはじめとした大都市でも患者を発見し、感染の封じ込めに乗り出した。

ミュラーの報告から一ヶ月ほど経った十一月六日、WHOは患者の血液中から原因と思われるウイルスを特定したと発表。その病原体は報告者の名にちなんでドナルド・ミュラーウイルスと名付けられ、このウイルスによって引き起こされる疾患はドナルド・ミュラー症候群、通称DoMSと呼称されるようになる。その一方で、初動の遅れにより感染の封じ込めには失敗し、DoMSと思われる患者はドイツ国内で三百人を超え、フランス、イギリス、ベルギー等、EU各国でも患者の発生が認められた。そして、十二月九日にはとうとう日本でも京都でDoMSの発生が確認され、その後、全国へ感染は拡大していった。

DoMSの感染拡大は世界中をパニックに陥《おとしい》れ、年が明けた二〇一七年二月一日にはWHOがパンデミックを宣言し、警戒レベルを最高のフェーズ6まで引き上げた。さらに三月三日には日本での感染者が一万人を超えたのを受けて、内閣総理大臣である城《じよう》ヶ崎《がさき》五郎《ごろう》が非常事態宣言を発令した。

感染は世界中で爆発的に拡大していき、多くの犠牲者を出したが、五月に入ってアメリカの製薬会社がワクチンの開発に成功、製造法の公開に踏み切った。それをもとに多くの製薬会社がワクチンの製造を開始し、世界中でワクチン接種が開始された。日本でも政府の指示のもと、厚生労働省が例外的に臨床試験を経《へ》ずにワクチンを認可し、順次接種を行った。ワクチンは著しい効果を示し、それ以来、新規ＤｏＭＳ患者は激減する。しかし、感染拡大を食い止めることに成功したのちに、もう一つ大きな社会問題が発生した。ＤｏＭＳから生還した者たちの体に、想像だにしなかった変化が現れたのだ。

　目を開いた純也は、ベッドから起き上がって本棚に近づくと、背表紙に『今日の感染症』と書かれた本を手に取り、ページをめくっていく。すぐに『ＤｏＭＳ』の項目は見つかった。

『※ドナルド・ミュラー症候群　ＤｏＭＳ（どなるど・みゅらーしょうこうぐん　どむず）

１　概論

　２０１６年ドイツ人医師ドナルド・ミュラー氏によって報告された、急性の重症免疫不全、骨髄《こつずい》機能不全を引き起こす感染症。

　レトロウイルス科レンチウイルス属に属するＲＮＡウイルスであるドナルド・ミュラーウイルス（以下ＤｏＭウイルス）が、飛沫、接触、性交渉、血液などの経路で感染することによって発症する。感染力は比較的弱く、飛沫、接触感染に関しては同居しているなどの濃厚接触があった場合に限られる。感染が成立し後述のドナルド・ミュラー症候群（以下ＤｏＭＳ）を発症した場合の致死率は、日本で95％を超え、高度医療を受けることができない新興国ではほぼ１００％が死亡する。

数週間の急性期を乗り越えた患者は、病状が急激に回復する変異期に入り、ヴァリアント(変異体《へんいたい》)となる。ヴァリアントはホルモン変化により、虹彩が白銀色に変化するとともに、通常の人類を遥かに凌駕《りょうが》する運動・感覚能力を獲得するが、同時に紫外線に対して強いアレルギー症状を起こすようになる。

2　症状

①免疫不全期

血中に入り込んだＤｏＭウイルスはあらゆる種類の白血球に感染、白血球内で増殖したあと、細胞を破壊し血中に放出される。この過程において患者の免疫機能は著しく低下し、エイズの末期に近い病状を呈する。患者の多くはこの時点で日和見《ひよりみ》感染にて肺炎、敗血症、脳炎により死亡する。

②骨髄不全期

血中に放出された大量のＤｏＭウイルスは骨髄内に侵入し、造血幹《ぞうけつかん》細胞に感染する。感染した造血幹細胞は細胞分裂不能の状態に陥《おちい》り、赤血球、白血球、血小板が著しく減少する。このことにより重度の貧血、出血傾向が生じる。

③変異期

造血幹細胞に感染したDoMウイルスは自らのDNAを、逆転写により幹細胞のDNAへ組み込む。DoMウイルスのDNAが組み込まれた幹細胞は、数日から数週間で再び正常の機能を取り戻し、病状は改善されていく。しかしDNAが組み込まれた幹細胞の一部は、ドナルド・ミュラー細胞（以下DoM細胞）と呼ばれる異常細胞に変異し、分裂を繰り返すことで末梢血《まっしょうけつ》に大量のDoM細胞が放出される。

DoM細胞はドナルド・ミュラーホルモン（以下DoMホルモン）と呼ばれるペプチドホルモンを放出する。DoMホルモンにより、患者の筋肉・骨《こつ》密度は常人の数倍に増加し、身体感覚も極めて鋭敏《えいびん》となる。しかしその一方で、DoMホルモンは眼球のメラニン色素を破壊し、患者の虹彩はDoMホルモンによって生じる代謝の老廃物の蓄積により薄い白銀色となる。また紫外線に対しアレルギー反応を起こすようにもなり、日中の外出が困難となる。この状態となった患者はヴァリアント（変異体）と呼ばれる。

3　治療

発症したDoMS患者には対症療法以外の治療法はない。免疫不全状態に対しては、可能であればクリーンルームに隔離《かくり》し、広域抗生《こうせい》物質、抗真菌《しんきん》薬、抗ウイルス薬を投与する。また、赤血球、血小板の減少に対しては随時輸血を行う。

予防としてはＤｏＭウイルスワクチンの接種が有効であり、それにより感染をほぼ防ぐことができる。

４　その他

ＤｏＭＳヴァリアントは先進国を中心に数万人いると言われ、そのほとんどが感染拡大阻《そ》止《し》の観点により社会から隔離されている。しかし近年、ヴァリアントがＤｏＭＳの感染源となるリスクは極めて低いとする研究結果も報告されており、隔離を続けることが人権の見地から正しいのか、専門家からは疑問の声が上がってきている。ただし、隔離政策の解除については反対の声も大きく、世界各国で進んでいない。反対の理由には、常人を遥かに凌駕する運動能力を持ったヴァリアントに対する恐怖や差別が根底にあると考えられている。』

「ヴァリアント……か。モンスターの名前かよ」

唇を歪めた純也は本を棚に戻すと、再びベッドに横になった。

この四年間、自分がＤｏＭＳからの生還者であることを隠すため、他人との接触を最小限にし、息をひそめるようにして生きてきた。定期的に襲われる息苦しさも、そんな緊張感のある生活を送っているせいだろう。しかし、それも仕方がなかった。もしヴァリアントであることが他人に知られれば、長野の山奥にあるヴァリアントの隔離地域に強制的に収容されてしまうのだから。

純也が物思いにふけっていると、扉の外から女同士が言い争っているような声がかすかに聞こえてきた。純也は耳に意識を集中させる。常人では聞き取れないほどの小さな音でも、ヴァリアントの鋭敏な聴覚なら拾い上げることができる。

ナースが口喧嘩でもしているのだろうか？　だとしたら、関わり合いになりたくないな。

そんなことを考えていると声が消え、足音が近づいてきた。ノックの音が響き、救急室に繋《つな》がる扉が開く。

「あの、岬先生……」夜勤ナースが顔を覗かせた。

「ん？　どうした？」

喧嘩の仲裁ならごめんだよ。純也はベッドから上半身を起こす。

「ウォークインで来た患者さんが、どうしても先生に診察してもらいたいって騒いでるんですけど……」

ナースは首をすくめながら報告する。ウォークイン、救急車による搬送ではなく自分の足で歩いてきて受診した患者は、救急救命科の純也ではなく、当直中の各科の医師が診《み》ることになっていた。

「俺が前に診察したことある患者なの？」

起き上がった純也は部屋の明かりを点《つ》ける。蛍光灯の明るさに一瞬視界が白く染まった。

枕元にある眼鏡をかけると、レンズの青色でいくらか眩しさが軽減された。

「いえ、初診です。若い女の子なんですけど、薄汚くて、ホームレスみたいな……」

「その患者が、俺を?」

「はい。なんか、『黒くて平べったい変な車に乗って、青っぽい眼鏡かけた若い先生じゃないとイヤ』って言ってきて。それって、岬先生のことですよね……」

「変な車……」純也は唇をへの字に曲げる。

「あの、どうしましょうか?」

「一応話をしてみるよ。知り合いじゃなければ当直の医者に診察してもらう」

純也は白衣を羽織ると、救急医控室を出る。

「廊下の奥にいる子です」

ナースは受付の窓越しに見える廊下を指さした。廊下の奥にある長椅子に、少女が腰掛けていた。

純也は目を凝らす。かなりの距離があるうえ廊下は薄暗かったが、ヴァリアントである純也の目には少女の姿がはっきりと映った。

みすぼらしい。その形容詞がぴったりとくる少女だった。『I Love NY』と書かれたセンスの悪いTシャツに、ジャンパーを羽織り、デニム地のホットパンツを穿《は》いているが、全てサイズが大きすぎる。肩に軽くかかる茶色がかった髪は、洗っていないのかべとついて見えた。肌も汚れて浅黒い。そして室内だというのになぜか、大きなサングラスをかけていた。

知り合いではない。しかし、なぜか少女から目を離すことができなかった。俯《うつむ》いている少女の横顔を見ていると、心の奥深いところにさざ波が立つような気がする。

少女が顔を上げ、サングラス越しにこちらを見る。背中に震えが走った。数時間前、車の中でおぼえたあの奇妙な感覚。少女の薄い唇に笑みが浮かぶ。

「先生、どうかしました？」ナースが眉を顰《ひそ》めながら声をかけてくる。

「あっ、いや……。あの子を一番診察室に入れてくれ。俺が診るよ」

我に返った純也は早口で言う。

「いいんですか？」

「あ、うん。親戚の子だよ。遠い親戚だ」

純也が言い訳をするように答えると、ナースはかすかに不審そうな表情を浮かべつつ廊下へと向かった。

一体何をやっているんだ、俺は？　診察室に入った純也は、椅子に腰掛けつつ自らに問いかける。

「お邪魔しまーす」

病院には不似合いな明るい声が思考を遮《さえぎ》る。いつの間にかドアが開き、サングラスをかけた少女が顔を覗かせていた。

「どうぞ座って」

純也が促《うなが》すと少女はサングラスをかけたまま診察室に入る。赤いポシェットを机の上に置いた少女は、キョロキョロと室内を見回しながら患者用の椅子に腰掛けた。

純也は少女をさりげなく観察する。近くで見ると肌は少々汚れているが、長期間屋外で生活した者に特有の荒れは見られなかった。Tシャツの襟元から覗く細い首筋は、きめ細やかでさえあった。

なぜこの少女は俺を指名したんだ？　純也は椅子の上で身じろぎし、尻の位置を直した。もはや慣れはじめてはいるが、この少女が部屋に入ってから、例のむず痒《がゆ》いような、それでいて懐かしいような感覚は、さらに確かなものになってきていた。

「今日はどうしたの？　どこか調子が悪いのかな」

少女に話しかけながら、純也は机の上の電子カルテのモニターに視線を向ける。画面に表示されているカルテには「小村悠子《こむらゆうこ》」と名前が記されていた。

「分からないの？」少女はからかうような口調で言う。

「いくら医者でも、見ただけじゃ診断はできないよ。えっと……小村さん」

「悠《ゆう》でいいよ」

なんで初対面なのにファーストネームで呼ばないといけないんだ？　戸惑いつつも純也は

言い直す。

「じゃあ、悠子さん」

「だから、『悠』でいいって。仲間はみんなそう呼んでるんだ。実はそこに書いてあるの偽《ぎ》名《めい》でさ、本当は『小林《こばやし》悠』って名前なの、私」

悠と名乗った少女は、いたずらっぽい笑みを浮かべながら、十年来の知己《ちき》に話しかけるように言う。

家出少女が身元を知られないため、偽名でも使っているのだろうか？　少女の馴れ馴れしい態度に戸惑いつつ、純也は口を開いた。

「いや、僕は仲間じゃなくて、医者だからね」

「あなたは医者かもしれないけど、仲間だよ」

何を言ってるんだ？　純也が眉間《みけん》にしわを寄せると、少女は身を乗り出してくる。

「私ね……実は病気なの」耳元で囁《ささや》くように悠は言った。吐息が耳朶《じだ》をくすぐる。

「病気？　調子が悪いってことかな？　それはいつ頃から？」

慌てて身を引くと、純也はキーボードに指を這《は》わせて、問診をはじめた。

「そうだね……」悠は腕を組む。「四年くらい前からかな」

「四年？」

「そう、四年前」

「四年前からずっと体調悪いのかい？」

「ううん、いまは絶好調。四年前には死にかけたけどさ」

「つまり君は、今日は特に体調が悪くはないんだね？」

「うん」悠はこくりと頷く。

「それじゃあ、なんでこんな夜遅くに受診を？」

純也はため息を呑み込む。面倒な患者を引き受けてしまったかもしれない。

「だって、夜遅くじゃないと、あなたに診てもらえないでしょ？」

「あなたに診てもらわないと、意味がないの」間髪《かんはつ》をいれずに悠は言葉を被《かぶ》せてくる。

「僕に？　別に僕以外にも医者なら……」

「なんで、俺じゃないといけないんだい？」

少女の相手をすることに辟易《へきえき》しはじめた純也は、小さく肩をすくめる。

「ねえ、まだ分からないの？」悠はコケティッシュに小首を傾げた。

「分からないって、何が？」

「……これのこと」

悠はサングラスに指をかけると、やや低めの鼻まで押し下げた。

純也は大きく息を呑む。脳天をハンマーで殴られたような衝撃が走った。

ずれたサングラスの端から、プラチナの輝きを放つ大きな瞳が純也を見つめていた。

「君は……。ヴァリアント……？」声がかすれる。

「言ったでしょ、私は四年前からずっと病気なの、ドラキュラ病の」

サングラスの位置を直しながら悠は自虐的につぶやいた。ドラキュラ病。超人的な体力を持ち、日光に対して拒絶反応を示すヴァリアントを揶揄《やゆ》した、世間に広まる蔑称《べっしょう》。

「なんでヴァリアントがこんな所にいるんだ？　なんでこの病院に？」

沸騰する脳細胞を冷ますことができないまま、純也は喘《あえ》ぐように言葉を吐き出す。ヴァリアントは二〇一七年に制定されたＤｏＭＳ予防法により、全員が『憩《いこ》いの森』と呼ばれる、長野の山奥にあるヴァリアント隔離地域で生活しているはずだ。そう、自分を除いた全員が。

「ダメだよ、そんなに大声出しちゃ。驚いて他の人が来ちゃうでしょ」

悠の指摘に、純也は慌てて片手で口を覆う。

「一体、……何が目的なんだ？」純也は声を潜《ひそ》めながら訊ねた。

「とぼけちゃって。分かってるくせに」

「なんのことだ？」心臓の鼓動が加速していく。

「あなたも私と同じヴァリアントでしょ」悠はおどけるように言う。

時間が止まった気がした。激しい眩暈《めまい》が純也を襲う。

「何を……言っているんだ。俺は……ヴァリアントなんかじゃない」

喉の奥から絞り出した声は、自分でも笑ってしまいそうなほど弱々しかった。

「ううん、あなたはヴァリアントよ。間違いない」

「なんでそんなことが……」

「感じるでしょ？」純也の反論を、悠の囁きが遮った。「ヴァリアント同士の共鳴。ヴァリアント同士がある程度の距離まで近づいたり、相手が自分に意識を向けたりした時に起こる背中がピリピリするような感じ。大丈夫、最初は違和感あるけど、そのうち、気にならなくなるから」

悠の言う通り、あの奇妙な感覚はいまも背中を走っている。

「そんな曖昧《あいまい》なことで……。全部君の勘違いだ」

「勘違いなんかじゃないよ。マンションの駐車場からここに来るまでずっと、『共鳴』を感じていたはず。私が必死に走ってついてきたから。すごい疲れちゃった」

自分の肩を揉む悠の前で、純也は目を見張る。何度も赤信号で停まったとはいえ、走ってスポーツカーについてきたというのか。

「……俺はヴァリアントなんかじゃない」

純也は荒い息を吐きながら、喉の奥から声を絞り出す。

「もう、めんどくさいなあ。さっさと認めてくれないと、話が先に進まないじゃない」

悠は鼻の頭をこりこりと掻いた。

「だ、第一、ヴァリアントなら目の色が変わるはずだ。君みたいに！」

思わず声が大きくなる。悠は「しぃー」と慌ててピンク色の唇の前で人差し指を立てた。

「先生、どうかしましたか？」救急室側の扉が開き、ナースが顔を覗かせた。

「いや、なんでもないよ。久しぶりなんで話が弾《はず》んで」

純也と悠は同時に作り笑いを浮かべる。ナースは不審そうな表情で顔を引っ込めた。

「落ち着いてよね。ここでヴァリアントだってばれたら、二人とも大変なことになるでしょ」

「何度も言ってるだろ、俺はヴァリアントじゃない。目だってちゃんと……」

「どうせカラーコンタクトでもしてるんでしょ」

図星を指され、純也は二の句が継げなくなる。

「……そんなもの、してない」

「分かった。そんなに言うならもういいよ。他を当たる」悠は投げやりに言うと、椅子から立ち上がり右手を差し出した。「そのかわり、私がここに来たってことは、誰にも言わないでよね」

唐突に引き下がった少女に拍子抜けしつつ、純也は反射的に右手を伸ばす。悠の顔に小悪魔的な笑みが浮かぶと同時に、右手が万力《まんりき》のような力で締め付けられた。骨が軋《きし》み、激痛が走る。

「ぐっ⁉」呻《うめ》きながら、純也は反射的に全力で握り返した。

「あ痛たた。ごめん、降参、降参。放して放して」悠は小さく悲鳴を上げる。

純也は腕の力を抜く。悠は芝居じみた仕草で、自分の右手に息を吹きかけた。

「一体、なんのつもりなんだ」怒りを押し殺しながら、純也は低い声で言う。

「だって、こうでもしないとあなた、自分がヴァリアントだって認めてくれないでしょ」

「だから、俺はヴァリアントなんかじゃ……」

「あのねえ……」悠は大仰に肩をすくめる。「私の握力《あくりょく》は三百キロ近くあるのよ。ゴリラとだって勝負できる。普通の人間なら、手の骨なんて一瞬で砕けているはず。それなのに、あなたは私以上の力で握り返してきた」

反論の言葉を見つけることができず、純也は唇を嚙む。

「ねえ、あなたにちょっとお願いしたいことがあるの。お願いを聞いてくれたら、あなたがヴァリアントだってこと、誰かに言ったりしないからさ」

「……脅迫か？」

「『お願い』だってば。男なんだから、可愛い女の子のお願いぐらい聞いてくれたっていいでしょ。そうしないと、あなたの正体ここで叫んじゃうかも」

あからさまな脅迫に、純也の頬が引きつった。

「そうなれば……君だって困るはずだ」

「分かってるでしょ。私はもともと憩いの森にいたの。捕まったって、もといた場所に連れ戻されるだけ。けど、あなたは違うんじゃない。シャバにいられなくなって、全てを失う」

その通りだった。敗北を悟った純也は力なくうなだれる。

「……俺に何をさせるつもりなんだ？」

「えっと、色々お願いしたいんだけど……」

悠は急に体を小さくし、もじもじとしだした。サングラスの上部から覗く白銀色の瞳が、上目遣《うわめづか》いに純也を見る。悠は白い頬をかすかに桜色に染めながら、蚊《か》の鳴くような声を出した。

「とりあえず、……ご飯食べさせてくれない？」

悠の腹がぐうぅと鳴った。

2

「今回の『コウモリ』、小物ですね。大物が何人も『鳥籠《とりかご》』から逃げたっていうのに」

運転席でつまらなそうに言う青山宗介《あおやまそうすけ》に、毛利真二《もうりしんじ》は刃物のような鋭い視線を浴びせかける。青山は怯《おび》えた表情で口をつぐんだ。

「コウモリはコウモリだ。大物も小物もねえよ」

毛利は手にしていた資料を後部座席に投げ捨てると、貧乏ゆすりをはじめる。分厚い筋肉と脂肪に包まれた熊のような巨体が細かく揺れる。

『コウモリ』、それは毛利が所属する警視庁《けいしちょう》公安部《こうあんぶ》の中で、ＤｏＭＳのヴァリアントを示す隠語だった。鳥か獣《けもの》か曖昧で、闇夜に紛《まぎ》れて飛び回るコウモリの姿に、人間か獣か曖昧で夜に活動するヴァリアントを重ねた呼称。

毛利は助手席を深くリクライニングさせると、後部座席に投げ捨てた資料にちらりと視線を送る。その表紙には、あどけない少女の写真が貼り付けてあった。

こんな時に家出少女の尻を追わされるとはな。怒りに任せて靴裏をダッシュボードに叩きつける。青山がびくりと体を震わせた。

数日前から公安の厳重監視対象になっているコウモリ数匹が、公安部内では『鳥籠』と呼ばれているヴァリアント隔離地域、憩いの森から姿を消していた。そのことにより、公安部総務課《そうむか》はかつてないほどの緊張感に満たされ、多くの捜査員が不眠不休で捜査と情報収集に当たっている。しかし、そんな緊急事態の中、毛利は日常を過ごしていた。鳥籠から逃げ出した小物のコウモリを狩るという日常を。

鳥籠からの脱走は、コウモリたちにとって難しいことではなかった。四方を険しい山々に囲まれ、幹線道路で検問は行われているが、刑務所のように高い壁があるわけではない。コウモリの体力であれば、闇に紛れて徒歩で脱出することは十分に可能だ。

コウモリたちが排出するＤｏＭウイルスはごく少量で、予防接種さえしておけば性行為をしたり直接血液を浴びない限り感染しない。そのため、鳥籠の中では許可を得た一般人も多く生活を送っていた。そのような状況では、人権の見地から強力な隔離は難しく、コウモリの脱走も珍しいことではなかった。

毛利が所属する警視庁公安部総務課は三年前まで、左翼政治団体や反戦運動、カルト宗教団体に対する監視などを主な業務としていた。しかし現在、総務課が最も力を入れている業務は、コウモリとその支持者による反政府運動の監視と摘発だった。

ＤｏＭＳ予防法により、それまで住んでいた場所から鳥籠に強制収容されたコウモリたちは多かれ少なかれ、政府に対して不満を持っている。そして千代田《ちよだ》区ほどの面積の土地に、八千人以上のコウモリが生活を営む憩いの森では、当然のように反政府集団がいくつか生まれた。当初警察庁の上層部は、一万人に満たない母集団では、反政府活動が起こってもそれほど問題にならないだろうと考えていた。そんな平和呆《ぼ》けをした警察庁のキャリアたちを震え上がらせたのが、三年前に起こった『革政党《かくせいとう》本部籠城《ろうじょう》事件』だった。

闇に紛れて鳥籠から逃げ出した中年のコウモリが、早朝「首相に会わせろ」と政権与党である革政党本部に乗り込み、対応した党職員三人を素手で殴り殺し、残った党職員を人質に立て籠もった。もともと暴力団に所属していたその男は、外遊中の丸井《まるい》首相を連れてくるよう要求したうえ、マスコミの取材を電話で受け、身勝手で稚拙《ちせつ》な自己主張を全国ネットで垂れ流した。

当然、要求は飲めるはずもなく、警視庁はSATの派遣を決定した。現場に到着したSATは閃光弾《せんこうだん》を使用して突入、犯人の射殺という形で事件は幕を閉じた。

DoMS予防法施行後の約一年間は、逃げ出したコウモリの捕獲を警察のどの部署が扱うのかはっきりとは警察内で決まっておらず、生活安全課や刑事課が捜査に当たることが多かった。しかし、革政党本部籠城事件以降、コウモリの捜査は警視庁公安部総務課が一手に担うこととなった。

その時期に、本人の強い希望と、所轄刑事として何匹ものコウモリを捕らえた実績を買われ、毛利は新設されたばかりの警視庁公安部総務課第十二係に異例の抜擢《ばってき》をされた。以来、毛利は周囲から病的と評されるほどの熱意をもって、コウモリを狩り続けている。

「けれど、本当に東京に来るんですか？　そのコウモリは」

沈黙に耐えきれなくなったのか、ハンドルを握る青山が声をかけてくる。毛利は鼻を鳴らした。

「コウモリは、もともと住んでいた巣に戻ろうとするんだよ。今回のコウモリは、予防法施行前まで練馬《ねりま》に住んでいた。しかもまだガキだ。絶対に戻ってくる」

「そういうものですか……」青山はおずおずと言う。

もう少しはきはき喋れねえのかよ。数日前からペアを組むこの若い捜査員に、毛利は辟易しはじめていた。十二係に配属された新人捜査員の多くは、一度毛利と組んでコウモリを追う。そうして、実際のコウモリの身体的特徴、行動パターン、弱点を肌で感じ取り、その後の公安捜査の糧とするのだ。十二係での毛利の立場は、新人捜査員にコウモリの生態を見せるための案内人兼教育係に過ぎなかった。

公安の仕事は、対象となる組織を監視し、内情を暴き出し、そして必要とあらば徹底的に叩きつぶすことだ。毛利が専門的に行っているような、個体のコウモリを追うことは、公安の捜査員たちにとっては面倒な日陰仕事に他ならなかった。

毛利はしわの寄ったスーツのポケットから、型の古い携帯電話を取り出す。二つ折りの携帯電話を開くと、はにかんだ笑みを浮かべたどこか垢《あか》ぬけない少女が、液晶画面の中から微笑みかけてきた。冷たく固まった心に、ほのかに淡い炎が灯《とも》る。しかし、その小さな灯火《ともしび》はすぐに、燃え上がる怒りの劫火《ごうか》に飲み込まれ、跡形もなく消え去った。

奥歯を軋ませた毛利は、助手席のドアを拳で殴りつけた。

「どうかしましたか⁉」青山が怯えた声を上げる。

「蚊だよ、蚊がいたんだ。いいから、ちゃんと前見て運転しろ」

「は、はい……」

すっかり萎縮《いしゅく》した青山を見て毛利は舌を鳴らす。こんなガキも公安で数年も過ごせば、一人前のロボットになっちまうんだろうな。同じ係に所属する捜査員たちの顔が頭をかすめる。その誰もが感情の読み取れない能面《のうめん》のような表情を晒している。

一体どんな仕事をすれば、あんな陰気な奴らができあがるんだ？　毛利は『本当の公安』の仕事が、一体どのようなものなのか知らないし、知りたいとも思っていなかった。

あいつらからすれば、公安部に移りながら、刑事のような仕事をしている俺こそ『コウモリ』に見えているのかもな。自虐的に唇を歪めた毛利は、ゆっくりと目を閉じた。


「毛利さん、起きて下さい。着きました」

正面から声が降りかかり、意識に掛かっていた霞が晴れていく。目を開くと、青山が顔を覗き込んでいた。

「起きてる。目を閉じていただけだ」

毛利はがりがりと頭を掻く。その言葉が本当かどうか、毛利自身にもよく分からなかった。四年前から極端に睡眠が浅くなっていた。小さな物音でも目が覚め、何時間寝ても体の芯に疲労が重く残っている。

「本当にここを捜査して、コウモリが見つかるんですか？」

外を見ながら、青山が疑念の混じった口調で言う。毛利は腫《は》れぼったい目で青山を睨みつけた。また怒鳴りつけられるとでも思ったのか、青山の表情に怯えが走る。しかし毛利は声を荒らげることなく淡々と語りはじめた。

「いいか、まず鳥籠であいつらがどんな生活を送っているか思い出せ。あいつらは現金を持っていない。持っているのは、鳥籠でしか使えないカードだけだ。鳥籠の外にいる家族の銀行口座に送金はできても、自分で現金に換えることはできない」

鳥籠の中では紙幣・硬貨は流通しておらず、そのかわり生体認証とともに使用する、本人のみ使用可能のＩＣカードが配られ、それによって全ての経済活動が行われている。名目上は、最新のシステムを試験的に導入したものだ。しかし、その本当の目的が、コウモリが逃げ出した際に一般社会での生活が困難になるようにすること、そして、二、三日カードの使用がないことで、当局が脱走を容易に把握《はあく》できるようにすることであるのは、誰の目にも明らかだった。

「だから、鳥籠から逃げ出したコウモリたちがまず頼るのは家族だ。そこで金をせびろうとする。けどな……」毛利は手を伸ばし後部座席に置いていた資料を掴む。「今回のコウモリには身寄りがねえ。もともと母子家庭で、母親は家庭内感染でＤｏＭＳになって、おっ死《ち》んでるんだ。こういうコウモリは、どんな行動を取ると思う？」

「友人を……頼ると思います」青山は自信なげにつぶやいた。

「いや、コウモリはダチなんて頼らねえ。っていうか頼れねえんだろうな」

「頼れない？」

「そうだ。あいつらはもう自分たちが『人間』じゃないことを自覚してるのさ。だから『人間』だった時にどれだけ仲が良かったダチも、信用できない。助けを求めに行けば、通報されるかもしれないって思うのさ。分かるか？」

「はい、なんとなくは」

「つまり、家族を頼れないコウモリは金もなく彷徨《さまよ》うことになる。その時、あいつらが一番困ることはなんだ？」

「住む場所とかですか？」

「ちげえよ。いいか、あいつらは外見は人間でも、中身は野生の獣みたいなもんだ。その気になれば木の上でも、森の中でも生活できる。けどな、さすがに自分で動物を狩って、生肉を食うってわけにはいかねえ」

「なるほど、食事ですね」

「そうだ。コウモリたちは筋力が異常に発達した分、俺たちの数倍の飯を食う。金がねえコウモリは腹が減って仕方がなくなるわけだ。ただ、人目を避けようとするあいつらは、食い逃げなんかはしない。大量に飯を注文したら目立つからな。結局、あいつらの取る行動っていったら一つだ」

毛利は顎《あご》をしゃくる。そこには巨大なスーパーマーケットがあった。

四日前、このスーパーで大量の食料品が万引きされた。事件の日、スーパーの警備員が、薄汚れた身なりの少女が大量の食物が入った買い物籠を手にして、キョロキョロと周囲の様子を窺っている姿を目撃している。警備員は精算せずに出口へと向かう少女をつかまえようと後を追ったが、店外に出るとその姿は消え去ったということだった。そして、同様の事件が半径数キロの地域で毎日のように起きていた。

「この辺りがコウモリの住処《すみか》だ。間違いねえ」

毛利は手にした資料を平手でパンッと叩く。揺れる資料には、幼いながら整った顔の少女の顔写真が貼られ、その横には太字で「小林悠」と記されていた。

「さて、狩りのはじまりだ」

毛利は唇の片端を上げると、スーパーに向かって力強く一歩踏み出した。

3

「どれだけ食うつもりだよ?」

貪《むさぼ》るように大皿に盛られたパスタを掻き込んでいる少女に呆《あき》れながら、純也はフライドチキンを口に運ぶ。

「ひょうがないひゃない……」

口の中にパスタを詰め込んだまま、悠は口をもごもごと動かした。

「食べるか喋るかどっちかにしろ。まったく、病院でも食ったくせに」

食べる方に専念することに決めたのか、悠は再びフォークをパスタに突き刺した。ヴァリアントはその筋量と代謝速度のため、常人の数倍のカロリーを消費する。それに伴い、当然食事の量も増えることになる。しかしそれを差し引いても、悠の食べっぷりは圧巻だった。

「純也君はあまり食べないんだね？　お腹すかない？」

パスタを平らげた悠は、満足げに息を吐きながら純也を見る。

「もう結構食ってる。そっちが食い過ぎなんだ」

純也が言うと、悠は「そう？」と首を傾げながら、山積みになっているサンドイッチに手を伸ばした。

「まだ食う気かよ……」

見ているだけで胃もたれしそうで、純也は悠から視線を外した。窓にかけられた分厚い遮光カーテンの端から、かすかに日光がこぼれ出している。純也は腕時計に視線を落とす。午前十一時を過ぎていた。どうりで体がだるいはずだ。普段なら寝ている時間だ。

病院で脅迫に屈した純也は、とりあえず悠を廊下側から救急医控室に入れて、自販機で売っていたカップラーメンを買い与え、朝八時の勤務終了時間まで匿《かくま》った。

朝になって日勤の医師への引き継ぎを終えると、「太陽に当たると照り焼きになる」だの

「融けてスライムになっちゃう」だのと騒ぐ悠を「紫外線百パーセントカットのガラスを使っているから大丈夫だ」と説得して車で自宅に連れ帰った。Z4が自宅マンションに着く頃には、「純也君、純也君」と、ファーストネームで屈託《くったく》なく話しかけてくる悠に、純也は抵抗する気力さえ削《そ》ぎ取られていた。そして1LDKの部屋へと我が物顔で上がり込んだ悠は、途中コンビニで大量に買い込んだ食料にかぶりつきはじめたのだった。

「お腹いっぱい」

サンドイッチを数パック腹に収めた悠は、満足げに絨毯《じゅうたん》の上に寝転ぶ。めくれ上がったTシャツの裾から、たおやかな曲線を描く腹が覗いた。あまりにも無防備な姿に、純也は視線を逸《そ》らす。

「……少しは緊張感持てよ」

「緊張感？　なんのこと？」

あくびをかみ殺しながら、悠は二重《ふたえ》の大きな目をしばたたかせる。カーテンの端から入り込んでくるかすかな光を乱反射して、白銀の瞳がきらきらと輝いた。

「腹だよ、腹。男の部屋にいるんだぞ」

「大丈夫。純也君、襲ったりしないから」横になったまま、悠はひらひらと手を振る。

「なんでそんなこと言えるんだよ。今日会ったばかりの男を」

ぼさぼさ頭の、薄汚れた少女をどうこうしようなどと考えてはいなかったが、あまりの警戒心の薄さに呆れてしまう。

どうしたら初対面の相手に、こんなに馴れ馴れしく、相手の反応などお構いなしに接することができるのだろう。最近の少女はみんなこんな感じなのだろうか？　一回りほど年齢の違う悠が、純也には完全に未知の生物に見えた。

「だってさ、もしヴァリアントの私を襲って抵抗されたりしたら、ものすごい騒ぎになるでしょ。必死に正体を隠している純也君が、そんな世間の目を引くようなことするわけないじゃない」悠は得意げな笑みを浮かべる。「それに、そもそも純也君ってお人好しそうだし、女を襲うなんてできなそうだもん」

まだ出会って数時間の少女に見透かされ、純也の顔が引きつる。

「うるさい。寝るなら、まず風呂入ってから寝室のベッドで寝ろ。一応鍵もかかるようになってるから。俺はここのソファーで寝る」

「別に私はどこで寝てもいいんだけどさ……。あっ、でもお風呂は嬉しいな。何日ぶりだろ」

悠は心の底から嬉しそうに言うと、寝た姿勢から手の力だけで勢いよく跳《は》ね起きた。

「何日ぶりって、憩いの森を出てから一体どんな生活してたんだよ」

「昼間は図書館とか、河川敷《かせんじき》の橋の下で眠ってた。そして夜になったら街をぶらぶら歩き回って、食べ物とか服をちょっと失敬したりしていたんだ」

「若い女が何やってるんだ。危ないだろ。家族に匿ってもらうとかすればよかったのに」

「私、ヴァリアントだよ。普通の男なんて片手で倒せるんだから、危なくなんてないよ。それに……」悠はこめかみを人差し指でこりこりと掻く。「家族はＤｏＭＳのせいで、シャバには誰もいないんだよね。残念なことに」

さらりと言い放った悠の告白に、純也は言葉を失った。

「ああ、別に気にしないでいいよ。四年も経ってるんだからさ、もう慣れたよ」

悠は顔の前で手をひらひらと振ると、バスルームへ向かった。閉まった扉を眺めながら、純也は大きくため息をつく。いまのところ悠は、食事と寝床の要求しかしていない。彼女がなぜ憩いの森を出たのか、今後何をするつもりなのか、全く分からなかった。

唐突にバスルームの扉が開き、悠が顔だけ見せる。

「覗かないでよ」

「さっさと行け！」

顔を紅潮させて怒鳴った純也に赤い舌を見せ、悠は顔を引っ込めた。

いいように手玉に取られていることに疲労をおぼえ、純也は目元を押さえる。この四年間、ヴァリアントであることを悟られないよう、世間との接触を最低限に抑えてきた。仕事以外で他人と会話をすることはほとんどなかった。そのため、ずけずけとパーソナルスペースに侵入してくる悠にどう接すればいいのか分からず、戸惑っていた。

バスルームからシャワーの水音と、調子の外れたハミングが聞こえてくる。脳天気な歌声に、胸の中で苛立《いらだ》ちが増殖していく。

あの少女の口さえ封じてしまえば、平穏な生活が守れるのではないか？　相手はヴァリアントとはいえ、体の小さな少女だ。ヴァリアントで、なおかつ若い男である自分なら……。

危険な考えが頭を掠《かす》める。

純也はできる限り凶悪な表情を作ると、部屋の隅にある姿見に視線を向ける。そこには、引きつった泣き顔のような表情を晒した男が映っていた。

鏡の中の男が、弱々しい苦笑を浮かべる。そんな大それたことができるわけがないことは分かっていた。そんなことができるぐらいなら、巣穴に身を潜める穴兎《あなうさぎ》のような、情けない生活を送っていない。ヴァリアントであることを隠すことなく、堂々と差別と戦っていただろう。

結局自分は逃げることしかできないのだ。生まれてからずっとそうしてきたように……。

自己嫌悪《けんお》が容赦なく責め立ててくる。

純也は立ち上がりキッチンへ行くと、冷蔵庫の中から缶ビールを取り出し、その場でプルタブを引く。中からきめの細かい白い泡が噴き出してきた。泡が溢れそうな缶に口を付けると、冷えたビールを一気に呷《あお》る。炭酸が痛みを残しながら、食道を滑り落ちていった。

五百ミリリットルのビールを胃の中に流し込んだ純也は、大きく息をつく。以前なら、このくらいでアルコールが脳に回り、頭に巣くっていた悩みを希釈してくれた。しかしヴァリアントになってからというもの、活性化された代謝能力によって血中のアルコールはすぐに分解されるようになり、もともと下戸《げこ》だったことが嘘のように、どれだけ飲んでも酔わなくなった。両手でピンポン玉ほどの大きさにつぶしたビール缶をゴミ箱に放り込んだ純也は、リビングに戻るとリモコンでテレビをつける。昼のニュースが液晶画面に映し出された。

「いよいよ来月に迫った衆院選。最大の焦点は、与党が過半数を維持できるかどうかです。現在、城ヶ崎前首相が率いる自由新党《じゆうしんとう》が支持率で首位を保ち、次いで自由国民党《こくみん》が迫り、与党の革政党は三番手にあまんじています。ただ、まだ投票先を決めていない有権者も……」

純也は食い入るように画面を見つめる。来月行われる衆議院選挙。それはかすかな希望の光だった。四年前、ヴァリアントの憩いの森への強制移住を定めたＤｏＭＳ予防法に強固に反対し、退陣に追い込まれた前首相、城ヶ崎五郎。その城ヶ崎が立ち上げた新党が、衆院で第一党になるかもしれない。再びあの男がこの国のトップに立てば、ヴァリアントに対する厳しい風当たりもいくらか収まるのではないか。そんな儚《はかな》い夢を思い描いていた。

バスルームの扉が開き、「お湯、いただきましたー」という軽やかな声が響いた。テレビ画面から視線を移動させた純也は、目を見開く。

「服借りたね」

純也のＴシャツと短パンを身に着けた悠は、バスタオルで濡れた髪を拭きながら言った。

「あ、ああ」純也はそう答えるのがやっとだった。

風呂から上がった悠は、十数分前までリビングにいた少女とは別人のようだった。パーマが失敗したように縮れて脂《あぶら》が浮いていた髪は、軽くウェーブを描きながら絹のような光沢を放っている。日焼けしたように薄汚れていた肌は、透き通るほど白い。それに伴い、いままで全く気付かなかった低いながら形の良い鼻や、桜色の唇の柔らかい曲線も目に付くようになった。大きすぎてだぶついている短パンの裾からは、引き締まった太ももがすらりと伸びていた。

「何をぼーっとしてるの？」呆《ほう》けている純也に、悠は訝《いぶか》しげに訊ねる。

「い、いや別に……」

純也は慌てて首を左右に振る。悠は白銀色の目を細め、かすかに軽蔑を含んだ視線を投げかけた。

「……ねえ、私さ、やっぱり寝室のベッド使ってもいい？　確か鍵、かかるんだよね」

「あ、ああ、そりゃあ構わないけど、なんで急に？」

「なんか、私を見る目つきが、微妙にエロくなったから」

4

城ヶ崎五郎自由新党総裁《そうさい》は、対面の席に座るでっぷりと太った佐藤《さとう》選挙対策委員長の説明に聞き入っていた。精悍《せいかん》すぎ、あまり笑顔を作るのが得意ではないため、女性有権者からは「少し怖い」と引かれがちな顔には、普段以上に険しい表情が浮かんでいる。

「……以上のように、比例《ひれい》に関しましては、我が党が革政党、自由国民党と互角以上の戦いを繰り広げております。かなりの議席が見込めると思われます」

佐藤の報告を聞いた城ヶ崎は白髪が目立ちはじめた頭を掻きながら、目の前の机に置かれている巨大な日本地図に視線を走らせた。地図は細かく分割され、各地域が様々な色で塗り分けられていた。

「選挙区は、厳しいな……」城ヶ崎は低い声でつぶやく。

「はい、確かに」佐藤の口調が歯切れ悪くなる。「多くの二人区《ににんく》では革政党の候補が当確、もう一議席を自国党と我が党が争っている状態です」

「一人区《いちにんく》は?」

「一人区は、正直申しましてかなり厳しいです。確実なのは、総裁の岡山と幹事長の佐賀ぐらい……」

佐藤は舌が油ぎれしたかのようにたどたどしく言う。

「おや、私も当確ですか。それはありがたい」

それまで黙って話を聞いていた好々爺然《こうこうやぜん》とした老人、堀修三《ほりしゅうぞう》自由新党幹事長が、城ヶ崎の隣でおどけた声を上げた。城ヶ崎と佐藤は非難の籠もった視線を堀に投げつける。

「おっと、そんなこと言ってる場合じゃなかったですな。これは失礼」

銀髪かと見まがうばかりの見事な白髪の堀は、自分の口にチャックをするように、右から左に唇を指でなぞる。

「それで、いまのところ、どの程度の議席が取れる?」

「おそらく、百議席前後かと……」選対委員長は城ヶ崎の顔色を窺いつつ言う。

「……そうか」

現在、衆議院での自由新党の議席は十三にとどまっている。それを考えれば、百議席は大躍進と言えた。しかし政党支持率で二十五パーセントを超え、最も国民に支持されている政党としては、決して十分な数字ではない。

「いやー、しかし、比例では第一党を狙えるというのに、たった百議席とはどうしたことでしょうなぁ」

芝居じみた仕草で堀は首を傾げた。この妖怪じじい。何もかも分かっているくせしやがって。城ヶ崎は自分の首相時代に、官房長官を務めた老政治家を睨みつける。

　自由国民党を離党して新党を立ち上げる際、堀の「私も付いていきますよ」という言葉を聞いて、政治の酸《す》いも甘いも嚙み分けたこの男が付いてきてくれることを頼もしく思う反面、またこの小うるさいじいさんとペアを組んでいくのかと辟易したものだった。城ヶ崎からすれば堀は、「付いてきた」というよりも、「憑いてきた」という感覚だ。

「選対委員長としては、どうお考えですか？」堀は佐藤に水を向ける。

「おそらく……自国党と我が党で票を取り合っているためだと思われます。無党派層に支持が広がっていることで、政党としての支持率では我が党がかなり上回っていますが、自国党には長年の与党時代に培《つちか》ってきた地盤があります。選挙区では互角の戦いとなっています」

　佐藤の説明に満足げに頷くと、堀は意味ありげな視線を城ヶ崎に投げかけてきた。

「ということですよ、総理」

　総理大臣の座から引きずり下ろされて四年、堀はいまだに城ヶ崎を総理と呼んでいた。最初の一年ほどはやめさせようとしていたのだが、そのたびに「分かりました、分かりました」と言っては、次の瞬間には「ところで総理……」と言い出す堀にうんざりして、最近は好きなように呼ばせている。

「何が言いたいんだ、堀さん。もったいつけずにはっきり言ってくれ」

「分かっているでしょう。このままでは選挙区は惨敗ですよ。いまからでも自国党と選挙協力をするべきではないですか」

「一人区の候補者を、取り下げさせろというのか？」

「もちろん全部ではありません。自国党と協議し、半分かそれ以上の一人区ではあちら側に引いていただきます。それで落ち目の革政党が漁夫《ぎょふ》の利《り》を得ることはなくなる」

「自由国民党とうちでは、政策に違いも多い」城ヶ崎は唸《うな》るような声を出す。

「その反面、似ている政策もかなり多いです。大同小異というところでしょう。少なくとも革政党から政権を取り戻す。その思いは同じはずです」

普段の人を食った堀の口調が、セリフの後半だけ低く重いものへと変わる。堀は軽く唇を舐めると言葉を続けた。

「あなたには革政党から政権を取り返す責任があります」

小さな声にもかかわらず、その言葉は城ヶ崎の胸に強く響いた。

四年前、世界中に未曽有《みぞう》の混乱をもたらしたDoMSに対して、城ヶ崎内閣は極めて迅速に対応し、被害を最小限に抑えた。そのことにより政権の支持率は上昇さえしていた。しかしそれも、世論が求めるヴァリアントの強制隔離に城ヶ崎が消極的な態度を示すまでだった。革政党が提案したDoMS予防法に対して、国会答弁で反対を表明すると、それまで城ヶ崎を「カリスマ」「不世出《ふせいしゅつ》のリーダー」と持ち上げていたマスコミは掌を返したように、「腰抜け」のレッテルを貼りはじめた。そして、その時期に起こった『銀の雨事件』、それが城ヶ崎政権に止《とど》めを刺した。

警備が手薄だった仮設隔離施設から逃走した十九歳のヴァリアントの青年が民家に侵入し、その家に居合わせた高校生を強姦《ごうかん》したうえ、金を奪って逃走した。

それだけでも十分に悲惨な事件だが、さらに起こった悲劇に世間は震撼《しんかん》することになる。被害者である少女が事件の数日後にＤｏＭＳを発症し、死亡したのだ。そのうえ、潜伏していた犯人を発見し逮捕する際、警官の一人が素手の犯人に撲殺《ぼくさつ》され、数人が重傷を負った。この事件が、世間のヴァリアントに対するイメージを決定づけることになった。『凶暴な化け物』と。

事件を境に、城ヶ崎内閣の支持率は底が抜けたように急落し、マスコミからはネガティブキャンペーンさながらのバッシングを受けることとなる。しかしそれでも、城ヶ崎はＤｏＭＳ予防法に反対し続けた。その時すでに、任期満了に伴う衆院選までの時間は半年を切っていた。

この事態に焦った自由国民党の議員の多くは自らの保身のため、あろうことか野党が提出した内閣不信任決議案の賛成にまわり、衆院で不信任案が可決された。内閣総辞職か衆院解散かの選択を迫られた城ヶ崎は大方の予想に反し、国民に信を問うために衆院の解散に打って出た。

衆議院を解散した城ヶ崎は即座に自由国民党を離脱し、自分に賛同する仲間を集めて自由新党を旗揚げした。しかし、城ヶ崎が国民に対して語りかける時間はあまりにも短かった。

になる。最終的に漁夫の利を得る形で支持を爆発的に広げたのが、城ヶ崎のＤｏＭＳ政策を一貫して否定し、ヴァリアントの危険性を主張し続けた革政党だった。

かくして竜巻のごとき上昇気流に乗った革政党は、衆議院で三分の二を超える議席を獲得し、政権与党の座につくことになった。しかし、いきなり政権を取ることは革政党自身にとっても予定外のことで、その準備は全く整っていなかった。その結果、見切り発車で政策を推し進めることとなり、経済、外交をはじめとする様々な分野で大きく国益を損なった。その失敗を取り戻そうと、さらに行き当たりばったりの対応を取り続け、四年経ったいまでも傷口を広げている始末だ。

革政党から政権を奪い返す。それが城ヶ崎の衆院選最大の目的だった。確かにそのためには、自由国民党との協力も検討すべきオプションの一つには違いない。

「なかなか悩みどころですね」

眉間に深いしわを寄せる城ヶ崎に、堀は楽しげに声をかける。

このじいさん、俺を悩ませて楽しんでないか？　城ヶ崎は舌を鳴らした。

「いまさら自国党と協力すれば、無党派層が離れるんじゃないか？　革政党以上に、自国党の古い体質を嫌っている有権者も多い。比例に悪影響が出るかもしれない」

「ええ、その可能性もありますね。どちらが吉なのかは、やってみないと分からない。最終的には、私たちはあなたの決断に従いますよ」

「俺が決断して、俺が全責任を負う。そういうことだな」

これから衆院選まで、また胃薬が手放せなくなりそうだ。城ヶ崎は大きなため息をつく。

「御名答。よくできました。『総理』」

わざとらしく「総理」を強調する堀を、城ヶ崎は睨みつけた。

5

「手紙を渡したい？」

ステーキを咀嚼《そしゃく》しながら、純也は訊き返す。

「ちゃんと飲み込んでから喋ってよ。行儀悪いなあ」

テーブル席の対面に座る悠は顔をしかめながら、逆手《さかて》に持ったフォークでステーキを突き刺す。

フォークもろくに使えない奴に、行儀をどうこう言われたくねえよ。純也は胸の中で悪態をついた。

悠が半ば脅迫して部屋に転がり込んできた翌日。二人は夕方から池袋《いけぶくろ》のデパートを訪れていた。空は厚い雲に覆われ、しとしとと雨が降り続いている。長時間日光に当たることのできないヴァリアントにとっては、絶好の外出日和だった。

純也は当初、悠の着替えや日用品を買ってすぐに帰るつもりだった。デパートに着く前は、「まだ眠い」だの、「昼は肌が荒れる」だのと文句を言っていた悠だったが、カジュアル系の婦人服売り場に連れていくと、途端に顔を輝かせ、片っ端から店に入っては何着も試着をしはじめた。

最終的に悠が一通り買い物を終えるまでに、純也は三時間以上も付き合わされることになった。ようやく買い物が一段落すると、悠が「動きすぎてお腹が減った」と言い出し、二人はデパート最上階のレストラン街にあるステーキハウスで食事をすることにした。

頼んだステーキを半分ほど胃に収めたところで、純也は目の前で幸せそうに肉をほおばっている悠に訊ねた。「ところで、なんのために東京に出てきたんだよ?」と。

「手紙を渡しに来たの」

それが悠の答えだった。

「手紙なんかのために、憩いの森から出てきたのか?」

純也がつぶやくと、ビーフシチューの皿を手元に引き寄せていた悠は手の動きを止め、視線を上げた。その顔から笑みが消え、真剣な表情が浮かぶ。

「ただの手紙じゃないの。とっても大切な手紙」

「いや、手紙なんて憩いの森から直接出せばいいだろ。郵便局ぐらいあるんだし」

憩いの森は刑務所というわけではない。公共の福祉という名目で、ヴァリアントが外に出ることは禁じられているが、それ以外は基本的に一般の人々と変わらない生活を送れる。教育機関は幼稚園から大学まで整備されているし、公共施設も揃っている。収容されている人々には、生活に必要な金額が毎月支給され、さらに成人の多くは仕事を持ち、上乗せの給料を得ていた。憩いの森でしか使えないカード上の収入だが。

政府が「憩いの森」を特区として法人税を引き下げているため、いくつもの企業が支社を進出させ、もともとビジネスマンだった優秀なヴァリアントたちを雇い入れていた。他にも、ヴァリアントの体力を生かして農業や林業などに携わる者や、自営業をはじめる者などもいると聞く。

「それができないから、わざわざ出てきたんでしょ。純也君、私のこと馬鹿だと思ってない？」

実際、悠のことを「脳天気な少女」と思っていた純也は、言葉に詰まる。

悠はフライドポテトをフォークで突き刺すと、ひょいと手首を返して純也に向かって飛ばした。鉄板の上で熱されていたポテトは正確に純也の首元に命中する。

声にならない悲鳴を上げ、純也はポテトをはたき落とした。

「何するんだ！」

「人のこと馬鹿にした罰よ」

昨日こいつに見つかりさえしなければ……。ビーフシチューを食べはじめた悠を眺めながら、純也はため息をついた。

「兄さんなんだ。手紙渡したいの」

シチューを全て胃袋に収めた悠は、メニューを見ながらぼそりとつぶやいた。

「兄さん？　この辺に住んでるのか？」

ヴァリアントの多くは、家族と引き離され生活を送っている。未成年の悠はおそらく、憩いの森にある施設で集団生活を送っているのだろう。家族に会いたい。それはヴァリアントが憩いの森から脱走する最も多い動機だった。

ふと純也は、昨日悠と交わした会話を思い出す。確か悠は、「シャバに家族はいない」とか言っていたはずでは？

「住んでいる……のかな。その辺、ちょっとビミョーなんだよね」悠は歯切れ悪くつぶやく。

「微妙ってなんだよ？　引っ越して住所が分からないとか言い出すんじゃないだろうな」

「いや、いるところは分かっているんだ。けれど住んでいるというより、住まわされているっていうか……」

「住まわされている？」

「まあ、簡単に言えば、刑務所……じゃなくて拘置所《こうちしょ》って言うんだっけ？　そこに入ってるんだよね」

悠は赤い舌を小さく覗かせた。

シャバにいないとはそういう意味か！　予想の斜め上をいく返答に、純也は頬を引きつらせる。

「一体何をしたんだ、お前の兄さんは？」

「別に大したことしたわけじゃないんだよ。逮捕された時、ちょっと警官を怪我させちゃってさ」

悠はあははと乾いた笑い声を上げた。

「公務執行妨害《ぼうがい》は十分に大したことだ！」

「しょうがないじゃない。私たちが手を軽く払っただけで、普通の人間は大怪我するんだから。兄さんだって、怪我させるつもりはなかったんだよ」

悠は椅子の背にかけていた赤いポシェットから小さく折りたたまれた新聞紙を取り出すと、机の上に広げた。それは、二ヶ月ほど前の日付の新聞だった。

「なんだよ、これ？」

「ここ見て」

紙面の片隅にある小さな記事が赤い丸で囲まれていた。純也は活字を目で追っていく。

『9月18日未明、警察官一名に軽傷を負わせたとして、愛宕《あたご》署は長野県「憩いの森」在住の会社員、鈴《すず》木《き》武《たけし》容疑者（23）を公務執行妨害の現行犯で逮捕した。鈴木容疑者は16日深夜、友人に会うために「憩いの森」から脱走し、18日午前2時頃、ＪＲ新橋駅近くの路上にいたところを警察官に職務質問され、ＤｏＭＳヴァリアントであることを認めた。強制送還のため身柄を拘束《こうそく》する際、鈴木容疑者に突き飛ばされた警察官一名が転倒し、手に全治五日程度の軽傷を負った。鈴木容疑者は「自分の体力を考えず押してしまった。申し訳ないことをした」と容疑を認めている』

「わざわざ持ち歩いているのかよ、この記事？」

純也は紙面から顔を上げる。確かに記事を読む限り、悠の兄だという犯人に凶暴性は感じられなかった。

「うん。そうでもしないと、信用してくれないと思って」

「この鈴木武っていうのが兄さんなのか？」

「名字のこと？　そう。両親離婚して、私はお母さんに引き取られたんだけど、大学生で一人暮らししていた兄さんはもうすぐ成人だし、わざわざ名字を変えるのは面倒ってことで、親権はお父さんが持つことになったの」

「別々に生活していたのに、二人ともＤｏＭＳに？」

「兄さん、よくうちに来てたの。私が体調悪くなった時も……。その時に感染しちゃったんだと思う。あの時、お母さんと兄さんが必死に看病してくれて……」

悠の表情が歪む。

「誰から誰に感染したかなんて、はっきりとは分からないだろ」

慰めつつも、悠の予想がおそらく正しいことを純也は知っていた。感染力がそれほど強くないDoMウイルスは、主に家族内などの生活空間を共有する者の間で感染する。

「どうしてその兄さんに、憩いの森から脱走してまで手紙を渡したいんだ？」

重苦しくなった空気を払拭《ふっしょく》しようと、純也はやや強引に話題を変える。

うつむいていた悠は、顔を上げるとキョロキョロと店内を見回した。話を聞かれることを警戒しているらしい。店内は夕食時だけあって混み合っていて、喧噪《けんそう》で隣の席の会話もよく聞こえない。それにもかかわらず、悠はテーブルに両手をついて身を乗り出すと、囁くように言った。

「どうしても知りたい？」

「知りたいに決まってるだろ。刑務所まで連れていくはめになりそうなんだからな」

「刑務所じゃなくて拘置所。兄さんの裁判まだ終わってないから、東京拘置所にいるの」

「どっちでもいいから、どんな重要な手紙なら、わざわざ脱走して、見ず知らずの医者を脅迫してまで届ける必要があるんだよ？」

悠はもう一度だけ周囲を見回したあと、口を開く。

「テロを止めたいの」

意味が分からず数秒間呆けたあと、純也は目を剝《む》く。

「テロ⁉」

「声が大きい」

慌てた悠は、さらに身を乗り出すと純也の口を両手で塞ぐ。幸いなことに周りの客は食事と歓談に夢中で、二人に注意を向ける者はいなかった。

「ちょっと待ってくれ」純也は悠の手を払うと、額《ひたい》を押さえる。「なんでそんなやばい話になるんだ？　君の兄さんは一体何をしてるんだ？」

「別に兄さんが何かしたってわけじゃないの。兄さんって、まあ、なんというか、憩いの森で反政府運動してる小さな組織の代表でね……」

「十分に『何かしてる』じゃないか！」

「違うって、そういうのじゃないの」悠は大きく手を振る。「兄さんがやっているのは平和的な抗議で、署名を集めたり、外部の支援者と連絡を取ってデモをしたりするだけ」

「じゃあ、テロっていうのはなんなんだ？」

「兄さんはあくまで法律に則《のっと》って組織を動かしていたの。私も兄さんに誘われて、形だけ参加していたんだ。けれど二ヶ月前に兄さんが逮捕されてから、組織が急に暴力的になってきたの」

頭を失った蛇の体が、進むべき方向を見失って暴れ出したというわけか。純也は口元に力を込める。

「テロを起こして兄さんの解放を要求するんだって、計画を立てはじめたんだ」

「警察に通報すればいいじゃないか」

「そんなことしたら、みんな逮捕されて刑務所に入れられるでしょ。兄さんが逮捕されて暴走してるけど、みんな仲間なんだよ。それにヴァリアントがテロを計画していたなんてニュースが流れたら、また私たちが白い目で見られるでしょ」

純也は言葉に詰まる。確かにそんな大事件が明るみに出れば、世間は数人のグループが起こした事件ではなく、ヴァリアント全体の問題として捉えるだろう。

「具体的には、どんなことしようとしてるんだ?」

それを聞けば後に引けなくなるという恐怖をおぼえつつ、純也は質問を止めることができなかった。悠は周囲を警戒しながら、ウサギ並みの聴力を持つヴァリアントでないと聞こえないほど小さな声で囁いた。

「原子力発電所。福井にある原発を襲撃して占拠《せんきょ》するつもりなの」

6

エレベーターから降りた青山は手帳を開きながら言う。毛利は返事をすることなく、鋭い視線を外廊下の先に向けた。

「一番奥の部屋ですね」

頷くぐらいしてもいいんじゃないか。青山は手帳をスーツの内ポケットにしまいながら、前に立つ毛利の巨大な背中を眺める。毛利と組んでから一週間以上になるが、いまだにこの偏屈《へんくつ》なベテラン捜査員が苦手だった。確かに公安部は、人付き合いが悪く愛想のない捜査員が多いが、世界の全てを敵視するかのような毛利の態度は、それらとは異質なものだった。毛利が古びた革靴をかつかつと鳴らしながら廊下を進んでいく。青山は小さく息を吐くと、その後ろについていった。

江戸川《えどがわ》区の駅から離れた住宅地に立つマンション、そこに二人はいた。

「こんな時間に家にいますかね？　その医者」

青山は腕時計に視線を落とす。午後三時前、普通のサラリーマンなら会社にいる時間だろう。

「さあな、いなけりゃまた来るだけのことだ」毛利は面倒くさそうに答える。

目的の部屋の前に立つと、毛利は無造作にインターホンを押した。しかし、返事はなかった。

「留守、ですかね……」

一分以上経ったところで青山はつぶやく。毛利は無言のまま、視線で穴を開けようとでもしているかのように、扉に取り付けられた小さなレンズを睨みつけた。青山もつられてその部分を見る。一瞬、レンズの奥で光が揺れた気がした。

「お忙しいところ失礼いたします。警視庁の者ですが少しお話よろしいでしょうか？」

間髪をいれず、毛利が腹の底に響くような声を上げる。数瞬後、ドアが緩慢《かんまん》な動きで開きはじめた。

ドアの隙間から青年が顔を見せる。顔立ちはなかなか精悍で整っているが、髪は寝癖で乱れ、目は眩しそうに細められていた。なぜか、趣味の悪い青レンズの眼鏡をかけている。

「失礼します、岬純也先生でしょうか？」毛利が慇懃《いんぎん》に言う。

「ええ……そうですけど」岬は眼鏡の下の目をこすった。

「警視庁公安部の毛利と申します。ちょっと質問があるのですが、よろしいですか？」

「質問？　いまでないといけませんか？」

「すぐに済みますので。ところで、お休み中でしたか？　もう三時になりますが」

「……仕事柄、昼夜が逆転しているんです。夜勤が多いもので」

言い訳するような口調で岬は言う。

「そうですか、それは大変ですね」

心のこもっていない言葉を吐きながら、毛利は岬の全身に舐めるような視線を這わせていった。

「いったいなんの用なんですか？」

「失礼しました。二日前のことですが……」

毛利の視線を不快に思ったのか、岬の口調に苛立ちが混じる。

青山が横から質問をしようとすると、毛利が「黙ってろ！」と、怒声を上げた。その迫力に青山は口をつぐむ。

「この女、見覚えはありませんか？　先生」

毛利はスーツの内ポケットから写真を取り出すと、岬の目の前に突きつけた。そこには、白銀色の目をした少女が写っていた。岬は無言のまま眼鏡の奥から写真を凝視する。

「どうですか、先生。見覚えはないんですか？」

「この目は……ＤｏＭＳのヴァリアントですね。誰なんですか？」

「憩いの森から逃走して、犯罪を繰り返している危険なヴァリアントですよ」

「犯罪？」

「ええ、すでに何人も人を殺してる……」

毛利の言葉に、岬が小さく息を呑んだ。

「って言いたいところですが、まだ万引きぐらいしかしていません。ただ、こいつらは危険ですからね。早く捕獲したいんですよ」

毛利の武骨な顔に、挑発的な笑みが浮かぶ。

「……ヴァリアントも人間でしょう。捕獲って言い方はないいんじゃないですか」

岬の表情が渋くなった。

「お優しいですな。国民の大部分はヴァリアントが人間だなんて思っていませんよ。まあ、そんなことは置いておいて、この写真のガキに見覚えはないですか？」

「いや、知らないですね」岬は写真から視線を外す。

「もう少し見てもらえませんか？　一昨日、あなたが診察しているはずなんですよ。『小村悠子』っていう下手《へた》な偽名のカルテに、あなたが打ち込んだ診療記録があるんです」

唐突に、毛利が手持ちのカードを切った。数日前、スーパーの防犯カメラを調べたところ、毛利の予想通り、万引き犯は鳥籠から逃げ出していたヴァリアントの少女、小林悠だった。

毛利と青山で周囲の施設に聞き込みをかけたところ、二日前の深夜に、万引きがあったスーパーの近くにある病院で、小林悠らしき少女が診察を受けていたことが分かった。その際に診察したのが、目の前にいる岬という救急医だ。

「夜間は何人も診察しますから、いちいち顔なんて憶えてないですよ」

岬が扉を閉めようとするが、一瞬早く毛利はドアに足をかけた。

「ええ、普通ならそうでしょう。けれど、聞いたところによると、その少女は絶対にあなたに診察してもらうと騒いだそうです。そして、あなたは『親戚だ』とその少女を診察した。さすがに憶えているんじゃないですか？」

毛利に睨《ね》め上げられ、岬の表情が歪んだ。

「……そういえば、そんな患者もいましたね。この写真とは違って薄汚れていたから気が付かなかった。それにサングラスもかけたままでしたから」

「なぜ『親戚だ』などと言ったのですか？　あなたは彼女の親戚ではないはずだ」

「深夜でしたからね。他のドクターを起こして診察してもらうより、私がさっさとやった方が早いと思っただけですよ。親戚うんぬんは、説明するのが面倒だったからです」

「なるほど、そうですか。それで、どんな病状だったんですか？　病院に来たからには病気だったんでしょう？　まさか、ＤｏＭＳを治してくれとでも言ってきましたか？」

毛利は挑発的に言う。岬の鼻の付け根にしわが寄った。

「軽い風邪でしたよ。うがいして寝てれば治ると言って、薬も出さないで帰しました」

「大人《おとな》しく帰りましたか？　どうやら精算もせずに姿を消したらしいのですが」

「ええ、すぐに帰ってくれましたよ」

「なるほど」毛利は小さく頷いた。

「もういいですかね。そろそろ眠りたいんですよ」

「先生はこのヴァリアントが、病院を出たあとどこに向かったか、心当たりはありませんか？　その後、足取りが摑めなくなっているんですよ。もしかしたら、誰か協力者でも見つけて、匿ってもらっているのかもしれません」

「……さあ、私には見当もつきません」

毛利は岬の双眸《そうぼう》を真っ直ぐに覗き込んだ。

「そうですか。ご協力ありがとうございました。もし思い出したことがあれば、ぜひ連絡を下さい」

岬が目を伏せる。

にこやかに表情を崩すと、毛利は名刺を押しつけるように岬に握らせる。突然の態度の変化に戸惑いの表情を浮かべながら、岬はドアを閉めた。

元の仏頂面《ぶっちょうづら》に戻った毛利が身を翻《ひるがえ》す。青山は慌ててその後を追い、一緒にエレベーターに乗り込んだ。

「あの男、何か隠していますよね？」下降しはじめたエレベーターの中で青山は訊ねた。

「お前に気が付かれているようじゃ、あの男、よっぽど嘘が下手だな」

毛利が分厚い唇の端を上げた。エレベーターが一階に着くと、毛利は大股にエントランスを進む。

「もしかして、あの男がコウモリを匿っているんですか？」

「間違いねえ。俺と話している間、あの医者、部屋の中をちらちらと見ていやがった。騒ぎを聞きつけて、部屋からコウモリが顔を出さないか、不安で仕方なかったんだよ」

毛利の舌はやけに滑《なめ》らかだった。二人はエントランスを抜け、マンションの前に出る。

「それじゃあ、あの部屋を張り込みますか？」

青山が訊ねると、毛利は振り返ってマンションを見上げた。

「その前に、あの医者を徹底的に洗う。公安の情報収集能力をフルに使って、あの男を丸裸にするんだ」

「あの医者を？　ヴァリアント解放運動のシンパかもしれないってことですか？」

ヴァリアントの待遇《たいぐう》改善や解放を訴える組織は平和的なものから危険思想を持つものまで、一般社会の中に無数に存在する。その多くを公安は把握し、必要なら監視をしていた。

「はっ、お前じゃあまだ気が付かねえか」毛利は小馬鹿にするように鼻を鳴らす。

「気が付かない？　なんのことですか」

「あの男もコウモリだ」

毛利の顔に、獲物を前にした肉食獣の笑みが広がっていった。

7

寝室のドアに手をかけ横に引く。ドアは抵抗なくスライドしていった。

あれほど言ったのに、鍵をかけてなかったのか。純也は顔をしかめながら部屋に入る。

ベッドの上では、昨日の買い物で疲れたのか、毛布を被った悠がアルマジロのように丸くなっていた。はだけた毛布から足が大きく露出している。

白い太ももに視線が行かないように注意しながらベッドに近づくと、純也は悠の体を揺する。

「起きろ。大変だ」

悠はううっと呻きながら顔をしかめると、ゆっくりと瞼を上げた。

「……なに？」

寝ぼけ眼《まなこ》が純也の姿をとらえた瞬間、悠は勢いよく上半身を起こす。

「なんで部屋に入ってきているの⁉　まさか、本気で襲うつもり？」

「ガキを襲ったりしない！　そんなに心配なら、ちゃんと鍵をかけとけ！」

「ガキ？　いまガキって言った？　何よそのガキで興奮してるロリコンのくせに！」

悠が顔を赤くしながら両手でベッドを叩く。ヴァリアントの力で叩かれたスプリングが悲鳴を上げ、反動で小柄な悠の体が跳ねた。

「誰が興奮しているっていうんだ！」

「さっきから私の足見てるじゃない！」

いつの間にか再び悠の太ももに引き寄せられていた視線を、純也は慌てて逸らす。

「そんなことより、起きて荷物まとめろ。ここから逃げるぞ」

「え？　何かあったの？」

純也の口調に深刻なものを感じ取ったのか、悠は真顔になる。

「警察が来た。お前のことを捜してる」

「警察!?　え、けど、ここにいることばれてないでしょ？」

「いや……、間違いなく気付かれてる」

純也は毛利と名乗った刑事の目を思い出す。あの心の底まで見通すような目を。

「なんで？　なんか口滑らしたの？」

責めるような悠の口調に、純也は鼻の付け根にしわを寄せる。

「何も言ってない。お前こそ、なんで病院で小村悠子なんて、分かりやすい偽名使ったんだ！」

「だって、カルテ作るからって急に名前を訊かれたんで、とっさに……。まさか警察が私を追ってくるなんて思っていなかったんだもん。確かに憩いの森から脱走したけど、私なんてただの女子高生だよ」

悠の表情が哀《かな》しげに歪む。

「……悪い、でかい声出して。ただな、これだけは忘れないでくれ。お前が思っている以上に、世間はヴァリアントに怯えているんだよ」

一般社会で息を潜めて生きてきた純也には、それが痛いほど分かっていた。四年前、日本だけで二十万人以上が犠牲になったＤｏＭＳパニック、そのトラウマはいまも人々の心の奥底に色濃く染みついている。

「けど、みんな予防接種してるんだし……」

悠は弱々しい声でつぶやいた。ＤｏＭＳパニックの際、ＤｏＭウイルスの予防接種は国民の大半が受け、さらに三年前からは小児の定期予防接種として、生後半年をめどに接種することが義務付けられている。その政策により、日本に住むほぼ全ての人間はＤｏＭウイルスに対する免疫を持つようになっており、三年間近く、新たにＤｏＭＳに罹患《りかん》した日本人はいない。

「ああ、そうだ。それでも世間はヴァリアントを怖がっているんだよ。俺たちが近くにいるだけで、ＤｏＭＳになる可能性があると思っているのさ」

「でも、なんていうか……あれしなければ、感染《うつ》ったりしないんでしょ」

目を伏せながら悠は言葉を濁す。純也の眉間に深いしわが寄った。

DｏMウイルスはHIVに近い性質を持ち、それゆえヴァリアントと性交渉を持った者は、たとえ予防接種を受けていてもDｏMSに罹患する可能性がある。だからこそヴァリアントは一般人から隔離する必要がある。その認識は世界中で行われているヴァリアント隔離政策の根拠となっていた。

「……性行為でも感染なんかしない」

純也は喉の奥から声を絞り出す。悠は顔を上げると、プラチナ色の目をしばたたかせた。

「えっ？　でも私、学校でそう習ったよ」

「俺は世界中のDｏMSについての論文に目を通している。最近の研究では、ヴァリアントはDｏMウイルスを全く排菌していないことが分かってきているんだよ」

急性期を生き延びた患者の血中からは、DｏMウイルスが急速に減少していく。そして変異期も数ヶ月を過ぎ、完全に変異を終える頃には、DｏMウイルスは体内から消え去り、その痕跡《こんせき》が幹細胞に組み込まれたDNAにしか見ることができなくなる。そこに至れば、もはやDｏMウイルスを排出することはなく、当然、他人には感染させない。

「じゃあ、なんで私たちは隔離されてるわけ!?」悠の声が跳ね上がった。

「偏見《へんけん》だよ。昔、抗生物質による治療法が確立したあとも、ハンセン病患者の隔離が続いたのと一緒だ。ヴァリアントは凶暴で、猛獣並みの体力を持ち、そのうえ恐ろしいウイルスを撒き散らすモンスターだから、隔離して当然だと世間は思っているんだ」

「そんな！　確かに力は強いけど、私たちは凶暴なんかじゃない」

悠は胸倉を摑まんばかりに迫ってくる。

「何が本当かなんて関係ない。世間のヴァリアントに対するイメージは四年前に決まっちまったんだよ」

「四年前……」

「知ってるだろ、銀の雨事件だ。隔離施設から逃げ出した十九歳のヴァリアント、少年Xが、民家に押し入って、そこにいた女子高生を暴行して金を奪った。そしてその女子高生はDoMSを発症して死んだ。そのうえ犯人は警察官も殺している。世間の考えるヴァリアント像はその犯人なんだよ。ああ、三年前の革政党本部籠城事件でイメージはさらに悪化したな」

顔を伏せる悠の前で、純也は口を動かし続けた。何年もの間、胸の内で燻《くすぶ》っていた不満が悠というはけ口に向かって迸《ほとばし》る。

「少年Xは、事件を起こした時まだ変異期を終えたばかりで、血中にDoMウイルスが残っていた。だから精液中にもウイルスが含まれていて、被害者が感染したんだ。けれど世間的にはそんなこと関係ない。予防接種をしてもヴァリアントと性行為に及べばDoMSになるっていうことが、事実として認識された。一人の馬鹿野郎のせいでヴァリアント全体が……」

「うるさい！」

壁が揺れるほどの怒声が寝室を満たした。絶句する純也を、悠が燃え上がるような瞳で睨みつける。

「男のくせにぐちゃぐちゃうるさい！　文句言ったってはじまらないでしょ。そんなことよりどうするのよ。私がここにいるのがばれたんでしょ！」

息を乱しながら叫んだ悠の目が潤んでいくのを、純也は唖然として眺める。何が少女の逆《げき》鱗《りん》に触れたのか分からなかった。

「どうなの!?　何か考えがあるの？」

悠は強い口調のまま言うと、うつむいて目元をこする。

「あ、ああ。とりあえずこの家から離れて、どこかに身を隠した方がいいと思う」

純也が提案すると、悠の顔から潮が引くように表情が消えていった。

「そっか……。私、追い出されるんだ……」

悠は痛みをこらえるように一度目を固く閉じると、無言のまま部屋を出ようとする。純也は慌ててその華奢《きゃしゃ》な肩に手を置いた。

「おい、なに一人で出ていこうとしているんだよ」

「え？　一緒に……行ってくれるの？」悠は目をしばたたかせる。

「行く場所のない子供、放り出せるわけがないだろ」純也は唇の片端を上げた。

この四年間、自らがヴァリアントであることを隠すため、他人との接触を極力避けてきた。

友人とも連絡を絶ち、仕事でも必要最低限の会話しか交わしていなかった。その重い孤独感は潮風が鉄を侵すように、純也の精神を少しずつ腐食《ふしょく》していた。

人は他人とコミュニケーションをとって、初めて『人間』でいられるのかもしれない。皮肉にも、怪物ではなく人間として扱われるために身を隠して生きるうちに、自分が『人間』であることを忘れていた。

しかし悠と、ヴァリアントという十字架を背負った仲間と出会い、喜怒哀楽を激しく表に出すその少女に振り回されるうちに、澱《おり》のように胸の底に溜まっていた孤独感は消え去っていた。この数日で純也は自らが『人間』であることを思い出すことができた。

「なに恰好《かっこう》つけてるのよ。その子供の足に興奮してたくせに」

憎まれ口をたたきながらも、悠は口元をほころばせ涙をぬぐう。

「人聞きの悪いこと言うな！　それより、早く用意しろ。十五分で出るぞ」

「うん！」

純也の言葉に、悠は大きく頷いた。

8

心臓の鼓動が加速していく。佐久間葉子《さくまようこ》は倒れ込むように、ポルシェ　カイエンのボディに背中をつけた。コート越しに伝わってくる冷たい金属の感触が、火照《ほて》った体をいくらか冷やしてくれる。

山奥の道路脇に立つ建物。何年も前につぶれ、いまは廃墟となったレストランのそばで、葉子は手首に視線を落とす。ブルガリの腕時計は午前二時五十七分を指していた。約束の時間まで、あと三分しかない。不安が胸を締め付ける。

「まだ来ないですね。本当にここでいいんですか？」

運転席の窓から佐川龍也《さがわたつや》が髭面《ひげづら》を覗かせる。その緊張感のない口調に、葉子の頬が引きつった。

「うるさい。あなたは黙ってて！」

葉子に怒鳴られた佐川は、これ見よがしに肩をすくめる。葉子の口の中で、無意識に舌が鳴った。

二年前から組織に加わった佐川は、使える男だった。もともと非合法の仕事で生計を立てていたというこの男が持つ人脈と、葉子の財力とが組み合わさることで、組織は飛躍的な力を得ることができた。いまや組織内での佐川の地位は、葉子に次ぐまでになっていた。しかし、佐川を見るたびに、葉子の胸には生理的な嫌悪感が湧き上がる。

四年前に葉子が立ち上げたＮＰＯ団体『銀の雫《しずく》』。その参加条件はただ一つ。プラチナのごとき美しい瞳と、強靭な肉体を持つ選ばれた人々、ＤｏＭＳヴァリアントを崇拝していることだった。葉子たちは、心からの敬意を込めて、彼らのことを『シルバー』と呼んでいた。しかし佐川からは、シルバーへの敬意が感じられない。言葉では佐川も彼らへの憧れを語るが、それが口先だけのものであることを葉子は感じ取っていた。

秋の夜風が頬を撫でる。葉子は再び腕時計に視線を落とした。午前三時、約束の時間だ。目を凝らして周囲を見回すが、あたりは闇に覆い尽くされ、待ち人たちの姿は見つからなかった。

所詮《しょせん》夢は夢に過ぎなかったのか……。葉子は力なくうなだれる。

「銀の雫代表の佐久間葉子か？」

唐突に背後から、低く籠もった声がかけられる。葉子は勢いよく振り返った。かつてレストランだった建物の陰に、誰かが立っている。

「は、はい！」葉子は声を上ずらせる。

陰の中から三人の人影が出てきた。遠くにある街灯のかすかな光が、三人の姿を薄く照らし出す。

「俺が連絡を取っていた真柴《ましば》だ。この二人は増田《ますだ》と橋本《はしもと》。全員ＤｏＭＳヴァリアントだ」

声をかけてきたのは背の高い細身の男だった。その隣には同じぐらい背が高く、横幅は倍近くありそうな巨軀《きょく》の男、そして後ろには、中肉中背《ちゅうにくちゅうぜい》の若者が立っている。三人とも、こんな暗闇の中だというのにサングラスをかけていた。

真柴と名乗った男が近づいてくる。

「証拠！　証拠をお願いします！」

葉子は震える声を喉の奥から絞り出した。男は無言で手を上げる。サングラスが取り去られていく光景が、葉子の目にはスローモーションで映った。

「ああっ！」

喉の奥から悲鳴とも歓声ともつかない音が漏れる。サングラスの下から現れた瞳は、それ自体が発光しているかのように、暗闇の中で鮮やかな白銀色に輝いていた。膝の力が抜け、葉子はその場に崩れ落ちる。

「お、お目にかかれて光栄です。お待ちしておりました、シルバーの皆様。長旅お疲れ様でございます。安全な潜伏場所を確保しております。どうぞそちらの車にお乗り下さい」

何度も頭の中でシミュレーションしてきたセリフを、葉子はたどたどしく口にした。

真柴は小さく頷くとカイエンの後部ドアを開き、仲間たちとともに乗り込んでいく。

「協力に感謝する」

最後尾で乗り込む寸前、真柴はまだ膝をついている葉子に声をかけた。それだけで体に電流が走ったような気がした。葉子は両手を下腹部に持っていく。子宮《しきゅう》に火が灯っているかのような熱が、掌に伝わってきた。

「葉子さん、早く行きましょう。シルバーの皆さんを待たせると悪いですし」

幸せを噛みしめる葉子に佐川が声をかけた。催促するようにエンジンが空吹かしされる。鼻をつく排ガスの臭いを感じた瞬間、下腹部の熱が霧散《むさん》していく。

言いようのない喪失感を抱きながら佐川を睨むと、葉子は立ち上がってカイエンの助手席に乗り込んだ。

「おお、怖い」

わざとらしくつぶやきながら佐川がギアを操作する。葉子たちを乗せた車は、夜の山道を滑るように走り出した。


「どうぞお入り下さい」

暗い階段を下りた先にあるドアを開きながら、葉子は恭《うやうや》しく頭《こうべ》を垂れた。

「先に入ってくれ」

真柴は警戒心を隠すことなく指示をする。まだ信用してもらえていないことに軽い落胆をおぼえながらも、葉子は「はい」と答え部屋に入った。

繁華街の外れにある古い雑居ビルの地下に、葉子とシルバーたちは移動していた。

部屋の中にいた十人ほどの組織のメンバーが、葉子を見て一斉に立ち上がった。まだ高校生の少女から、すでに還暦は過ぎている高齢の男性にいたるまで、老若男女が熱に浮かされたような目つきで視線を送ってくる。

「皆さん、シルバーの方々です」

葉子が興奮を押し殺しながら言うと、真柴を先頭に三人のシルバーが室内に入ってきた。メンバーたちは期待に満ちた表情で身を乗り出してくる。彼らが何を求めているのか、葉子には手に取るように分かった。

「申し訳ございませんが、サングラスを外していただけませんでしょうか」

葉子が頭を下げると、真柴は小さくため息をつきながらサングラスを外した。露《あら》わになったプラチナ色の瞳が、蛍光灯の明かりを妖しく反射する。

セーラー服の少女が悲鳴を上げ、その場に崩れ落ちた。しかし、誰も彼女を助け起こすことはなかった。全員が真柴の瞳に視線を吸い寄せられたまま、固まっていた。

「これでいいか？」

時間が止まったかのように硬直しているメンバーたちを眺めた真柴は、再びサングラスをかける。

「はい。ありがとうございます」

宝石のような輝きを放つ瞳をもう少し見ていたいという未練を抑えつつ、葉子は答える。

「彼らが協力者か？」

真柴はサングラスの奥から、一人一人に値踏みするような視線を送っていった。

「ええ、いまは緊張していますが、みんな優秀な仲間です。ご期待に添えると思います」

「そう願う。それで、この建物は何だ？」真柴の声が低くなる。

「何だ……とおっしゃいますと？」

「他人が入ってくる心配はないのか？」

真柴の懸念を理解し、葉子の表情が綻《ほころ》ぶ。

「ご安心下さい。ここは私の父が所有するオフィスビルで、二ヶ月後に取り壊しの予定となっています。テナントも全て立ち退《の》き、取り壊しまで誰も出入りすることはありません」

「そうか……」真柴は小さく頷いた。

「それでは、お部屋にご案内いたします。長旅でお疲れでしょう。どうかお体を休めて……」

葉子の言葉は、真柴が突き出した掌によって遮られる。

「気遣いはいらない。俺たちはあの程度では疲れない。それよりも何か食べ物を用意して欲しい」

真柴の顔にかすかな笑みが浮かんだ。

「気が利かず失礼しました！　すぐに用意いたします」

初めて見たシルバーの笑顔に、心臓が大きく跳ねるのをおぼえながら、葉子はメンバーたちに目配せする。数人が弾かれたように部屋の外に出ていった。

信頼はゆっくり築いていけばいい。自分の想いを知ってもらう機会はこれから十分にあるはずだ。葉子は決意を固める。しかし、この決意をさらに強固なものにするために、確認すべきことがあった。

「それで、お願いしていたことは……？」真柴の耳元で葉子は囁いた。

この二年間、葉子は憩いの森の職員を買収し、真柴たちのグループと連絡を取り続けていた。そして数ヶ月前、真柴は自分たちを匿い、必要とするものを揃えて欲しいと依頼してきていた。その要請に応えるだけの財力と組織を持ち合わせていた葉子は、見返りとして一つの要求をした。組織のメンバーたちにさえも知らせていない要求を。

「安心しろ。約束は守る」真柴は低い声で言う。

真柴の答えを聞いて、葉子は再び下腹部が熱くなるのを感じた。

「けれどあの方は、どうやってあそこから出るのですか？」

葉子は上ずりそうな声を必死に抑えながら訊ねた。

「手は打ってある。彼は間違いなく、数日のうちに俺たちと合流できる」

真柴は力強く言った。それだけで葉子の不安は融け去っていく。

「余計な心配をしてしまい、申し訳ありません」

真柴はサングラスを人差し指でずらすと、謝罪する葉子を白銀の瞳で見つめる。

「計画が終わったら、彼があなたを抱く。それであなたはＤｏＭウイルスに感染して、我々と同じヴァリアントとなる。それでいいんだな」

「は、はい……」葉子はかすれ声で頷いた。

シルバーに抱かれることでDoMウイルスに感染し、自らもシルバーになる。それが四年前、偶然シルバーを、あの大型猛獣のような雄々《おお》しく美しい姿を見た時からの、葉子の悲願だった。

四年間、シルバーになるために人生の全てを費やしてきた。自分と同じようにシルバーに憧れる仲間を地道に集め、不仲だった父と表面上だけの和解をして、組織の活動費を捻出《ねんしゅつ》してもらった。

DoMSになれば死の危険があること、苛烈《かれつ》極まるDoMSの急性期を乗り越えシルバーになれるのは、集中医療を受けたとしても、わずか数パーセント程度であることは知っている。それでも葉子は恐怖を感じていなかった。シルバーになるためなら、命など惜しくはなかった。

「それより、目標の情報は手に入っているのか？」真柴の声が鋭くなる。

「ご心配には及びません」

葉子は遠巻きに見ていたメンバーの一人に目配せをする。大きな紙を脇にかかえた壮年の男が、合図に気付いて小走りに寄ってくる。

「シルバーの皆様、お会いできて光栄です。小沢公三《おざわこうぞう》と申します。私は去年まで、北日本《きたにほん》電力に勤めておりました。これがご依頼のものです」

小沢と名乗った男は震える声で言いながら、デスクに紙を広げた。そこには巨大な設計図が描かれていた。部屋の隅にいた佐川も近づいてきて、真柴の肩越しに設計図を覗き込む。

「これが今回のターゲット、越前《えちぜん》原発の設計図です」

葉子は紅《あか》くルージュを引いた唇に淫靡《いんび》な笑みを浮かべた。

第2章

1

「準備はいいか？」

Ｚ４のイグニッションからキーを抜きながら、純也は助手席の悠に話しかける。空色のセーターと膝丈のピンク色のスカートを身につけ、大きなサングラスをかけた悠は、珍しく緊張した面持ちで頷いた。

「それじゃあ行くか」

純也は車の外に出ると、眼鏡の青いレンズ越しに、目の前にそびえ立つ巨大な建物を眺めた。

東京拘置所。荒川《あらかわ》と綾瀬川《あやせがわ》に挟まれるように建つ巨大な施設の駐車場に二人はいた。時刻は午後三時半。普段ならまだ寝ている時間だが、緊張のためか眠気は全く感じなかった。

純也の鼻先で水滴が弾けた。見上げると、厚い雲に覆われた空からぽつぽつと雨粒が落ちてきている。

数日前、純也のマンションを出た二人は、ビジネスホテルの並びのシングルルーム二部屋に偽名でチェックインした。その翌日、純也は身内に不幸があったと病院に伝えて数日休みをもらうと、悠の希望通り、手紙を渡すために東京拘置所に行こうと提案した。しかし、寝ている時間以外は純也の部屋に入り浸って、菓子などをつまんでいた悠は、ベッドの上で天気予報を見ては「明日は晴れだから嫌だ」などと言って、頑《がん》として動かなかった。そしてホテルに隠れてから四日が経ち、本当に悠が拘置所に行く気があるのか純也が疑いはじめた昨夜、悠は突然「明日行こうよ」と言い出したのだった。

二人は並んで、「面会者受付」と書かれた入り口から建物の中へと入っていく。

「まず、これを書くのか……」

壁に貼られている手順の説明を眺めながら、純也は「一般面会申請書」と記された紙を手に取った。ここに面会相手や自分たちの身元を書き込んで、受付に提出するらしい。

「私が書くよ、いいでしょ?」

隣にいた悠がサングラスを外しながら言った。黒いカラーコンタクトをつけた瞳が純也を見る。

「好きにしてくれ」

純也が自分の名前と連絡先だけ埋めて用紙を渡すと、悠はさらさらとペンを走らせていった。

「おい、兄さんの名前は『鈴木武』じゃなかったか？」

横から用紙を覗き込んだ純也は、面会相手の欄に書かれた名前を見て声を上げる。そこには、三文字でなく、五文字の名が記されている。

「ああ、あれ誤植なの。本当の名前は『鈴木比呂士《ひろし》』。名前間違えるなんて失礼よね」

申請書から視線を外すことなく答えた悠は、用紙を書き終えると一人で窓口へ向かう。

「お願いします」

悠から用紙を受け取った窓口の中年女性職員は、愛想よく笑顔を見せると、脇にあるパソコンに情報を打ち込んでいく。突然、女の表情がこわばった。パソコンのディスプレイから視線を外すと、純也と悠の顔を凝視する。

「……少々お待ち下さい」

数回、ディスプレイと純也たちの間で視線を往復させた女は、肉付きのいい体を揺らして奥へと小走りに去っていった。

「どうしたんだ？」

「さあ？　ヴァリアントに面会する人なんて珍しいんじゃないの」

首を傾げる純也の前で、悠は肩をすくめた。

三分ほどして、額に汗を浮かべながら女は戻ってきた。

「お待たせしました」息を切らしながら女は言う。

「何か手続きに問題でもありましたか？」

ただならぬ様子に、純也はかすかに不安になる。

「いえ、問題はありません。ただ、被告人がＤｏＭＳの変異体であることはご存じですか」

「ええ、もちろん知っています。ヴァリアントだからといって面会は拒否できないはずです」

女のセリフに純也は苛立つ。

「いえ、面会拒否などしていません。ただ最近、本人確認を厳重にさせていただいておりますので、免許証か何かお持ちでしょうか」

純也の表情が引きつった。自分は運転免許証を見せればいい。しかし逃亡者である悠は……。

「はいどうぞ。パスポートで問題ないですよね」

焦る純也の横から、悠がすっと手を伸ばし、ポシェットから取り出したパスポートを職員に渡した。純也は驚いて、すまし顔の悠を見る。

「お預かりします。ソファーでお待ち下さい」

女が再び席を外すと、純也と悠は近くにあったソファーに並んで腰掛けた。

「なんだよ、あれは？　本物のパスポートじゃないだろうな？」純也は声を潜めて囁く。

「そんなわけないでしょ。偽造パスポートよ。大丈夫、本当にいる女の子の名前使っているから」

「偽造？　そんなものどこで……？」

「ないしょ」悠はいたずらっぽくウインクした。

純也の眉間にしわが寄る。悠は仲間のテロを止めるため、個人的に兄に会いに来たはずだ。そんな少女がなぜ、偽造パスポートまで用意しているのだろう。

「岬純也さん。相模美枝《さがみみえ》さん」

すぐに純也と知らない女の名を呼ぶ声が聞こえた。悠が「はーい」と返事をして立ち上がる。「相模美枝」というのが、偽のパスポートに記された名前なのだろう。

「失礼ですが、あなたがたと被告人との関係は？」

二人が再び窓口に近づくと、女性職員の後ろから上司らしき中年男が顔を出した。

「……古い友人です」ぶしつけな質問に多少鼻白《はなじろ》みながら、純也は答える。

「私は昔、少しの間、家庭教師をしてもらっていたんです」

悠の口調はごく自然で、純也のぎこちなさを打ち消すかのようだった。

「そうですか。重ねて失礼ですが、お仕事は何をなさっていますか？」

男は値踏みするような視線を純也に浴びせかける。

「江東区にある江東湾岸総合病院で救急救命科の医師をしています」

純也がぶっきらぼうに答えると、男は「確認します。少々お待ち下さい」と奥へと消えていった。

たっぷり十分は待たせたあと、ようやく男が戻ってくる。

「確認が取れました。面会可能です」

男が固い口調で言ったあと、女性職員が小さな用紙を手渡してくる。

「これが面会整理票になります。面会フロアは十階です。あちらにある面会待合室で番号が呼ばれるまでお待ち下さい。番号が呼ばれたら金属探知機の……」

一通り職員の説明を聞いた二人は、言われた通りに隣の部屋に移り、ソファーに腰掛けて順番が来るのを待った。

純也は部屋の中を見回す。子供連れの母親、水商売風の女、スーツケースを持った弁護士らしき男。様々な人々が一様に緊張をはらんだ面持ちで、面会番号が点滅するモニターを見つめている。ふと隣に座る悠に視線を送ると、膝の上に置かれた両手が血管が浮き出るほどに強く握られていた。飄々《ひょうひょう》としているように見えた悠も、さすがに緊張を隠せなくなってきたようだ。

二人は無言のまま、並んでモニター画面の数字を見つめる。粘性《ねんせい》の高い時間がゆっくりと流れていった。沈黙の重圧に耐えられなくなった純也は口を開く。

「なあ、これが終わったら、どうするんだ？」

「ん？　どういうこと？」うつむいていた悠が顔を上げる。

「だから、この面会が終わったら。悠はどうするつもりなんだ？」

「えっと、とりあえず何か食べたいかな……」

「違う。そういう意味じゃない。兄さんに手紙を渡したら、脱走の目的は達するんだろ。その後はどうするつもりなんだ？」

「ああ、そういうこと。やっぱり森に帰ることになると思う。……あそこしか居場所はないしね」

悠は独りごちるように言う。なぜかその口調は、どこか自虐的な響きを帯びていた。

憩いの森に帰る。それが悠にとって一番いいのだろう。純也はゆっくりと頷く。

「そうか……」

「寂しい？」

冗談めかして訊ねる悠に、純也は「そんなわけないだろ」と答える。しかし、なぜかその声は自分でもおかしく感じるほど弱々しかった。悠が大きな二重の目で見つめてくる。一瞬、その瞳に吸い込まれていくような錯覚《さっかく》に襲われる。

「純也君も森に一緒に来ない？　思ったより悪くないよ。あそこなら自分の正体を隠さなくてもいいし、……私もいるよ」

微笑む悠の顔が、やけに大人びて見えた。純也はゆっくりと口を開く。しかし言葉が出てこなかった。

もし憩いの森に行けば、ヴァリアントであることを必死に隠してきたこの四年間が無駄になる。にもかかわらず、悠の提案にどこか惹《ひ》かれていることに戸惑っていた。

「行こうよ」

「え？」悠の声で純也は我に返る。

「ほら、私たちの番号。ぼーっとしてないで早く行こ」

悠はモニターを指さした。そこには純也が手にした整理票の番号が点滅していた。

「あ、ああ。悪い」

純也は立ち上がりながら軽く頭を振って、脳に湧いた迷いを振り払った。

ここで面会するのか。扉の外に立ちながら、純也は長く延びる廊下を眺める。順番が回ってきた純也と悠は、金属探知機をくぐり、手荷物のチェックを受けたあと、エレベーターで十階まで来ていた。

扉が並ぶ廊下を二人は歩いていく。指定されたのは、廊下の最も奥にある面会室だった。

純也たちの背後にはなぜか、制服姿の体格のいい男がついてきている。

背後の男を気にしながら殺風景な廊下を進んだ純也は、目的の部屋の前まで来ると、とりあえずノックしてから扉を開いた。

中は廊下に負けず劣らず殺風景だった。十畳ほどのスペースが、分厚いガラスによって中心で仕切られている。ガラスには会話できるようにか、小さな穴がいくつか開いていた。

純也と悠はガラスの前まで進むと、そこに置かれていた折りたたみ椅子に腰掛ける。二人に続いて職員の男も入ってきて、部屋の隅に立った。

「鈴木比呂士さんは？」悠が横目で職員に視線を送る。

「もうすぐ来ます」

職員が無愛想に答えると、ガラスの向こう側の扉がゆっくりと開いた。初めて悠に会った時と同じ奇妙な感覚が、純也の背中に走る。

扉の奥に背の高い、華奢な青年が現れる。栗色の髪にはややウェーブがかかり、少し幼さを残している整った顔には、柔らかい笑みが浮かんでいた。女にもてそうな優男《やさおとこ》。それが純也が抱いた第一印象だった。

確かに悠に似ているかもな。二重の少し垂れ気味の目、薄い唇など、鈴木比呂士の顔のパーツには悠の面影があった。てっきり、囚人《しゅうじん》用の作業着でも着ているかと思ったが、その服装はシャツにジーンズというごく普通のものだった。一見すると、どこにでもいる普通の若者だ。両目が白銀に輝いていることを除いては。

比呂士は悠を見ると顔をほころばせながら近づいてくる。その後を追うように、制服を着

ターがついていた。

近づいてきた比呂士はガラスに手を当てる。悠も手を差し出した。ガラス越しに兄妹の手が合わさる。

「久しぶりだな、悠」

「うん、久しぶり。本当に久しぶり」

微笑んだ悠の目には、うっすらと涙が浮かんでいた。

「元気にしていたか。辛《つら》かったな。本当に悪かった」

「ううん、大丈夫。そっちこそ大変だったよね」

「もう慣れたよ。最初は大変だったけどね。僕が初めてだから、どう扱っていいか分からなかったみたいで、何かと銃を……」

「ここでの生活のことは喋らないように！」

比呂士の後ろに控えた職員が鋭い声を上げる。比呂士は大きく肩をすくめると、「申し訳ありません」とおざなりな謝罪をした。

「比呂士さん。この人、憶えている？」悠は隣に座る純也を指さす。

何を言っているんだ？　純也は眉根を寄せる。憶えているも何も、この男と会ったことなどない。

しかし、比呂士は笑顔を崩すことなく頷いた。

「もちろん憶えているよ。岬純也さんだ。いまは江東湾岸総合病院に勤めているんでしたよね」

「えっ?」

なぜこの男は俺のことを知っている? 純也は耳を疑う。

「けれど狭いね、この部屋」

混乱する純也を尻目に、悠は部屋の中を見回す。比呂士の顔に苦笑が浮かんだ。

「これでも普通の面会室よりかなり大きいんだよ。普通ならこっち側に職員なんか付かないんだ。ただ、ヴァリアントの場合、暴れ出した時のために拳銃を持った職員が付く。だから部屋を広く……」

「ここでの生活については喋らないように!」再び職員の叱責《しっせき》が飛ぶ。

比呂士は苦笑すると、「ところで悠……」と話題を変えた。

二人は純也の知らない人々の名前を出しながら楽しげに話をはじめる。純也は混乱したまま、落ち着かない時間を過ごした。

「そろそろ時間です」

唐突に、部屋の隅に立っていた職員が近づいてきた。

「え? まだ、三分ぐらいしか……。確か三十分は……」

驚いて純也は腕時計に視線を落とす。正確な時間は分からないが、五分も経っていないはずだ。

「規則ですから」表情を動かすことなく職員は言う。

「一分だけ待って下さい。弁護士以外で初めての面談なんです。もう少しいいでしょ」

比呂士は人懐っこい笑みを浮かべる。純也のそばの職員は、ガラスの向こう側の職員に目配せをすると、「一分だけだぞ」と言った。

「ありがとうございます」比呂士は笑顔のまま頭を下げた。

「おい、手紙渡さないでいいのか?」

純也は小声で悠に囁く。悠が必死の思いでこの拘置所を訪れたのは、比呂士に手紙を渡して、どうにかテロを止めてもらうためのはずだ。しかし、悠が手紙を取り出す気配はない。

「だめなんですよ」

返事は隣からではなく、分厚いガラスの奥から聞こえてきた。

「僕みたいな凶悪犯への手紙は、厳重にチェックされるんです」比呂士は皮肉っぽく言った。

「凶悪犯って……」

純也は眉間にしわを寄せる。目の前の男は憩いの森から脱走し、警官に軽傷を負わせただけのはずだ。凶悪犯というほどのことはしていない。

「ああ、悠からは、僕は公務執行妨害で捕まったと聞いているんですよね。すみません、岬さん。僕の罪状はそんなものではないんです」

比呂士は顎を引くと、上目遣いに純也に視線を送る。

「僕は女子高生への強盗強姦致傷、そして警官への傷害致死で懲役十九年の判決を受けていて。検察は無期懲役を求めて上告中《じょうこく》です」

「は？」

純也の口から呆けた声が漏れた。そんな純也を眺めながら比呂士はいたずらっぽく笑う。

「僕は銀の雨事件の犯人、少年Xです」


「少年……X？」

呆然《ぼうぜん》とつぶやく純也の前で、比呂士はすっくと立ち上がった。

ガラスの奥にいる二人の職員が慌てて腰の拳銃に手を伸ばす。

「このガラスは拳銃で撃っても、ヴァリアントの力で殴りつけても割れないように強化された特別製なんですよね」比呂士は振り返り、職員たちを見た。

「すぐに座れ！」拳銃のグリップを握りながら、職員の一人が声を荒《あら》らげる。

「けれど、そんな強化ガラスでも、ヴァリアントが特別な道具を使えば割ることは可能らしいです。先端の鋭く尖《とが》った頑丈なハンマー、車に閉じ込められた時などに、フロントガラスを割るために使う緊急脱出用の特殊器具のようなものです」

「それがどうした。お前に差し入れられるものは全てチェックしている。そんなものを、ここに持ち込めるわけがない！」

怒鳴り声を上げながら、二人の職員は銃口を比呂士に向ける。

「やめて下さいよ、銃なんて。まあ、僕たちの体力を考えたら、しょうがないんでしょうけど」

「それ以上無駄口を叩くな。両手を頭の上で組んで跪《ひざまず》け」職員のヒステリックな声が飛ぶ。

「大丈夫ですって、大人しくしますよ。……僕はね」

余裕の態度で正座し、後頭部で両手を組んだ比呂士は、ちらりと悠に目配せを送った。頷いた悠は座ったまま、そばに立っている職員に手を伸ばす。

「なっ⁉」襟を掴まれた職員は、反射的に手を払おうとするが、ヴァリアントの握力を振り切れるはずもなかった。悠は無造作に手を引く。それだけで、男は勢いよく床に倒されて四つん這いになる。反動で立ち上がった悠は男の背中に飛び乗ると、細い腕を蛇のように男の首に巻き付けた。

男は首を絞めつける腕を両手で掴んで外そうとするが、悠の腕は外れるどころかさらに深く食い込み、頸動脈《けいどうみやく》と気管を圧迫していく。数秒後、職員の体からだらりと力が抜ける。悠は完全に失神した男の体を放した。

「なんてことを!?」

悲鳴じみた声を上げながら、ガラスの奥にいる職員の一人が、銃口を比呂士から悠へ移動させた。

「お忘れですか？　そこにあるガラスは完全防弾ですよ」

比呂士はからかうように言う。職員は顔を歪めながら、再び銃口を比呂士に向けた。

「誰なんだ!?　あれは？」

「彼女は僕の妹です」比呂士は誇らしげに言う。「ちなみに、彼女もヴァリアントです」

職員たちは目を剝きながら悠を見る。悠は素早く両目からカラーコンタクトレンズを外して白銀の瞳を露出させると、突然スカートの裾を大きく捲《まく》った。事態の推移についていけず、座ったまま硬直している純也の目前で、悠の太ももが露わになる。しかし純也の視線を引きつけたのは、白い太ももではなく、そこにバンドで固定された見慣れない工具だった。

「ジロジロ見ないでよ。ほんとにロリコンなわけ？」

かすかに頰を赤らめながら言うと、悠は剝ぎ取るように工具を手にした。その工具はハンマーのような形状をしていた。ヘッドの部分は円錐《えんすい》状に鋭く尖り、その先端には小さなガラスのようなものが埋め込まれ、蛍光灯の光をきらきらと反射していた。

「これ、セラミックでできてて、金属探知にも引っかからないの。しかも、先端にダイヤが埋め込まれている特別製」

自慢げに言いながら、悠は腕を大きく振りかぶった。野球の投手のような大きなモーションで、しなやかに全身の筋肉を連動させ、工具を部屋を隔てるガラスに打ち込む。爆発音が部屋に響き渡った。

拳銃でも、ヴァリアントの拳でも割れないというガラスに、小さな亀裂が入る。その亀裂はカビが菌糸を伸ばしていくかのように、ガラスの表面を枝分かれしながら走り、やがて全体を覆い尽くした。

次の瞬間、細かい破片と化したガラスが滝のように崩れ落ちる。

「動くなぁ！　誰も動くんじゃない！」

ガラスが崩れ落ちるのを見て、職員の一人が銃口を再び悠に向けた。

「先生、一つ伝え忘れていたことがあります」比呂士が純也を指す。「実はそこにいる岬純也さんもヴァリアントなんです。この部屋には三人のヴァリアントがいるんですよ」

後頭部をバットで殴られたような衝撃が純也を襲う。比呂士に銃口を向けていた職員が純也を見た。

「ち、違う……。俺はヴァリアントなんかじゃ……」

純也は必死に否定しようとするが、舌がこわばってうまく言葉にならなかった。

職員は怯えた表情を浮かべると、比呂士から純也へ銃口を移動させる。その瞬間、比呂士はヴァリアントの強靭な足の筋力で、正座の状態から跳び上がる。職員たちは慌てて比呂士に銃口を向けようとする。しかし、その前に比呂士の手が二人の腕を捕らえた。

シャツの袖から露出する比呂士の前腕に筋が浮き出る。ゴリラに匹敵するほどのヴァリアントの握力が、容赦なく職員たちの腕を締め上げていく。職員たちは苦痛の呻きとともに、拳銃を落とした。

「放せ！　放さないと大変なことになるぞ」

職員の声からは威圧感が消え失せ、哀願《あいがん》するかのような響きを帯びていた。

「これまで世話になりました」

比呂士の顔に浮かんでいた好青年の笑みが、サディスティックなものへと変化していく。

生木《なまき》を裂くような音に続いて、耳をつんざく絶叫が狭い部屋に響き渡った。

握り折られた腕を庇《かば》うように倒れ込んだ職員たちを満足げに見下ろすと、比呂士はガラスの破片を身軽に飛び越えた。

「兄さん！」悠が比呂士に飛びつく。

「ありがとうな。助かった」

比呂士は悠の髪を柔らかく撫でた。それを見て、純也の胸に激しい怒りが湧いてくる。

「なんなんだこれは!?　説明しろ！」

悠の手首を摑むと、純也は空いた方の手で眼鏡を外し、床に叩きつける。青みがかったレンズは軽い音とともに砕け散った。

「ごめん。本当にごめん。どうしても純也君の協力が必要だったから……」

悠は上目遣いに謝罪してくる。

「新聞は？　鈴木武っていうのは？」

「あれは……似てた名前を探しただけ。ああいう記事っていっぱいあるから、その中から選んだの」

「じゃあ、テロの話も嘘なんだな？」

純也の問いに悠は目を伏せる。その態度で純也は悟る。テロが本当に計画されていることを。そして、悠が脱走させようとしている男が、テロを止めるどころか、その計画に深く関わっていることを。

「ふざけるな！」

純也は怒りに任せ壁を殴りつけた。重い音が響き、壁に小さな亀裂が走る。

「お前たちのせいで……。必死に隠してきたのに……」

「本当に申し訳ありません。けれど、悠を責めないで下さい。全部僕が指示したことなんです」

「なに勝手なことを言って……」

そこまで言ったところで、純也は言葉を飲み込む。三人はほぼ同時に奥のドアに顔を向けた。ヴァリアントの鋭敏な聴覚が、ドアの向こう側から響く数人分の靴音を拾い上げていた。

「職員たちが来てます。とりあえず逃げないと」

比呂士の言葉に、純也は躊躇《ちゅうちょ》する。ここで逃げれば、完全に脱走の共犯にされる。しかしどちらにしろ、「ヴァリアントだ」と告発された以上、もはや正体を隠し通すことはできない。

廊下の足音が近づいてくる。その時、けたたましいサイレンが部屋に響き渡った。

「ちくしょう!」純也は悪態をつくと、悠の手を放した。

二人のヴァリアントとともに、純也はさっき入ってきた扉を開けて廊下に出る。この建物から出るためには、廊下の奥にあるエレベーターを使って階下に向かうしかない。しかし、そんな余裕などなかった。

「どこから逃げるんだよ?」

「大丈夫、考えてあるから」

悠はついさっき強化ガラスを砕いた工具を窓ガラスに叩きつける。雨混じりの冷たい風が廊下に吹き込んできた。

「まさか、ここから飛び下りるって言うんじゃないだろうな」

純也は窓から身を乗り出して下を覗き込む。地面まではゆうに三十メートルはある。いかに強靭なヴァリアントの体でも、飛び下りればひとたまりもない。

「そこに雨樋《あまどい》があるでしょ。それを伝って下まで下りるの」

言うや否や、悠は窓枠に手をかけ外へと出る。窓の外を見ると、悠は雨樋をするすると下りていた。

「急いで下さい」

純也を押しのけるように比呂士も窓から身を躍らせ、雨樋に飛びつく。

「マジかよ……」純也は両手で頭を抱えた。

つい一週間前まで、息苦しいながらも平穏な生活を送っていた自分が、いまは逃亡者としてヤモリのまねごとを強要されている。しかし、他に選択肢はなかった。

純也は唇を嚙みながら窓枠に足をかけると、雨樋に向かってダイブした。

2

「毛利さん、いいんですか？　こんなところでのんびりしていて」

深くリクライニングさせた助手席で天井を眺めている毛利に、青山は話しかける。

「なにが？」毛利は素っ気ない口調で答えた。

「なにがって……あの岬とかいう医者たちですよ。あいつら、東京拘置所に入っていったんですよ。しかも一緒に入っていったガキは、俺たちが追っているコウモリです」

青山は雨で濡れたフロントガラス越しに、目の前にそびえ立つ東京拘置所を指さした。

「そうと決まったわけじゃねえだろ。岬の恋人か何かかもしれないじゃねえか」

「こんな雨の日なのに、わざわざサングラスをかけてるんですよ。コウモリに決まっています。しかも手配写真にそっくりじゃないですか」

「あんなでかいグラサンをかけていたんだ。手配書に似てるかどうかなんて分からねえだろ」

天井を眺めたまま屁理屈《へりくつ》をこねる毛利に、青山は反論を諦め、肩を落とす。異様なほどの執念でコウモリを追っていた毛利の行動が、なぜか二日前から鈍《にぶ》くなっていた。

毛利と青山がマンションを訪ねてからすぐに、岬は病院を休み出し、マンションを出てビジネスホテルに泊まるようになった。しかも岬には少女の連れがいた。状況から見て、手配中のコウモリである可能性は極めて高かった。

うまく姿をくらましたつもりなのだろうが、自分の車で移動している岬の居所など、警察庁自慢のNシステムによる車の移動情報と、長年所轄刑事をしていた毛利の捜査能力で、すぐに調べがついた。

岬とコウモリと思われる少女の居場所を摑んだ二人だったが、すぐにホテルに乗り込んでいくようなことはせず、慎重に捜査を進めた。全ては毛利が主張する、岬もコウモリであるという疑いを確認するためだった。

二日ほど青山と毛利は別行動を取り、青山は岬の昔の職場や、大学時代の同級生などを訪問し、情報を集めた。その結果、岬に対する疑惑は徐々に濃くなっていった。

DoMSが猛威をふるった四年前、岬は勤めていた大学病院を突然辞め、それから約半年の間、どこにも勤務した記録がなかった。そして半年後、現在勤めている病院に非常勤として就職した時には、夜間だけの変則勤務を希望し、それまで使用していなかった青みがかった眼鏡をかけるようになっていた。その半年の間に岬がDoMSに感染し、コウモリとなった可能性は極めて高い。毛利と再び合流した青山は、そう報告した。その情報があれば、毛利は岬の確保に動くと思った。

しかし、毛利は青山の報告に関心を示さず、ホテルの駐車場に置かれた岬の車を見張り続けた。毛利がなぜ、岬を確保しようとしないのか、青山にはずっと疑問だった。

そして今日、岬たちが動いた。岬が連れの少女とともに向かったのは、小菅《こすげ》にある東京拘置所だった。

東京拘置所には日本で唯一コウモリ用の拘置施設がある。青山はコウモリと疑われる人物が向かったことを、拘置所に連絡すべきだと主張したが、毛利は面倒そうに「俺たちの仕事じゃねえ」と一言ではねつけた。

そうこうしているうちに岬たちは拘置所に入り、すでに一時間以上経っていた。

「いつまでこうしてるんです？　建物の中で岬を監視するべきじゃないですか？」

青山は苛立ちを必死に抑えながら言う。しかし、毛利は返事をしなかった。

青山が強く唇を噛んだ時、毛利が独りごちるようにつぶやいた。

「……なあ、俺がなんでコウモリどもを追うのか分かるか？」

「なんの話です？」青山は首をひねる。

「お前だって気付いているだろ？　俺が公安なんて陰気臭《いんきくさ》い組織にいるような男じゃないことぐらい。俺は公安だからコウモリを狩っているんじゃねえんだよ。コウモリを狩るために、公安なんていう黴臭《かびくせ》えところで働いているんだ」

「はあ……」

「けどな、本当は、俺はコウモリをただ狩りたいだけじゃないんだよ」

毛利は天井を見つめたまま笑顔を作った。その目に黒い炎が揺らめくのを見て、青山の背筋に冷たい震えが走る。

「何を……言っているんですか？」

「俺はな、コウモリを殺したいんだよ。あいつらの脳天にこれをぶち込みたいんだ」

毛利はしわの寄った背広をはだけた。肩から下がった革製のホルスターに、巨大で暴力的な鉄の塊が収められていた。デザートイーグル。その大口径《こうけい》マグナム自動拳銃からは、制服警官が装備している38口径のリボルバーが水鉄砲に見えるほどの迫力が醸し出されている。

人間を遥かに凌駕する体力を持つコウモリと戦闘になった際、威力の弱い拳銃では致命傷はおろか、その動きを止めることすらできないことが、アメリカで三年前に起こったヴァリアントの暴動の際に確認されていた。そのため、コウモリを捜査対象とする捜査員に限り、許可を得れば大型で威力のある拳銃の携帯が可能となっている。しかし、公安捜査員たちの多くはコウモリのスピードを考慮して、連射性を重視したグロック18などの、セミオート機能が付いた拳銃を装備していた。毛利のように、大型の猛獣さえ一撃で倒せるほどの殺傷能力を秘めた拳銃を携帯している者は、他にいなかった。

毛利はホルスターから二キログラムを超える重量の拳銃を抜き、銃身を撫でる。記録によると、毛利はこれまでデザートイーグルで、襲いかかってきたコウモリを三匹射殺していた。

この日本で警官が市民を射殺などしようものなら、非難の嵐が吹き荒れるはずだ。しかし、公式な発表の後も毛利の行動に対する表立った非難はごくわずかで、非難の数倍、数十倍の擁護《ようご》と賞賛の声が上がっていた。それは、口には出さなくても、コウモリが凶暴な猛獣であると人々が認識していることを示していた。

青山はずっと、毛利は逮捕する際にコウモリに襲われ、自分の身を守るために仕方なく射殺したと思っていた。しかし、拳銃を撫でながらコウモリへの憎悪を語る姿を見て疑念がよぎる。

もしかしたら毛利は、コウモリの逮捕時、故意に抵抗するように仕向けたのではないか？いや、それどころか、抵抗などしていないコウモリを人目のないところで撃ったのではないか？

頭に巣くった疑念が膨らんでいくにつれ、疑問も大きくなる。そこまで病的にコウモリを嫌っているなら、なぜ岬たちを拘束しないのだろう？

「どうだ？　分かったのか？」毛利は抑揚《よくよう》のない声でつぶやく。

「はい？」

「だから、俺がなんでコウモリ狩りなんて、馬鹿げたことに人生かけているかだよ」

「あ、いえ、分かりません」

青山は慌てて答える。毛利とペアを組む前に、青山は上司から強く言われていた。「毛利の過去を探るな。毛利とコウモリの因縁《いんねん》について訊ねるな」と。

「……銀の雨事件を知っているか？」毛利は銃をホルスターにしまう。

「まあ、ニュースで流れた程度のことは……」

戸惑いながら青山は頷く。警察組織にいる人間が、あの日本中を震撼させた事件を知らないわけがなかった。

「被害者の女子高生の名前については？」

「いえ、それは……。確か公表されていないはずじゃ……」

「ああ、公表なんかされていないさ。当然だろ。ただ家にいただけなのに、押し入ってきたコウモリに襲われて、そのうえＤｏＭＳになって死んだんだぞ。まだ十七歳だったのに……。そんな被害者の名前を日本中に流されて、家族が黙っていると思うか？」

毛利は平板な口調でつぶやく。

「……毛利さんは知っているんですか？　被害者の名前を？」

「ああ……、里奈《りな》っていうんだ」毛利は大きく息をつくと、言葉を続けた。「毛利里奈だ」

「それって、もしかして毛利さんの……⁉」青山は言葉を失う。

「それじゃあ少年Xは？　少年Xの本名を知っているか？」

青山の言葉が聞こえなかったかのように、淡々と質問を重ねる毛利の顔からは表情が消え、まるで能面をつけているかのようだった。

「……知りません」

事件当時十九歳だった少年Xの本名は、少年法という厚い壁に包み隠され、世間に公表されることはなかった。もちろん公安の資料を探れば調べが付くだろうが、いま青山が知っていることは、去年少年Xに対し、高裁で懲役十九年の判決が出て、検察が無期懲役を求めて最高裁に上告したということだけだった。

「比呂士……鈴木比呂士だ」

毛利がその名を口にした瞬間、青山は振り返って後部座席に置かれている資料を見た。座席の間から大きく身を乗り出すと、資料を手に取り、せわしなくページを捲《めく》っていく。青山の指が動きを止めた。

十数秒間、硬直したあと、青山は震える手を懐に差し込み、スマートフォンを取り出す。

「何をするつもりだ？」穏やかな声で毛利は言う。

「係長に連絡を入れるんです！」

目的の携帯番号を見つけ、通話ボタンに触れようとした瞬間、横から突き出された手が、スマートフォンを毟《むし》り取った。

「何をするんですか⁉」青山は声を荒らげる。

「どうしたんだよ、そんなに焦って。ちったあ落ち着けよ」

青山の抗議などどこ吹く風で、毛利は分厚く巨大な手の中でスマートフォンを転がした。

「……知っていたんですか？」青山は先輩捜査員を睨みつける。

「知っていたって何を？」

「追っているコウモリ、小林悠に兄がいたってことです」

「ああ、この前気が付いたんだよ」

青山は唇を嚙む。「この前」というのが、別行動を取っていた時だということは明らかだった。数日前までの資料では、小林悠はＤｏＭＳ発症前には母子家庭で生活し、母親はＤｏＭＳにより死亡していて、身寄りはないとされていた。しかしさっき見た資料の中には、ＤｏＭＳ発症前に両親が離婚しており、父親に引き取られた兄がいることが記されていた。岬純也と小林悠の関係を調べていた毛利が見つけ出したものに違いない。そしてその資料には、しっかりと小林悠の兄の名前が記されていた。

鈴木比呂士と。

銀の雨事件は最高裁での審理を待っている状態のはずだ。つまり、犯人はまだ東京拘置所のDoMS特別室にいる。その拘置所にコウモリ化している妹が、もう一匹のコウモリと思われる男を引き連れて入っていった。

「小林悠は兄を脱走させるつもりです！　早く対処しないと！」

「俺はな……裁判に出れなかったんだよ」毛利は遠い目でつぶやいた。

「なんの話ですか？」

「銀の雨事件の裁判だよ。被告人が未成年で、しかもあの頃は、コウモリもDoMウイルスを撒き散らすと思われていたんだ。裁判は傍聴人《ぼうちようにん》無しの非公開で行われた」

毛利は淡々と話し続ける。

「俺は裁判で犯人を、鈴木比呂士を殺すつもりだった。金属探知に引っかからないセラミック製のナイフも用意した。けどな……、犯人には会えなかった。俺にできたのは、弁護士を通じて意見書を提出するぐらいだった。俺はな、意見書にこう書いたんだ。『絶対に犯人を許さない。どうか極刑にしてくれ』ってな。けれど、それは嘘だったんだよ」

「嘘？」

「そう、大嘘だ。俺は犯人が死刑になって欲しいなんて、全く思っていないんだよ」

「犯人に……死んで欲しくないんですか？」

「死んで欲しいさ。けれど、ただ死んで欲しいわけじゃねえ。俺自身の手でできるだけ苦しませて、生まれてきたことを後悔するぐらい苦しませてから、止めを刺したいんだよ」

口調に熱が籠もっていく。

「毛利さんは、『銀の雨』の犯人を……脱走させるつもりですね？」

青山は震える声で訊ねる。毛利は何も答えなかった。

青山は毛利が握っているスマートフォンに飛びつく。拍子抜けするほど簡単に奪い返すことができた。まだ液晶に係長の携帯番号が表示されているのを確認すると、青山は通話ボタンに触れようとする。

「それを置いてくれ」

穏やかな、それまで聞いたことがないほど穏やかな毛利の声とともに、視界の端から巨大な棒状のものが現れた。

「何を……するんですか？」

青山は息を乱しながら手を止め、自分の頭に突きつけられているデザートイーグルを横目で見る。

「係長に連絡するなら、俺はお前を撃つ」

「冗談……ですよね。そんなことすればあなたは殺人犯になる。人生終わりですよ」

「人生なんてとっくに終わっているんだよ。四年前にな。あと俺がこの世でやり残したことなんて、あのけだものの頭に鉛玉《なまりだま》をぶち込むことだけだ。そのためならなんでもする」

毛利は銃を持っていない方の手を差し出してくる。青山はゆっくりとスマートフォンを毛利に渡した。毛利の視線が自分から逸れた瞬間、青山は懐から素早くベレッタM9を抜き、毛利に向ける。

「なんの真似だ?」毛利は暗く濁った目を向けてくる。

「銃を下ろしてスマートフォンを返して下さい。あなたは警官だ。こんなこと間違っている」

「俺はな、四年前に警察官であることをやめたんだよ。いまは警察官の皮を被っているだけだ。鈴木比呂士を殺すためにな」

痛々しいまでの自虐を込めて毛利は言う。再びデザートイーグルの銃口が青山の頭に向いた。

頭に銃口を突きつけ合ったまま、二人は動かなくなる。お互いの息づかいが、やけに大きく青山の耳には響いた。全てが凍りついたかのような狭い空間で、時間だけが流れていった。

「なあ、見逃してくれねえか? コウモリが逃げ出しても、俺が全員しとめるからよ」

「そういうわけには……いきません」青山は錆《さ》び付いたかのように動きの悪い舌を動かす。

「……そうか」

毛利は小さくため息をつく。デザートイーグルのトリガーにかかった毛利の人差し指が絞られていく光景が、青山の網膜に映し出される。

その時、車内を満たしていた重い静寂が、けたたましいサイレンによって切り裂かれた。銃を向け合った二人は同時に音のした方を向く。サイレンは拘置所から響いてきていた。

「おい、大変だ。何かあったみたいだぞ。誰か脱走したのかもしれないな」

歓喜の笑みを浮かべながら、毛利は芝居じみたセリフを吐く。デザートイーグルの銃口が青山の眉間から外された。青山は倒れ込むように運転席に体重を預け、荒い息をつく。心臓が破れそうなほど激しく鼓動していた。

「こりゃあ脱走犯を追わないわけにはいかねえな。警察官としてよ」

毛利はデザートイーグルを顔の横に掲げると、ゆっくりと助手席のドアを開いた。

3

下を見るな。見るんじゃない。窓から飛び出した純也は必死に雨樋にしがみつきながら、何度も自分に言い聞かせる。

「純也君、急いで」下から悠の声が響く。

うるさい、もう急いでいる！　純也は胸の中で悪態をつきながら、ひたすらに四肢を動かし、雨樋を伝って地面へとたどり着いた。

「車に急いで！」

安心感でへたり込みそうになっている純也に、悠は鋭い声を浴びせかける。辺りにはサイレンが響き渡っていた。

確かに安心している場合じゃない。純也は悠、比呂士とともに駐車場に向かって走り出した。ＤｏＭホルモンによって強化された足が、オリンピックの短距離選手を凌《しの》ぐスピードを出す。

「兄さん、その車」先頭で駐車場に飛び込んだ悠がＺ４を指さした。

「恰好いい車だな」

比呂士は暢気なことを言いながら車へと近づいた。純也はＺ４の扉を開けて、運転席へと滑り込む。助手席側に比呂士と悠が入り込んでくる。２《ツー》シーターのＺ４の車内で、兄妹は折り重なるようになった。

「定員オーバーだ！」純也が叫ぶ。

「仕方ないでしょ。早く出して」

「うるさい！　分かってる」

キーをイグニッションに差すと、純也は力任せに回した。命を吹き込まれたエンジンが重低音の鼓動を響かせる。

純也がアクセルに足をかけた瞬間、フロントガラスとリアウィンドウが同時に砕け散った。

何が起こったか分からず、純也は目をしばたたく。

「撃たれています！」

比呂士が叫ぶのを聞いてようやく、純也は銃撃されたことに気付いた。二、三十メートル離れたところからスーツ姿の体格の良い中年男が悠然と歩いてきていた。男の手に握られているものを見て、純也の表情は引きつる。それはハリウッド映画でしか見たことがないような巨大な銃だった。

男は歩みを止めると、腰を落として両手で拳銃を構える。

「伏せろ！」純也は叫ぶと、自らもハンドルの陰に隠れる。

鼓膜に痛みを感じるほどの破裂音と同時に、黒光りしていたZ４のフロント部分が吹き飛んだ。金属の破片がヘッドレストに深々と突き刺さるのを見て、背筋が凍る。

男が何者なのか、なぜ自分たちを狙っているのか分からない。ただ一つ確かなのは、男が明らかに自分たちを射殺するつもりだということだ。

純也は身を伏せたまま、顔の半分だけハンドルの上から覗かせ、思いきりアクセルを踏み込んだ。タイヤが悲鳴を上げ、わずかな間に廃車の様相を呈するようになったZ４は、まだ自分が走れることを証明するかのように加速する。駐車場の出口は拳銃を構える男の後方にある。躊躇することなく純也は、車体を男へと向かわせる。男が続けざまに発砲し、そのたびに、Z４のボディがはじけ飛んだ。

車が男に迫っていく。男は拳銃を持った手を下ろすと、すぐ脇に駐まっている車の間に飛び込んだ。時速五十キロを超えるスピードでZ4は男のそばを走り抜ける。すれ違った瞬間、純也と男の目が合った。ヴァリアントの超人的な動体視力が、男の底無し沼のように暗く深い瞳をとらえる。

戦慄《せんりつ》をおぼえるとともに、頭の中で記憶が弾ける。

警官。数日前、悠を追ってマンションに押しかけてきた捜査員だ。

Z4は減速することなく車道へと躍り出た。車体が一瞬横滑りし、ハンドルをとられそうになるが、純也は歯をくいしばって必死に車を安定させる。なんとか体勢を立て直したZ4は、交通量の少ない車道を一気に加速した。割れたフロントガラスから、突風のような風が車内に吹き込んでくる。

「大丈夫か?」

純也は強い風に目を細めながら、助手席で折り重なるように身を縮めている兄妹に声をかける。

「大丈夫です」「……うん」

二人は緩慢に身を起こした。

安堵の息を吐いたところで、心配している相手が女子高生を強姦した犯人と、その男を助け出すために自分を騙《だま》した少女であることを思い出し、純也は顔をしかめる。その時、横から「悠⁉」という比呂士の叫び声が響いた。横目で助手席に視線を送ると同時に、純也の喉から呻き声が漏れる。

助手席に力なく座る悠の腹に、フロント部分の巨大な破片が深々と突き刺さっていた。悠は細かく震える手で、自分の腹に刺さっている破片を摑む。

「だめだ！　抜くな！」

抜いたら大量出血しかねない。純也は慌てて叫ぶ。しかし一瞬遅く、悠は自分の腹から飛び出た破片を摑むと、無造作に引き抜いてしまう。

「ううっ……」

血の気が引いた悠の唇の隙間から、小さな悲鳴が漏れた。

空色のセーターに赤黒い染みが広がっていくのを、純也は呆然と眺め続けた。


「ふざけるな！」暗い駐車場に怒声が響き渡った。

純也は比呂士の襟首を摑むと、いまにも殴りかからんばかりに拳を固める。

「ふざけてなんかいません！」

純也の視線を白銀の瞳で真っ直ぐに受け止めながら、比呂士は硬い声を返す。

拘置所から何とか逃走した三人は、ぼろぼろに破壊されたＺ４で小菅から裏道を一時間ほど走り、東京湾沿いにある寂《さび》れた駐車場まで来ていた。警察が包囲網を敷く前に逃げられたのか、途中で検問などに引っかかることはなかった。

吹き飛ばされたフロントの破片で腹を貫《つらぬ》かれた悠は、リクライニングさせた助手席にいまも苦しげに横たわっている。不幸中の幸いで、大きな血管は傷ついていないらしく、腹からの出血はもう止まっている。しかし、このまま放置しておけば、その幸いも意味がなくなってしまうことは、救急医である純也から見れば明らかだった。

駐車場に着いてすぐ純也は、「悠を救急病院に搬送するべきだ」と主張した。しかし比呂士の答えは、「病院には連れていかない」というものだった。

「いいか、よく聞けよ。このまま治療を受けなければ、お前の妹は確実に死ぬ。出血はたいしたことないけれど、腹腔《ふくくう》内が汚染されたんだ。それに腸管《ちょうかん》が傷ついている可能性も高い。手術して抗生剤を投与する必要があるんだよ」

悠に聞こえないように声を潜めつつ、ドスをきかせて純也は言う。

「病院に行けば通報される。すぐ逮捕されます」

「それがどうした？　分からないのか？　放っておけば死ぬんだ。お前の妹が死ぬんだぞ！」

純也は自分を抑えきれなくなり、比呂士が着ているシャツの襟を引きつける。生地《きじ》が破れる音がする。純也と比呂士は額が触れそうな距離で睨み合った。

比呂士は固い表情で口を開く。

「これから仲間と協力者に合流します。協力者は拘置所職員の一人を買収して連絡係にすることができたほどの力を持っています。裏で治療をしてくれる医者を知っているかもしれません」

「なに馬鹿なことを言ってるんだ！」純也は苛立ちながら、頭をがりがりと掻く。「かもしれないだ？　自分の妹の命を『かもしれない』にかけるのか？」

「病院には行きません。それだけは絶対にだめです」

比呂士のかたくなな態度に怒りをおぼえながら、ふと純也の頭に疑問が浮かぶ。なんで俺はこんなに必死になっているのだろう？　悠に騙されたせいで、自分はヴァリアントであることを明かされ、犯罪者として追われている。悠に全てを奪われた。そんな少女を助ける義理などないはずだ。

喉元まで「勝手にしろ！」という言葉がせり上がった時、助手席に横たわる悠の姿が視界の隅に飛び込んできた。もともと白い肌はさらに蒼白《あおじろ》くなり、顔は苦しげに歪んでいる。

純也の脳裏をこの数日間の記憶が駆け抜けていく。まるで台風のように自分の生活をかき乱していった少女。悠との生活は自分がまだ人間であることを思い出させてくれた。

モンスターと蔑《さげす》まれ、人間としての生活を奪われることを恐れるあまり、自ら『人間』であることを捨て去っていたことに気付かされた日々。

「俺は悠を助ける。お前を殴り倒してでもな。それで逮捕されても構わない」

Ｚ４に近づこうとする純也の肩を、比呂士が摑んだ。

「……放せ」純也は比呂士を睨みつける。

「放しません」

二人のヴァリアントは激しく視線をぶつけ合った。触れれば切れるほどの緊張が辺りに満ちる。

次の瞬間、純也は比呂士の腹に拳をめり込ませた。比呂士の体は大きくはじき飛ばされ、アスファルトの上を滑っていく。普通の人間なら内臓が破裂していてもおかしくないほどの打撃、しかし比呂士は腹を押さえながらもすぐに立ち上がる。

「……なんで避《よ》けなかった？」

純也は身構えながら訊ねる。ヴァリアントの自分が放った突きは、常人では考えられないほどのスピードがあっただろう。しかし、同じヴァリアントである比呂士なら、反応できたはずだ。

「ここで僕たちが戦えば、大きな騒ぎになって通報されます。それに、とばっちりで車が大破して、悠がさらに怪我をするかもしれない」

「いくらヴァリアントだって、喧嘩で車が壊れるかよ」

大げさな物言いに、純也は鼻を鳴らす。

「あなたは、ヴァリアント同士の喧嘩を見たことがあるんですか？」比呂士は低くこもった声でつぶやく。「僕は見ました。……何度も」

比呂士の険しい表情は、それがいかに壮絶なものだったかを如実《にょじつ》に物語っていた。何も言えなくなった純也に、比呂士はたたみかける。

「それにあなたは知らない。拘置所がどんな場所なのか。あそこでヴァリアントが、『化け物』がどんな扱いを受けているか」

言葉を切って大きく息をつくと、比呂士は再び強い決意の籠もった視線をぶつけてくる。

「僕は悠を絶対にあそこには送らせません」

言葉に詰まった純也の頭に、この状況を解決できるアイデアが唐突に浮かんだ。

あそこに行けば、警察に通報されることなく悠を助けることができるかもしれない。けれど……。

激しい葛藤《かっとう》が純也を責め立てる。

「……分かった。お前は悠が逮捕されるから病院に連れていきたくない。そして俺はどんなことをしても悠を治療したい。なら、妥協案《だきょう》だ」

固い口調で純也は言う。

「妥協案……ですか？」

「ああ、絶対に通報されない病院で俺が治療する。そのかわりお前の仲間のところに悠を連れていくのはなしだ。少なくとも体力が回復するまでは。それでいいな?」

「そんなことが可能なんですか? 通報されないっていう保証はどこにあるんですか?」

比呂士の白銀の瞳が疑念で細められる。

「俺の保証じゃ不十分か?」

「不十分です。あなたはヴァリアントですけど、仲間じゃない。あなたはヴァリアントであることを隠して一般の世界で生きてきた、コウモリのような存在です。申し訳ないですけど、僕はあなたを信じられない」

純也の頭に血が上っていく。一体誰のせいで、ヴァリアントが激しい迫害を受けるようになったというんだ。全ては女子高生を強姦し、DoMウイルスに感染させたお前の責任ではないか。純也は拳を握り込む。

「……兄さん」

弱々しい声が響いた。見ると、いつの間にかZ4の扉が開き、悠が蒼白い顔を出していた。

「純也君なら……大丈夫。私は純也君に治してもらうから、兄さんは……みんなと合流して」

「けれど、お前と一緒にいないと。それに岬さんが僕たちのことを警察に通報するかも……」

比呂士は横目で純也を見る。

「お前が何をしようが興味ない。俺も警察に追われてるんだ。わざわざ通報なんかするか。俺はただ悠を助けたいだけだ。お前が仲間と合流しようが、テロを起こそうが、警官に殺されようが、俺の知ったことじゃない」

純也はZ4へと向かう。もはや比呂士を見ることもしなかった。この男がテロを画策していようが構わなかった。未成年で投獄された、世間知らずの粗暴犯《そぼうはん》が考えるような計画だ。どうせ幼稚で杜撰《ずさん》なものに決まっている。たとえヴァリアントであろうと、厳重な警備が敷かれている原子力発電所の占拠などできるわけがない。目標に近づくこともできず、拘束されるに決まっている。いや、それどころか、すでに『仲間』とやらは監視されていて、合流すると同時に一網打尽になる可能性も高い。

「……分かりました」比呂士は声を絞り出すように言う。「悠を放っておくことはできません。僕も行きます」

「兄さん、でも……」悠は蒼白く変色した顔を歪める。

「大丈夫だ。余裕を持って計画しているんだ。お前が治ってからでも十分間に合うよ」

「……ついてくるならさっさと乗れ。血は止まったけどな、のんびりしてる場合じゃないんだよ。それに、目的地は遠いんだ」

「ちょっと待って下さい。それなら……」

比呂士は近くに駐められていたバンに近づくと、無造作に肘《ひじ》を助手席の窓に叩き込んだ。

飴細工《あめざいく》のようにもろく砕け散った窓から腕を入れ、比呂士は助手席のドアを開けた。

バンに入っていく比呂士を純也は呆然と眺める。数十秒後、バンのエンジンが唸りを上げ、割れた窓から比呂士が得意顔を覗かせた。

「配線を繋いでエンジンをかけました。そのスクラップ寸前のBMWじゃあ目立つし、このバンの方が広くて悠の体に負担がかからないはずです」

「どこでそんなこと教わったんだ？」

悠の体の下に腕を差し込み、細い体を持ち上げながら、純也は呆れ声を出す。

「言ったでしょ、あなたは拘置所を知らないって」

比呂士はいたずらっぽい笑みを浮かべた。

4

「……入れ」扉の奥からくぐもった声が聞こえてきた。

「失礼します」

毛利は扉を開いて部屋の中に入る。デスクと本棚だけが置かれた殺風景な部屋だった。

蛍光灯が部屋全体を照らしているにもかかわらず、部屋は薄暗く感じた。一瞬なぜなのか考えるが、すぐに答えは出た。部屋の奥にいる二人の男。直接の上司にあたる郷野《ごうの》係長と、

いるのだろう。

「青山から報告があった。鈴木比呂士の脱走を黙認したそうだな」

宮田の傍らに立っていた郷野が、度の強い眼鏡の奥から毛利を睨みつける。

「あの若造は何か勘違いしているんですよ。女が追っているコウモリかどうか確信が持てなかったから、慎重に監視していただけです。まさか、あいつが脱走の手伝いをするなんて思ってもいなかったもんで」

毛利は薄ら笑いを浮かべる。毛利自身もそんな言い訳が通じるとは思っていなかった。

「お前が小林悠の家族情報を調べ上げたことは知っている。そんな間抜けじゃないこともな。下らん言い訳で時間を無駄にするな」

「じゃあ、謹慎ですか？　それとも懲戒免職《ちょうかいめんしょく》？　回りくどいことはなしにしましょうや」

毛利は懐から警察手帳とデザートイーグルを取り出すと、デスクの上に叩きつけるように置いた。

「何か勘違いしているようだな」郷野は警察手帳を取り上げ、毛利に向かって放る。「処分をするために呼んだんじゃない」

「処分しない？　じゃあ俺はなんで、こんな辛気臭《しんきくさ》い部屋に呼ばれたんです？」

手帳をキャッチした毛利は、デザートイーグルに手を伸ばしながら額にしわを寄せる。

「釘を刺すためだ」

「釘を刺す？」

「そうだ。お前はこれ以上、この件に首を突っ込むな」

「……鈴木比呂士を追うなってことですか？」毛利の腫れぼったい目がすっと細くなる。

「そう捉えてもらって構わない。奴のことは他の捜査員に任せるん……」

「お断りします！」毛利は怒声を上げると、身を翻し出口に向かう。

「待て、毛利！」

郷野が慌てて声をかけるが、毛利は足の動きを止めなかった。

「待つんだ毛利巡査部長」

郷野のものではない低い声が、毛利の背中に投げつけられる。それほどの声量はないにもかかわらず、その声は腹の底に響いた。毛利は思わず振り返り、デスクの向こうに腰掛けているこの部屋の主、宮田公安部長を見る。栄養失調を疑わせるような痩せた顔。落ちくぼんだ眼窩《がんか》の奥の瞳が毛利に向けられていた。爬虫類《はちゆうるい》のように温度を感じさせない視線に射貫かれ、毛利は思わず軽くのけぞってしまう。

「……係長、部長様に教えてやって下さいよ。俺がそんな簡単に命令を聞くようなタマかどうか」

「部長の命令に逆らうつもりか⁉」郷野は顔を赤くして叫ぶ。

「申し訳ないですけれど、俺にとってコウモリを追うことは、呼吸と同じでね。止まっちまうと死んじまうんですよ。鮫《さめ》みたいにね」

「今回のことで、お前を懲戒免職にすることもできるんだぞ」

「好きにして下さいよ。クビになったら、もっと自由にあいつを追える」

毛利はぼりぼりと首筋を掻く。それは心からの本音だった。これまで公安部に所属しコウモリを追っていたのは、突き詰めれば娘の仇《かたき》に手を出せない鬱憤を晴らすためでしかない。しかしいまは鈴木比呂士が、四年間待ち焦がれた獲物が手の届くところにいる。デザートイーグルを使えなくなるのは惜しいが、それなら裏で他の武器を手に入れるだけだ。警官の職に未練などなかった。

郷野はさらに叱責を加えようと口を開く。しかし、宮田が軽く手をかざし、それを遮った。

「鈴木比呂士が脱走することは、我々も摑んでいた」

抑揚のない声で宮田は言った。意味が理解できず、毛利は無精《ぶしょう》鬚《ひげ》を生やした顎を撫でる。

「どういうことです？　お偉方の言い回しは俺たちみたいな下っ端には……」

「言葉のままだ。この数日の間に、鈴木比呂士が脱走を試みることを知っていた」

「……そのわりには簡単に脱走されましたね。天下の公安部が警戒していたにしては、お粗《そ》末《まつ》過ぎやしませんか？」

「当然だ。脱走してもらうつもりだったからな」

「脱走してもらう？」毛利は鼻の付け根にしわを寄せる。

「うちが集団で脱走したコウモリを追っているのは知っているな。鳥籠で反政府運動をやっている危険な奴らだ」

宮田の説明を引き継ぐかのように郷野が話しはじめる。

「はあ、まあ……」毛利は曖昧に頷いた。

「奴らのグループのリーダーが鈴木比呂士だ」

「は？　それはおかしいでしょう。鈴木の奴は四年前からずっと拘置所にいる。一度も鳥籠に入ったことはないはずだ」

「脱走した三人は、全員軽犯罪で東京拘置所に入所した経験がある。コウモリを収容できる拘置所は現在あそこだけだ。おそらく、そこで口説《くど》き落とされたんだろう。鈴木にはよほどのカリスマ性があるようだな」

「鈴木は独居房《どっきょぼう》で拘束されていたはずです。他の収容者と話す機会なんて……」

「知っているだろ。あいつらの聴覚は想像を絶する。その気になれば数十メートル先の耳打ちだって聞き取るぞ。離れた房の人間と会話するくらい簡単だ。それに職員の中に、買収されて外部との連絡係になっている者もいる」

「……それで、どうして鈴木比呂士を逃がそうっていう話になるんですか？」

「奴らは大規模なテロを計画している。原子力発電所を襲うつもりだ」

「テロ⁉」毛利は思わず訊き返す。

「そうだ、原発を占拠して、コウモリの権利向上でも求めるつもりなんだろう」

「それなら尚更《なおさら》おかしいでしょう。テロを止めたいなら、首謀者の脱獄なんて見逃すはずがない」

「テロは止める……直前でな」

「直前で？　なんでわざわざ？」郷野の表情がかすかに歪む。

「大人の事情だ」

黙り込んだ郷野の代わりに、宮田が答える。その顔には自虐的な薄い笑みが浮かんでいた。

それを見て、毛利の頭の中で一つのストーリーが形作られていく。

「政府からの圧力か……。ああ、もうすぐ総選挙だったな」

宮田は何も言わなかった。その沈黙が、自分の予想が正しいことを毛利に教える。

四週間後に総選挙が控えているが、政権与党である革政党は苦戦を強いられている。四年前、明らかに準備不足のまま与党となった革政党の政権運営は迷走を重ね、丸井内閣の支持率はいまや二十パーセントを切るまでに低下していた。選挙後おそらくは、自由国民党と、かつてのカリスマ宰相、城ヶ崎が率いる自由新党が連立で政権与党の座に就くだろうというのが大方の見方だ。しかし、たった一つだけ革政党が大逆転勝利をもぎ取る方法があった。

四年前の奇跡の再現だ。

四年前、DoMS予防法に反対した城ヶ崎内閣に対する、不信任決議案可決にはじまった衆院選、通称「DoMS選挙」では、ヴァリアントに対し一貫して激烈ともいえる厳しい対応を主張してきた丸井党首率いる革政党が、歴史的大勝をしている。

もしいま、銀の雨事件の犯人が脱走し、大規模テロを計画していたとなれば、国民は四年前の事件を思い出し、脅威は未だ去っていなかったことを知るだろう。移ろいやすい世論は、再び突風のごとく革政党を高みに押し上げるかもしれない。毛利の頭が沸騰していく。

「あの事件を選挙の道具に使おうっていうのか！」

毛利はつかつかと部屋の奥へ進むと、両手をデスクに叩きつけた。

「そういうことだ。鈴木の組織と、そのシンパたちの動きは把握していて、いつでも逮捕は可能だ。ただ、脱走に鈴木の妹が関わっていることまでは情報を得られなかった。だから君に小林悠を追わないよう、伝えることができなかった」

ヤクザですら震え上がる毛利の迫力にも動じる素振りさえ見せず、宮田はあっさりと肯定した。

「てめえ」

毛利は宮田の胸元に手を伸ばす。相手が公安部長だろうがもはや我慢はできなかった。

「ただとは言わない。いい取引だ」宮田は淡々と言う。

「いい取引？」

宮田のスーツの襟を摑む寸前、毛利は手の動きを止める。

「そうだ、私たちはこれ以上、鈴木比呂士を拘置所に置いておくつもりはない。あの男は危険だ。このまま生かしておくと将来、何をしでかすか分からない」

毛利は無言のまま、目で先を促す。

「テロを計画して特殊部隊に拘束された主犯のコウモリが、拘置所に護送される際に逃走を図り、やむなく警官が射殺した。いかにもありそうな話だ」

宮田の血色の悪い唇に、酷薄《こくはく》な笑みが浮かぶ。

「ところで、話は変わるが。鈴木比呂士を逮捕した際、拘置所への護送は、コウモリに最も精通している君にやってもらうつもりでいる」

「……それは、俺に鈴木比呂士を殺させてくれるってことですか？」

「そんなことは誰も言っていない」

宮田の顔が、元の無表情に戻っていく。毛利は宮田の瞳を覗き込み、その奥にある真意を見透かそうとする。しかし、宮田が本気なのか、それとも口約束で自分を懐柔《かいじゅう》しようとしているのか、刑事として二十年近いキャリアを持つ毛利にも判断できなかった。

「話は以上だ」

宮田はデスクの上に置かれた書類に視線を落とした。代わりに郷野が口を開く。

「今後、お前の行動は青山に監視させる。他にも鳥籠から逃げ出しているコウモリはいる。鈴木比呂士が逮捕されるまで、お前たちは他のコウモリの捜索に当たれ」

毛利は一瞬躊躇したあと、「分かりました」とつぶやいて部屋から出た。

廊下を進んでいくが、まるで雲の上を歩いているかのように足元が定まらなかった。様々な感情が体の中で混ざり合い、吐き気すらおぼえる。

宮田の提案通り、大人しく鈴木が捕まるのを待つ。それが賢い方法だろう。なんのリスクも負うことなく、高確率で鈴木に鉛玉をぶち込むことができる。しかし、それでよいのだろうか？

毛利の脳裏に、最愛の娘が襲われた忌まわしい日の記憶が蘇る。その日、大きな事件の捜査で何日も所轄署に泊まり込んでいた毛利は、下着の替えを取りに夕方、自宅に戻った。

玄関の扉を開けた瞬間、毛利は違和感をおぼえた。数年前に妻に先立たれてから、娘と二人暮らしをしていた二階建ての小さな一軒家に、なにか『異物』が侵入している気配を感じた。

玄関で娘の名を大声で呼んだ時、娘の部屋がある二階から大きな物音が響いた。それを聞いた瞬間、毛利は靴を履いたまま階段を駆け上がっていた。

ノックをすることもなく部屋に入った毛利の目に飛び込んできたのは、下着姿でうつむく娘と、開いた窓に足をかけた男の姿だった。

窓から身を躍らす寸前、振り向いた男の目が白銀色に輝いた光景を、毛利はいまでも昨日のことのように思い出すことができる。

あの日何があったのか、里奈は語ることなくDoMSを発症し、肺炎によりわずか十七歳の生涯に幕を下ろした。

ここで大人しく引っ込んで、娘は浮かばれるのだろうか？

毛利は背広の上からデザートイーグルに触れる。そのごつごつとした感触が、決意を固めさせる。

毛利は廊下の端に痰《たん》の混じった唾を吐いた。

あいつらなにも分かってねえ。獲物を自分で追い詰めてこそ、狩りは価値があるんだよ。

5

駐車場に滑り込んだバンが停止する。

「ここですか？」後部座席で悠を見ていた比呂士が、身を乗り出してきた。

「ああ。それより悠はどうだ？」

純也は腕時計を確認する。午後九時過ぎ。悠が負傷してから四時間近く経過している。

「寝ている……いや、気を失っているみたいです。出血は止まっているんですけど、呼吸がかなり荒いです」

純也はバックミラーで、倒して平らにした座席に横たわる悠を見た。いつも喜怒哀楽を湛えていた顔は蒼白く、苦悶の表情が浮かんでいた。胸に鋭い痛みが走る。

「本当にここで治療できるんですか？　通報されずに」

「ああ、多分な」

純也はフロントガラス越しに、見慣れた四階建ての建物を眺める。群馬の住宅地の外れにあるこの場所は、少年時代を過ごした思い出の場所だった。

「多分って……」

「いいから待ってろ」

抗議の声を上げる比呂士を無視してバンから降りると、純也は建物に向かって歩きはじめた。足が枷《かせ》でもはめられたかのように重くなっていく。古びた建物の入り口脇には、大きく『岬病院　内科・外科・消化器科』と記された看板が立っていた。

病院を迂回《うかい》して裏手に進んでいくと、二階建ての家が見えてきた。窓からは柔らかい光が漏れている。純也は引きずるような足取りで家に近づくと、震える指でインターホンを押した。やけに明るい電子音が響く。中から「はーい」という明るい声が聞こえ、錠が外される音が続いた。

「どなたですか？」愛想のいい声とともに、若い女がドアから顔を覗かせる。

「どうも、晶子《あきこ》さん。……久しぶり」純也は軽く目礼《もくれい》する。

「お義兄……さん？」弟嫁である晶子の顔が凍り付いた。

「ママー、だれー？」

舌っ足らずな声とともに、家の奥から、まだ歩き方がぎこちない少女が近づいてきた。

「来ちゃダメ！　家の中に入ってなさい！」

晶子は甲高い声で叫ぶ。少女は体を硬直させ、大きな目を見開いた。数秒後、泣き声を上げた少女は、家の奥に向かって転びそうになりながら駆けていく。

「あ……いえ、あの子も予防接種は受けていますけど、絶対に感染しないってわけじゃないし……」

晶子は慌ててその場を取り繕おうとする。

弟と結婚する前、晶子は看護師だった。ヴァリアントからは飛沫感染も接触感染もしないと知っているはずだ。しかし知識があっても、ヴァリアントに対する恐怖と嫌悪が消えるわけではないらしい。

「いいんですよ。それより、雅人《まさと》を呼んできてもらえませんか？」

晶子は頷くと、逃げるように家の奥へと消えていった。その背中を見送りながら、純也は息苦しさをおぼえる。できることなら、いますぐにこの場から逃げ去ってしまいたかった。

三分ほどして、険しい顔をした青年が姿を現した。四年ぶりに会う弟、岬雅人の顔を見ながら、純也はのろのろと手を上げた。

「なんの用だよ、兄貴？　ここには二度と来ない約束だろ」雅人は攻撃的な口調で言う。

「ちょっと外で話さないか」

奥で顔を半分だけ覗かせてこちらを見ている少女に気が付き、純也はそう提案する。

「……ああ、そうだな」

純也の視線に気付いて振り返った雅人は、舌打ち交じりに同意した。

家を離れた二人はどこに向かうでもなく並んで歩く。病院の裏手側は街灯が少なく、ヴァリアントのように夜目の利かない雅人は、足元に目を凝らしながら歩いていた。

「病院の経営は順調か？」

家から数十メートル離れたところで、純也は足を動かしたまま話しかける。

「……ああ」

「外来棟新しくしたんだな」

「……ああ」

「あれが娘の陽子《ようこ》ちゃんか。もうすぐ三歳になるんだっけ？　可愛いじゃや……」

「兄貴、いい加減にしてくれ！　そんなことを話しに来たわけじゃないだろ？」

雅人は鋭い目つきで睨みつけてきた。純也はかすかに顎を引く。

「ああ、違う。……頼みがあって来た」

「頼み？　ふざけるなよ、頼みならもう十分に聞いてやっただろ。いまさら兄貴が俺になにを頼めるっていうんだよ」

噛みつくように言う弟を前に、純也は唇を噛んで黙り込む。

「俺は兄貴のせいで、こんな田舎の病院で燻《くすぶ》っているんだぞ。それを納得する代わり、兄貴は二度と俺に関わらない。この病院に近づかない。そういう約束だろ」

「……そうだったな」

「なんでここに来たんだ⁉　この辺りじゃ、ヴァリアントなんて悪魔憑きみたいに思われてるんだぞ。もし病院にヴァリアントが現れたなんてことが噂になったら、明日には患者が全員逃げ出しかねない」

雅人は苛立たしげに足元に転がっていた小石を蹴る。

好きでDoMSになったわけじゃない！　喉元まで叫び声がこみ上げてくる。しかし、その言葉を純也は必死に飲み込む。

「……すまない」純也はうつむいて謝罪した。

「それなら、帰ってくれるな。どこかに消えて、もう俺たちとは関わらないでくれるな」

「……そういうわけにはいかないんだ」

「なに言っているんだよ！　頼むから、さっさと消えてくれ！」

雅人は純也の胸を突く。しかし普通の人間の力ではヴァリアントの体勢を崩すことはできず、逆に雅人が後方にたたらを踏んだ。雅人の目に一瞬、怯えが走った。

いつの間にか、バンを駐めた駐車場に来ていた。病院の周りを一周したらしい。

純也は軽く手招きすると、バンへと近づいていく。雅人は少し距離を取りながら後をついてきた。バンのそばまで来た純也は、後部ドアに手をかける。

「その車に何かあるのか？」

訝しげにつぶやく雅人の前で、純也はドアを開いた。雅人の目が大きく見開かれる。

「なんだよ……これは？」

セーターを赤黒く染めながら、後部座席で意識を失っている悠を見て、雅人はかすれ声を出す。

「見れば分かるだろ。緊急手術が必要なんだ」

「なら、救急車でも呼んで総合病院に行ってくれ！　今日うちの病院には、外科医は当直していない。手術は無理だ！」

「そうしたいのは山々なんだけどな。話はそう単純じゃないんだ」

純也は悠のそばにいる比呂士を顎で指す。その瞳は暗闇の中、猫の目のように輝いた。

「その目、ヴァリアントか!?　憩いの森から逃げてきたのか？」雅人は後ずさりをする。

「そんなところだ」

純也はお茶を濁す。「憩いの森からじゃなく拘置所からだ」などと言えば、状況がさらに混乱する。

「ついでに言えば、その子もヴァリアントなんだ」純也は横たわる悠を指さした。「ヴァリアントだろうがなんだろうが関係ない。ここから車で十五分ぐらいのところに総合病院がある。そこに行けばいい！」

「そこだと通報されるだろ」

「それは諦めろよ。脱走なら連れ戻されるだけだろ。こんなことしているうちに死ぬぞ」

「通報はさせません。その病院には絶対に行きません！」

それまで黙っていた比呂士が、低く唸るような声で言った。雅人の顔に怯えが走る。

「ヴァリアントがこんなこと言っているんだ。無理矢理搬送するなんて、できるわけないだろ」

純也はわざとらしく、大きなため息をついた。

「兄貴もヴァリアントだろ。どうにかならないのかよ？」雅人は恐怖を孕《はら》んだ声を上げる。

「なるわけない。ヴァリアント同士が重症患者のそばで戦ってみろ。巻き込まれた患者はどうなる？　な、頼むから治療してくれ。そうじゃないとそこのヴァリアントが暴れ出すかもしれないんだ」

動揺する弟に追い打ちをかけるように、純也は言葉を重ねる。

「さっき言っただろ。いまは外科医がいないんだ。それに助手も器械出しのオペナースもい

を閉じるくらいならできるさ」

「救急専門医になる前、ローテーションで一年外科の研修をやってる。腹腔洗浄と腸管の傷を閉じるくらいならできるさ」


「何年前の話だよ。それに一人で手術なんかできるわけない。下手すれば手術中に急変して
ない。やりたくても手術なんかできないんだよ」

「俺が一人でやる」純也は悠に視線を向けた。

「あ？　何言ってるんだ？　兄貴は外科医じゃないだろ」

「救急専門医になる前、ローテーションで一年外科の研修をやってる。腹腔洗浄と腸管の傷を閉じるくらいならできるさ」

「……雅人」

純也はカラーコンタクトを外して、白銀色に輝く瞳で雅人を見つめた。雅人は口をつぐむ。

「お前も医者なら分かるだろ。それしか患者が助かる方法がないなら、やるしかないんだよ。それが俺たちの仕事だ」

兄弟の視線がぶつかり合う。数十秒後、先に視線を外したのは雅人だった。

「好きにしろ。絶対に見つかるなよ。手術が終わっても病室は使うな」

吐き捨てるように言った雅人は、懐から取り出した病院のマスターキーを純也に放ると、家族の待つ家に向かって歩きはじめる。

「ありがとう。助かった」

純也は感謝の言葉を投げかけつつ、大股で歩く弟の背中を見送った。

心電図モニターが規則正しい電子音を刻む。悠の白い腕へと繋がった点滴ラインの中を乳酸化《にゅうさんか》リンゲル液が流れていく。

モニター上に浮かぶ心電図、脈拍、血圧、血中酸素濃度などの表示を見ながら、純也は大きく息をつく。この手術室に悠を運び込んでから三十分、何とか危機的状況から脱することができていた。

外来は大きく改装されていたが、手術部が昔のままだったことは幸いだった。子供の頃、遊び場にしては両親に叱られていた場所だ。医師になってからもたびたび訪れている。どこに何があるのか、手に取るように分かった。

雅人から受け取った鍵で裏口の扉を開けると、そのすぐそばにある手術部の入り口から、悠を手術室に運び込んだ。裏口近くの一角は、手術部の他にレントゲンやＭＲＩの撮影室、備品倉庫など、夜間は使用されないので、夜勤の看護師に見つかることもなく治療を開始することができた。

備品倉庫から拝借した輸液で循環血液量を増やすと、七十前後にまで低下していた血圧はすぐに正常の値まで上昇した。普通ならいくら若いとはいっても、こう簡単には回復しない。ヴァリアントの体力によるものなのだろう。ここまでは順調だ。しかし、問題はここからだった。ここまでの処置は救急救命医である純也の専門分野だが、これから行う開腹手術は専門外だ。

純也は一息つく。その目にはカラーコンタクトレンズはつけられていなかった。数時間前、フロントガラスが割れたＺ４で飛ばした影響で、使い捨てのコンタクトレンズは劣化して視界をわずかに歪めていた。そのため、さっき雅人の前で外したあと、レンズは捨てていた。いまの姿を他人に見られれば、ヴァリアントであることがばれてしまうだろう。しかし、そんなことはもはやどうでもよかった。いまはそれよりも大切なことがある。

純也は白銀の瞳で、手術台の上に横たわる悠の顔を眺めた。白い頬にはかすかに血色が戻っている。治療前に見せていた苦しげな表情は消えて、ただ気持ちよく眠っているかのようだった。いつもくるくると表情が変わって、十七歳という年齢より幼く見えていたが、こうして目を閉じて横たわっている姿は、年相応かそれ以上に大人びて見えた。

「なに人の顔を見つめてるの？」

悠が突然目を開き、口角《こうかく》を上げた。純也は思わずのけぞる。

「あはは、驚いてる」悠は声を上げて一瞬笑うと、顔をしかめ、体を丸めた。

「……笑ったら腹に響くぞ。いつから気付いてたんだ？」

「さっき腕に点滴の針を刺された時。凄く痛かった」悠は軽く純也を睨む。

「しょうがないだろ、手術には太い点滴ラインが必要なんだよ」

「やっぱり、いまから手術なんだ、私」

白銀の瞳が純也を見つめた。

「ねえ。……私、死ぬの？」

悠の問いに、純也は一瞬たじろいだ。全身状態は安定したといっても、まだ予断を許さない状況だ。腹腔内の状態が分からないうえ、これから手術をたった一人で行わなければならないのだ。

「死ぬわけないだろ。何言ってるんだ」純也は動揺を悟られないように顔に力を込める。

「別に気を遣わなくていいんだよ。私だって、四年前にＤｏＭＳで死にかけてるんだから。死ぬこと、そんなに怖くないしね」

言葉とは裏腹に、悠の表情は恐怖と不安でこわばっていた。

純也は悠の額に手を添える。悠の表情から、かすかに恐怖の濃度が薄れた。

「俺たちヴァリアントは、世間から不死身の化け物だと思われているんだぞ。そう簡単に死ぬかよ」

「……本当に？」

「ああ、今回だけはヴァリアントだったことに感謝するんだな。俺がしっかり治してやるから安心して眠ってろ」

こわばっていた悠の顔から力が抜けていく。

全く、自分が騙した相手を簡単に信用するなんて、やっぱりガキだな。純也は苦笑しながら麻酔器を操作し、接続されたマスクから百パーセント酸素を流す。

「深呼吸を繰り返してくれ」

「私が眠っても、いたずらとかしないでよ」

「するか！」

マスクを口に当てられた悠は、小さく笑い声を上げると、言われた通り大きく呼吸をしはじめた。緑色の滅菌シートに覆われた薄い胸が上下する。

「いいか、いまから眠くなるぞ」

純也は麻酔台の上から、麻酔薬の入った二十ミリリットルシリンジを手に取り、点滴ラインの側管に接続する。

頭側に立つ純也を上目遣いで見つめながら、悠は小さく頷いた。その表情からは、ついさっきまでの不安は消え去っていた。

純也はゆっくりとシリンジを押し込んでいく。真っ白な麻酔薬が点滴ラインを通って、悠の血管へと流れ込んでいった。

「よろしくお願いします、せんせー」

冗談めかして言うと、悠は瞼を静かに下ろした。

汗の雫が額を伝っていく。純也は器具台から滅菌ガーゼを掴み、額を拭った。

一人での手術は想像以上に困難なものだった。開鈎器《かいこうき》では十分な視野が取りにくいし、普通は助手に任せる結紮《けっさつ》も一人で行わなければならない。さらに器械出しのオペナースもいなければ、手術中の全身管理を担う麻酔科医もいない。

自分の見込みの甘さを後悔するが、もはや後に引けるような状態ではなかった。執刀開始から約一時間、腹腔内の出血は止まっていたが、傷は小腸まで達し、腸液が腹腔内に漏れ出して軽い腹膜炎を引き起こしていた。ここでしっかり治療しなければ、致命的な状態になる。

マスクの下で唇を噛む純也の背後で、自動ドアが開く音が響いた。純也はびくりと体を硬直させて振り返る。夜勤の看護師に気付かれたのかと思った。しかし、つかつかと手術室に踏み込んできたのは予想外の人物だった。

「雅人?」

手術着にマスクをつけている弟の姿を見て、純也は目を疑う。雅人の両手は、殺菌を終えたかのように胸の前に掲げられていた。

「なんだよ、幽霊でも見たような顔して」

雅人は鼻を鳴らすと、棚から滅菌ガウンのパックを取り出した。

「何してるんだ? もしかして、手洗いをしたのか?」

「俺の病院だ。どこで何をしようが俺の勝手だろ」

吐き捨てるように言うと、雅人は手に持ったパックを開き、滅菌ガウンを羽織る。

「もしかして、手伝ってくれるのか？」

「しょうがないだろ。兄貴一人じゃあ朝までかかる。その前に手術を終わらせて、出ていってもらわないと俺が困るんだよ。それに、言ったのは兄貴だ」

「言った？」

純也は首をひねる。雅人に助けを求めた憶えはなかった。そんなことできる立場ではないのは分かっていた。

「分からなきゃいいさ。それとも、俺が手伝っちゃ迷惑か？」

「いや、ありがたいけど、お前……内科医だろ」

「親父が死んでから四年近く、この病院で院長やってきたんだぞ。こんな田舎の病院で内科も外科もあるかよ。オペの助手ぐらい何度も務めてる。都会でしか医者をしてない軟弱《なんじゃく》な兄貴には分からないだろうけどな」

マスクの下で雅人が笑みを浮かべた気配がした。

手術台を挟んで対面に立った雅人は、滅菌手袋をはめた手を術野《じゅつや》に入れ一通り観察すると、純也が腸管にかけた糸を持ち、素早く結紮していく。

「これなら小腸の修復と腹腔内の洗浄だけで十分だろ。いくら専門外の兄貴でも、一時間もあれば閉腹できるな」

外科結びにした糸を引っ張りながら、雅人は「早く切れよ」とばかりに顎をしゃくった。純也は器具台の上から摑み取ったクーパー剪刀《せんとう》を手の中で器用に回すと、糸を結び目の近くで切断する。

「救急医を舐めるなよ。これくらいのオペなら三十分で終わらせてやる」

雅人が参加したことで、手術は見違えるようにスムーズに、そして正確に進むようになった。みるみる間に小腸に開いた穴が修復されていく。

「あとは、閉腹するだけだな」

二十分ほどで腸管の修復と腹腔内の洗浄を終えた純也は、マスクの下で大きく息をつく。そんな純也を見ながら、雅人がぼそりとつぶやく。

「なあ、兄貴。この子に惚《ほ》れてるのか？」

純也は吹き出す。マスクがなければ、術野を唾で汚染するところだった。

「なに言ってるんだ。こいつはまだ十七歳だぞ！」

「けどな、さっきから気になってたんだけど、兄貴がこの子を見る目、ちょっと普通じゃないぜ。いや、別に変態的な意味じゃなくて、なんか、自分の娘を見ているみたいでさ」

弟の指摘に、純也は言葉に詰まる。悠に対してどんな感情を持っているのか、自分でもよく分からなかった。少し考え込んだあと、純也はぽつぽつと言葉を紡ぎはじめる。

「こいつのおかげで俺は、自分が人間だって思い出したんだよ。俺は……感謝してるんだと思う。こいつにかけられた迷惑以上にな。だから、なんとか助けたいんだ」

雅人は軽く頷くと、何か言おうとしてためらうような気配を漂わす。

「言いたいことがあるなら言えよ」

純也が促すと、雅人は意を決したように話しはじめた。

「俺はな、ずっとヴァリアントってやつを化け物だと思っていたんだよ」

「……そうか」胸に軽い痛みをおぼえながら、純也は頷く。

「いや、俺も医者だから分かってはいたさ。DoMウイルスは脳細胞には影響しないから、人格は変わらないって。ただ、……理屈じゃないんだよ」

「だろうな」

「けどな、兄貴がコンタクト外して俺に説教した時、分かったんだよ。俺は間違っていたって」

「俺は説教なんて……」

「いいから聞けって。俺はずっと兄貴のことが恥ずかしかった。家族からヴァリアントが出て、しかもそいつは隠れて一般社会に溶け込んでいる。見つかったら病院の評判はどうなるんだ。化け物になったんだから、大人しく隔離されとけよってな。けど、さっき兄貴が必死にこの子を助けようとしているのを見て思ったんだ。『兄貴は昔からなんも変わってないんだな』って。そうしたら、ヴァリアントだからってこの子を放り出そうとした自分が情けなくなってな」

変わったさ、変わっていたのが多分、悠に戻されたんだよ。純也は無言で耳を傾ける。

「兄貴がヴァリアントでももう気にしない。それで捕まっても恥だなんて思わない。だから、……よかったら時々うちにも遊びに来いよ。娘にも会わせたいし。晶子は俺が説得するからさ」

純也はマスクの下で唇を強く噛んだ。そうしないと、嗚咽《おえつ》が漏れ出してしまいそうだった。

「ああ、……ありがとう」純也は必死に声を絞り出す。

「ところで、兄貴」

雅人はうって変わって、からかうような声を上げる。

「ヴァリアントだってことで捕まってもいいけどな、頼むから未成年者との淫行《いんこう》とかで逮捕されないでくれよ。さすがにそれは恥ずかしい」

6

「田舎だな」

毛利はヘッドライトに照らされる暗い道を眺めながらつぶやく。ハンドルを握る青山は

「……そうですね」と生返事をした。

「なんだよ、まだふて腐れているのか」

毛利は隣に座る青山を横目で見る。東京を出てから四時間近く、青山はほとんど喋っていなかった。

「別に……」

「お前も納得したんだろ、鈴木比呂士を追うことに」

「納得したわけじゃないです。ただ、テロを放っておく方が許せないだけで……」

「若いねぇ」皮肉を込めて毛利はつぶやく。

毛利の監視という役目を担っていた青山だったが、その任務はすでに放棄し、いまや毛利とともに鈴木比呂士を追っていた。毛利にとって青山を丸め込むことは容易《たやす》かった。青山自身が最初から、自らの任務に対して強い拒否反応を示していたのだから。

選挙対策のために国民を危険に晒すなど、この融通の利かない若者にできるわけがないことぐらい、毛利には最初から分かっていた。

公安という底なし沼に、頭の先までどっぷりとつかってしまった宮田や郷野は気付かないのだろう。いかに自分たちのしていることが、いびつに歪んでいるか。

「若くて悪かったですね。あと十五分ぐらいで着きますよ」青山はナビの画面を指さす。

「そうか、分かった」

毛利は懐からデザートイーグルを取り出す。二年間使っている愛銃の重みが、心を落ち着かせてくれた。

二人は群馬にある岬純也の実家の病院に向かっていた。東京拘置所で三匹のコウモリたちに発砲した際、長年の経験から毛利は確かな手応えをおぼえていた。誰か一人に重傷を負わせたはずだ。

奴らは医療機関を受診できない。受診すればすぐにコウモリだと知られるのだから。この状況であの三匹が取るであろう行動が、コウモリを追い続けてきた毛利には手に取るように分かった。

岬は実家の病院に助けを求めるはずだ。追い詰められたコウモリが最後に頼れるのは家族以外にないのだから。

「それで鈴木比呂士を撃つんですか？」

昨日、自らに向けられた銃に青山が視線を向ける。

「そうだ」毛利は欠片《かけら》ほどのためらいもなく頷いた。

「小林悠と岬純也が一緒にいるかもしれませんよ。二人が邪魔だったら、やっぱり撃つんですか？」

「何度も言っているだろ。あいつらは野生の獣と同じだ。少しでも情けをかけたりすれば、次の瞬間にはこっちの首がへし折られてるんだよ」

「それじゃあ、一般人がいたら？　もし一般人が邪魔をした場合、毛利さんは一般人を撃ちますか？　その化け物みたいな銃で」

その質問には、即答することができなかった。もし一般人が鈴木を撃つ障害になった場合……。毛利は頭の中でシミュレートする。答えは思っていたより早く出た。

「俺はな、鈴木を撃つために生きているんだ。……それだけのためにな」

「……分かりました」青山の表情がさらに険しくなる。

「抜けたいなら、ここに俺を置いて帰っていいぞ。ここからなら歩いても行ける。これは俺の問題だ」

「違います！」青山の怒鳴り声が車内に木霊《こだま》した。

これまでにない激しい反応に、毛利は目を丸くする。気弱とも思えたこの青年が、何に対してこれほどまでに激しく怒りを爆発させているのか、毛利には分からなかった。

「これは毛利さんの問題なんかじゃない。鈴木は単なる脱獄犯じゃありません。テロの首謀者です。俺は毛利さんに復讐させたいからここにいるわけじゃありません。テロを止めたいからです」

青山は一息に言うと、荒い息をつく。

「ああ、そうなんだろうな。けれど青山、悪いが俺は自分のするべきことをやるだけだ」

「……俺も同じです」

毛利は銃を懐にしまいながら青山を見た。まだ幼さが残る横顔には、警察官としての使命感が刻まれていた。ペアを組んでから二週間ほど経つが、初めてまともに青山の顔を見た気がした。

「お前さ、公安やめろよ」毛利はぼそりと言う。

「俺は……公安にはなれませんか？」

青山の口調に反発はなかった。それどころか、肯定を期待する響きすら感じられた。

「いや、なれるだろうな。二、三年もしたら立派な公安捜査員になれちまう。けれど、それでいいのか？ 分かるだろ。公安っていうのはお前が思っているような、正義の味方じゃないぞ。汚い仕事も眉一つ動かさずやり遂げる奴らだ」

腐ったリンゴに交じれば、どんな新鮮なリンゴもすぐに腐っていく。そして一度腐ったリンゴは二度と元に戻ることはない。ただひたすらに腐臭を撒き散らし、自らが崩れ落ちるまで腐敗し続けるだけだ。

車の中に湿った重い沈黙が下りた。フロントガラスの上に小さな水滴がぽつりぽつりと弾ける。やがて水滴は大きくなっていった。雨が車体を叩く音だけが車内に響く。

「……青山、もし俺を止めたいならな、その時はベレッタで俺を撃て。足とか腕じゃなくここをな」

毛利は人差し指でこんこんと自分の額の中心をつついた。

「ここを吹き飛ばさない限り、俺はやるべきことをやる。邪魔する奴は排除する。だからお前も、俺を止めたいならそれだけの覚悟を持て」

「……分かりました」

雨のカーテンの奥を見据えたまま、青山は唇に力を込める。

「まあ、そんなに思い詰めるなよ。どんな結果になっても俺は化けて出たりしねえよ」

雰囲気を変えるかのように明るく言うと、毛利はラジオのスイッチを入れた。

「……は未だ逃走中で……、警察はその行方を……、銀の雨事件の被告人で……、ＤｏＭＳのヴァリアントであることも……」

電波が十分に届かないのか、ラジオは耳障《みみざわ》りな雑音が混じり、途切れ途切れだった。しかし、それでも内容は十分に伝わってきた。鈴木比呂士の脱獄後すぐに、マスコミはヒステリックなほど大々的に銀の雨事件の犯人が脱走したと騒ぎはじめた。脱走時に成人しているということで、少年Ｘの名が『鈴木比呂士』であることも、すでに発表されている。しかし、それにもかかわらず、鈴木比呂士の外見についての情報は未だに発表されていない。

「上手いこと情報操作してやがるな。革政党もやるもんだ。他のところにもこれくらい根回しができりゃ、もう少し支持率も高かっただろうけどな」

革政党にしてみれば、鈴木比呂士はまだ逮捕されては困るのだ。テロを引き起こす寸前であればあるほど、国民の恐怖を煽《あお》り、支持率を上げることができる。その点で、銀の雨事件の内容がセンセーショナルに報道され、その一方で、鈴木の逮捕に繋がるような情報が全く外に出ていないいまの状況は、革政党にとって理想的といえた。よほど警察組織内で強固な情報統制が敷かれ、記者に上手く情報を流しているのだろう。いや、中立であるべき報道機関にすら、革政党が手を回している可能性もあった。

野党時代から革政党は、メディア戦略に関して卓越した能力を持っていた。特に党首である丸井は、五十歳を超えているにもかかわらず、三十代といっても通用しそうなほど若々しく、頻繁《ひんぱん》にテレビ番組に出演しては、そのスマートな体形と俳優のような整った顔で、女性を中心に多くの有権者を虜《とりこ》にしていた。

「警察庁の幹部は、革政党の手駒にすげ替えられています。仕方ないですよ……」

「公安部長の宮田は自国党政権時代から替わってないだろ。あいつも革政党に搦《から》め捕られたのかよ。情けねえ」

毛利は皮肉っぽくつぶやく。青山が返事をすることはなかった。

滝のような雨を切り裂くように、車は夜道を駆けていった。

7

「あの方からの連絡ですか？　何かトラブルがあったのですか!?」

プリペイド携帯をポケットにしまった真柴に向かって、葉子は身を乗り出す。真柴は「大丈夫だ」とだけ言うと、険しい顔で白銀の瞳を床に向ける。

憩いの森から脱走した三人のシルバーたちが身を潜めるビルの一室。そこでは真柴と葉子、そして銀の雫で葉子の副官を務める佐川の三人が、予定外の事態の対応について話し合っていた。シルバーたちのリーダーである鈴木比呂士が、未だ合流できていないのだ。

「あの人は無事なんですか？　なんでまだ合流できないんですか？」

葉子は納得することなく、勢い込んで訊ねる。ニュースは東京拘置所から銀の雨事件の犯人が逃げ出したことを大々的に伝えている。本来ならば脱走してすぐに、比呂士は葉子たちと合流し、安全な場所へと避難する予定だった。

「彼の妹が脱走の際に負傷した。その治療をしているらしい」

「治療って病院でですか⁉　もし通報されたら……」

葉子は悲鳴のような声を上げる。再び比呂士が逮捕されれば、二度と脱獄するチャンスはなくなる。たかだか妹が怪我をしただけで、比呂士が危険を冒《おか》すなど馬鹿げている。もともと妹の役目は、脱獄が成功した時点で終わっているというのに。

「大丈夫だ。それに関しては心配ない」真柴は迷いのない口調で答えた。

「本当に大丈夫なんですか？」

「彼を信じていればいい。計画に変更はない。あなたがたはその準備に取りかかってくれ」

真柴のプラチナ色に輝く目で見つめられ、葉子は反論できなくなる。

「大丈夫ですって、葉子さん。報道じゃあ、まだ比呂士さんの顔写真も出ていないんだ。逮捕される心配はないですよ」

ソファーに座る佐川が口を挟んだ。

「万が一にでもあの人が逮捕されたら、全てがお終《しま》いなのよ！」葉子は佐川を睨みつける。

「そんなことにはなりませんよ。大丈夫です。それに計画の準備は全て済んでいます。そりゃ比呂士さんはリーダーだ。いれば頼りになるし、ヴァリアントなんだから戦闘力も期待できる。でもいないからといって、計画を取りやめる理由にはならないでしょう。いまはできることを進めていきましょうよ」

佐川に正論を吐かれ、葉子は唇を噛む。

「その男の言う通りだ。計画は何があっても実行する。葉子さん、あなたは計画の準備だけに集中して欲しい」

真柴が言う。しかし、崇拝するシルバーに諭《さと》されても、葉子の焦燥《しょうすい》が消えることはなかった。葉子にとって本当に重要なことは、テロを成功させることではないのだ。協力の見返りとして比呂士に抱かれ、シルバーへと昇華する。それこそが唯一無二の目的だった。

葉子は真柴の横顔に視線を向ける。もし比呂士に会うことができないなら、真柴に抱かれればいいのではないか？　真柴もシルバーだ、抱かれればＤｏＭウイルスに感染することができる。

そこまで考えた葉子は我に返り、頭を激しく振る。

「どうかしましたか？」

不思議そうに見つめてくる佐川を無視すると、葉子は四年前の記憶を思い起こす。

あの日、まだ大学生だった葉子は繁華街の外れを彷徨っていた。家族と折り合いの悪かった葉子はその頃、クラブで拾った男の家を泊まり歩くような生活を送っていた。しかしその日に限って、声をかけてくる男たちの中に食指《しよくし》が動くような相手がいなかった。テキーラで焼けた胃袋に不快感をおぼえながら、葉子は目的地すらなく深夜の繁華街を進んでいた。携帯電話のアドレス帳から、その時間からでも泊めてくれるような知り合いの男を探していた葉子は、数十メートル先から聞こえてきた怒声に顔を上げた。

人通りの少ない深夜の大通りで、十人ほどの男たちがなにやら叫んでいた。なんの騒ぎだろう？　アルコールで警戒心が希釈されていた葉子は、ふらふらとそちらに近づいていった。近づくにつれ、男たちが制服警官であることに気付いた。

「危険だ。離れて！」

葉子に気が付いた警官の一人が声を上げたが、葉子は歩みを止めなかった。自らを痛めつけるような生活に浸っていた葉子にとって、危険という言葉は魅力的に聞こえた。

突然辺りが暗くなった気がした。反射的に顔を上げた葉子が見たのは、自分に向かって飛んでくる警官の姿だった。その体が街灯の光を遮り、葉子の顔の上に影を落としていた。警官は地響きのような音をたててアスファルトに落下すると、口から血を吐き、動かなくなった。

交通事故？　葉子は顔を上げた。しかし、そこに広がっていた光景は想像とは全く違うものだった。

警官たちが一人の青年を取り囲んでいた。それなりに身長はあるが、細身で華奢な男だった。警官たちが警棒を手に持ち、引け腰で構えているのに対し、青年は棒立ちのまま俯いていた。

何をしているのだろう？　葉子は首を傾げた。見たところ、青年は凶器を持っているわけではなさそうだ。にもかかわらず、警官たちの顔には猛獣にでも相対しているかのような怯えが浮かび、青年に近づけずにいた。

青年がゆるゆると顔を上げた。その目が妖しくプラチナに輝くのを見て、葉子の乳房の下で心臓が大きく跳ねた。

ＤｏＭＳ。日本を、世界をパニックに陥れた感染症。二十一世紀のスペイン風邪。

葉子はようやく状況を飲み込んだ。ＤｏＭＳから生還した人間が、白銀色の目を持ち、すさまじい体力を持つようになるという情報は、すでに発表されていた。そして、ＤｏＭＳの変異体と化した青年が隔離施設を脱走し、女子高生を襲ったあと姿をくらましていることが、この数日間、ヒステリックなほどにニュースで垂れ流されていた。

「おおっ！」警官の一人が警棒を振りかぶり、青年に殴りかかった。

青年は流れるようにその一撃を躱《かわ》すと、無造作に手を振る。それだけで警官の体ははじき飛ばされ、地面を横滑りした。それが合図であったかのように、他の警官たちが一斉に殴りかかっていった。無数の打撃の雨を、青年は人間とはとても思えない身のこなしですり抜け、雷のような打撃を叩き込んでいった。

十数秒後、警官たちは全員アスファルトの上に倒れ伏し、その中心に青年が佇んでいた。

青年は葉子に気付き、目を向けてきた。

白銀色の視線に射貫かれた葉子は金縛りにあい、指先すら動かすことができなくなった。それが恐怖によるものか、それとも他の感情によるものか、葉子自身にも分からなかった。ただ下腹部が熱くなり、性的な興奮が血に溶けて全身を駆け巡っていた。

青年の薄く、形の良い唇がゆっくりと開いた。葉子は青年の言葉を待った。しかし青年の声は、けたたましいサイレンによって掻き消された。

金縛りが解けた葉子が振り返ると、数台のパトカーがすぐ背後に停まっていた。

パトカーはさらに数を増やし、その腹の中から警官を次々と吐き出した。葉子はそのうちの一人に手を引かれ、現場から引きずられていった。

「逃げて！」

葉子は叫んだ。なぜ自分がそんなことを言うのか分からないまま。

警官たちは砂糖に群《むら》がるアリのように、青年に襲いかかった。青年は哀しげな微笑を浮かべたまま、今度は抵抗することなく地面に引きずり倒された。そして、青年の姿は見えなくなった。

葉子は警察署まで連れていかれ、事情を訊かれたあと解放された。

その夜以来、葉子はどんな男と寝ても満足を得られなくなった。次第に夜の街を徘徊《はいかい》することも少なくなり、家にいる時間が長くなった。その変化を家族、特に父親は歓迎したが、別に葉子は心を入れ替えたわけではなく、夜の街がもはや自分を満たしてくれないことに気付いただけだった。

世間では葉子が見た青年の起こした一連の事件を、青年が脱走した日に激しい雨が降っていたことから『銀の雨事件』と呼び、その犯人を激しく糾弾《きゅうだん》した。しかし、青年の写真がインターネット上に流出すると、その端整な顔立ちと、白銀の瞳の美しさから、青年に対する熱狂的なファンが出現し出し、東京拘置所に押しかける騒ぎまで起きた。そんなニュースをテレビ画面で見るたびに、葉子は身を焼かれるような怒りにかられた。

あの青年に会ったこともない者たちに、何が分かるというのだ。ブームに乗っただけのミーハーで身勝手なファンなど、彼のことをわずかたりとも理解できているはずがない。彼を理解できるのは、あの夜、一瞬だけでも彼と心を通わせた自分以外にいない。

彼女の人生を大きく変えた夜から約三ヶ月後、葉子は自らの人生を、あの夜に会った青年に捧《ささ》げることを決意した。

葉子はまず手始めに、表面上だけでも父親と和解をし、その有り余る経済力の後ろ盾を得て、シルバーたちの権利向上を訴えるNPO団体、銀の雫を立ち上げた。そして、志を同じくする仲間を募り、我が子を育てるように組織を大きくしていった。その努力が実を結んだのは二年前、憩《つの》いの森で働く仲間の一人が、あの青年の仲間と名乗る真柴との接触に成功した日だった。その日から、葉子は明日の計画のため、そしてその先に広がるであろう未来のためだけに人生を捧げてきた。

回想から我に返った葉子は、両手で自分の頬を張った。鈴木比呂士が、あの夜見た青年が大丈夫だと言っているのだ。私が信じずに、誰が彼を信じるというのだろう。

「真柴さん。分かりました。先に行って、あの人を待ちましょう」

葉子の覇気《はき》のある声に、真柴は一瞬戸惑いを見せる。

葉子の心にはもはや迷いはなかった。あの青年とともに計画を遂行《すいこう》し、そしてシルバーとなって彼と人生を歩む。その強い想いが全身に漲《みなぎ》っていた。

「行きましょう！」

葉子は胸を反らし、出口に向かって大きく一歩を踏み出した。

8

安物のソファーと年季の入った机、そして大量の本棚で空間の大部分が侵食された、八畳ほどの部屋。自由新党の総裁室で、三人の男が食い入るようにテレビ画面を見つめていた。

『……の鈴木比呂士被告は未だ逃走中で、ヴァリアントの犯罪者の脱走という前代未聞の事件に……』

白くそびえ立つ東京拘置所をバックに、男性リポーターが手元のメモ用紙を読み上げていく。

城ヶ崎は手にしたリモコンでテレビを消すと、苛立たしげに舌打ちした。

「なんでこのタイミングなんだ？　なんでよりによって！」

「さあ、なんででしょうねえ。私に訊かれましても」

ソファーの隣に座っている堀が間延びした声で言う。

「別に堀さんに訊いたわけじゃない！　それよりどう対応すればいいんだ!?」

城ヶ崎は声を荒らげる。鈴木比呂士脱走の一報が流れると同時に、マスコミは四年前に時間が戻ったかのように、執拗に銀の雨事件の全容を垂れ流しはじめた。コメンテーターたちは連日、口をそろえて「ヴァリアントは危険だ。ヴァリアントのさらなる監視強化を！」と叫び続けている。そんなコメンテーターの姿を画面越しに見るたび、脳卒中で倒れてしまうのではないかと思うほど、城ヶ崎の頭には血が上った。

「対応、簡単ですよそんなもの」堀は真っ白な頭髪をかき上げる。「ヴァリアントに対していま以上に厳しい対応を取ると、総理、あなたが国民に向かって伝えるんです。そうすればDoMSの対応において、革政党と我が党で大きな差はなくなる。つまり、そこに争点はなくなり、その他の経済、外交、国防等の点で争うことができる。ただ、これには大きな問題が一つだけありますけれど」

「どんな問題ですか？」

ソファーのそばに立ち、沈痛な表情で黙っていた選挙対策委員長の佐藤が喘ぐように言う。

「総理が、それを認めないということです」

「総裁……」佐藤は泣きそうな顔で城ヶ崎を見つめた。

「……これまで通り、我が党がヴァリアントの権利拡大を主張したらどうなる？」

訊かずとも答えは分かりきっていたが、それでも訊ねずにはいられなかった。そんな城ヶ崎の心を見透かしたように苦笑を浮かべながら、堀は語りはじめる。

「この四年間、革政党が失政を続けてきたことは、誰の目にも明らかです。けれど、それは四年かけてです。国民は革政党に怒りをおぼえていますが、四年という長い期間でその怒りは薄められています。しかし銀の雨事件は違います。こうして連日報道されることで、当時の衝撃と恐怖を日本中が思い出していることでしょう」

「まどろっこしい説明はいらない。一言で結論を言ってくれ」城ヶ崎はかぶりを振る。

「大きな問題が置き去りにされ、ヴァリアント問題が衆院選の唯一の争点となります」

堀は本当に一言でまとめると、大きく肩をすくめた。

「そんなことになれば……」佐藤の声は滑稽《こっけい》なほどに震えていた。

「ヴァリアントに対して甘いと思われている我が党は大惨敗でしょうな。我が党から革政党へ大量に票が流れ、革政党が衆院の過半数、下手をすれば三分の二を超える議席を取りかねない。四年前の再現です」

堀は、お手上げとでも言うように両掌を天に向けた。

「ここまで支持率が落ちているっていうのにか？　せめて自国党に票が流れるんじゃないのか？」

城ヶ崎は無意識に爪を噛む。

「行儀悪いですよ、総理。まったく、苛々するとすぐに爪を噛むんだから。まあ、少しは流れるでしょうけど、大部分は革政党に流れます。他の点ではぶれぶれな革政党ですが、ヴァリアントに対する苛烈な態度は首尾一貫しています。それに対して自由国民党はそこまでの強硬な主張はしていない。国民には革政党の方が頼もしく思えます」

「革政党が頼もしいだと!?」

「確かに革政党の素人《しろうと》っぽい政権運営のせいで、外交も経済も四年間停滞し、現在は危機的状況です。けど、毎日を一生懸命生きている国民には、そんな危機を実感するのはなかなか困難なんです。それに対して、脱走してどこにいるかも分からないヴァリアントはリアルな危険です。少女を強姦し警官を殺害した犯人、しかも猛獣並みの体力を持っている。そんな凶悪犯がもしかしたら、自分たちのすぐそばに潜んでいるかもしれない。怯えるのは当然です」

堀は教壇に立つ教師のように滔々《とうとう》と語る。

「……俺にＤｏＭＳ政策を転換しろっていうのか？　革政党が主張するように、ヴァリアント全員を犯罪者のように隔離・監視するように」

「そんなこと言っていませんよ。私はあなたの質問に答えたに過ぎません。いつも言っているじゃないですか。あなたがこの党の最高責任者なんですから、私はあなたの決定に従いますよ」

堀は真っ直ぐに城ヶ崎を見つめる。口調こそおどけているものの、その目には強い決意が湛えられていた。先輩政治家からの信頼に、城ヶ崎は身が引き締まる思いになる。

「けれど、このままでは選挙に大きな影響が出ます。ここは一時的にでも、ヴァリアント問題に対して強硬姿勢を見せた方が……」

おずおずとつぶやいた佐藤の言葉を聞いて、城ヶ崎の脳裏に四年前に見た光景が蘇る。

DoMSがパンデミックを起こした際、首相であった城ヶ崎は何度もDoMS患者の治療現場を視察した。そこで見た光景はまさに地獄絵図だった。ある者は肺炎により人工呼吸器に繋がれ、ある者は皮膚が肉腫《にくしゅ》で爛《ただ》れ、そしてある者はDoMホルモンの作用により全身の筋骨格系が破壊と再生を繰り返す、耐えがたい激痛に泣き叫んでいた。あれほどの苦痛を乗り越え生還した者たちが、犯罪者のように隔離され、蔑まれる生活を強要される。そんなことが許されるわけがない。

「どのみち、同じかもしれませんね」

城ヶ崎が佐藤を怒鳴りつけようと口を開きかけた時、見透かしたかのようなタイミングで堀が口を挟んだ。

「もう総理がヴァリアントに対して強硬姿勢を取ったところで、状況は全く変わらないかも。いや、さらに悪化する可能性すらあります」

「なぜです？　どうしてそんなことが……」佐藤の声がかすれる。

「我が党の人気は、ひとえに城ヶ崎総理のカリスマ性によるものです。そしてそのカリスマ性は、総理の頑固で石頭ともいえる意志の強さから来ているんです」

石頭と揶揄された城ヶ崎が顔をしかめるが、堀は気にせずに喋り続ける。

「簡単に言えば、言ったことは必ず実行するという言葉の重さ、これが総理の人気を保っているんです。軽々と自分の主張を翻したりすれば、カリスマ性が失われ、我が党の信頼は地に落ちます」

一息に語り終えた堀は、脇のテーブルに置かれていた湯呑みを手に取り、冷めた緑茶を飲む。

「それじゃあ、どうすればいいんですか⁉」

佐藤は悲鳴のような声を上げると、縋《すが》り付くような目で堀を見た。城ヶ崎も唇を嚙んで堀に視線を送る。この国で最も経験豊かな政治家に、この難局を乗り越える方法を期待して。

「どうにもなりません。もう詰んでいます」堀は軽く首を左右に振った。

「そんな⁉　じゃあ選挙はどうなるんですか？」

「おそらく革政党と自国党の一騎打ちになって、革政党が過半数を取る可能性が高いでしょうな。我が党は泡沫《ほうまつ》政党にまで転落する。我々執行部は、党の要職から引責辞任することになるでしょう。いや、それどころか我々も落選するかもしれない」

部屋が鉛のように重い沈黙で満たされる。佐藤は魂《たましい》が抜けたかのように力ない笑みを浮かべると、そばにあった椅子に座り込んだ。

俯く城ヶ崎の顔にも笑みが浮かんでいく。しかし、それは佐藤のような諦めの笑みではなかった。

地方の一弁護士から、初めて国政に打って出た時も、七年前に自由国民党の代表の座、ひいては日本の総理大臣の座を争った時も、城ヶ崎は絶望的な戦いを挑むドン・キホーテだと嘲笑された。しかしそのたびに、城ヶ崎は血の滲《にじ》むような努力と生来のカリスマ性、そして多少の運で自分を嘲笑った者たちを見返してきた。

逆境に陥れば陥るほど、自分は力を発揮できる。城ヶ崎はそのことを知っていた。

「詰んでいると言ったな」城ヶ崎は顔を上げる。

「ええ、そう言いました。王手、チェックメイトです」堀は挑発するように口角を上げる。

「盤上で詰んでいるなら、盤ごとひっくり返せばいい」

「どうやって、そんなことを？」

佐藤が期待を込めた眼差しを向けてくる。

「なに言ってるんだ、それをいまから考えるんだろ」

城ヶ崎の回答を聞いた佐藤の顔が、一瞬で落胆と諦めの表情へと変化する。

「仕方ないですな」堀は苦笑を浮かべる。「どうにか知恵を絞りますか。うちのボスがまた無茶をする方法を」

「頼んだぞ。名参謀《さんぼう》」

城ヶ崎が肩を叩くと、堀は湿った視線を向けてきた。

「……あなたも一緒に考えるんですよ」

第3章

1

「どれくらいすれば動けるようになりますか？」

バンの後部座席で悠の顔を覗き込みつつ、比呂士は心配そうに訊ねる。

「さあな」純也は気のない返事をしながら、天井のフックに抗生剤の点滴パックをかけた。

「さあなって……、手術をしたのはあなたでしょう」

「普通なら順調にいって退院まで一、二週間っていうところだ。けどな、俺だってヴァリアントの手術なんて初めてなんだ。多分、普通の人間より早く回復するだろうけど、何か特殊な合併症が出る可能性だって否定できないんだよ」

純也は自分の肩を揉む。悠の手術が終わってから十数時間が経過していた。すでに時刻は午後十時を回っている。

未明に手術は終了したが、そのまま病院内にはいられないということで、リカバリールームで意識を取り戻した悠をストレッチャーに乗せ、必要な医療用具とともに駐車場の隅に駐めたバンに運び込んだ。幸運なことにファミリータイプのバンの後部座席は十分な空間があり、しかも窓にはカーテンがかかるようになっていたので、隠れて治療を行うのにそれほど不便はなかった。

「首にこんな太い管が刺さっているなんて……」

比呂士は寝息をたてる悠の白い首筋に手を添える。そこには十二フレンチのCVチューブが刺さり、天井につるした点滴パックに繋がっている。このバンに運び込んでからというもの、トイレに起き、サングラスをかけ病院の手洗いを借りた時以外は、悠は昏々《こんこん》と眠り続けている。野生動物が動かずに傷を治しているかのように。

「ヴァリアントの消費カロリーを考えると、高カロリー輸液が必要なんだ。そのためには首の静脈を穿刺《せんし》して、上大静脈まで点滴ラインを入れる必要があるんだよ」

「……本当に大丈夫なんですか？　約束通り悠は治るんでしょうね」

点滴の滴下速度を調節している純也に比呂士が詰め寄る。

「おい、調子に乗るなよ。俺はお前と約束なんてしてない。悠を治療したのは、俺がそうしたいからだ」

純也は睡眠不足で充血した目で比呂士を睨みつけた。

「本当ならこんな危険を冒さなくても、設備が整った病院で専門のドクターに治療してもらえたはずなんだ。なのにお前のせいで俺が手術して、車の中で野戦病院みたいな治療をしている」

「それは、悠を逮捕されるわけには……」

比呂士は力ない声で反論する。純也は大きく舌を鳴らした。

「まだ十七歳だぞ。お前はそんな子供を危険な目に遭わせたんだ。俺もお前のせいで人生をめちゃくちゃにされた。お前さえ大人しく拘置所に入っていたら、俺も悠もこんな目に遭わずに済んだんだよ」

純也は言葉を弾丸にして比呂士に叩き込んでいく。

「必要なことなんです。ヴァリアントが差別され、蔑まれる世の中を変えるために……」

純也の殺気を正面から受け止めながら、比呂士は言った。

「ふざけるな！」

純也は比呂士の襟元を摑んで引き寄せた。ヴァリアントの握力に耐えきれず、シャツの首元が裂ける。

「誰のせいでこんな状況になったと思っているんだ。お前のせいだよ。お前が四年前、女子高生を強姦してＤｏＭウイルスに感染させたうえ、警官を殴り殺した。そのせいでヴァリアントは理性を持たないモンスターで、ＤｏＭウイルスを撒き散らすって思われてるんだよ！

分かっているのか！」

唾を飛ばしながら純也は叫ぶ。そばに手術を終えたばかりの少女がいなければ、間違いなく拳を比呂士の横面《よこづら》に打ち込んでいただろう。

「……分かっています。分かっているんです。全部僕のせいだってことは」

「分かっているなら……」

「けれど、仕方がなかったんです……」

「仕方がなかっただ⁉」

純也は耳を疑う。どんな理由があれば少女を襲ったことが正当化されるというのだ。これ以上この男と話していると、また殴りつけてしまいそうだ。純也は比呂士の胸を乱暴に押した。

バンのドアに肩をぶつけた比呂士は、唇を噛む。

「僕は……食べ物を探してきます。悠を見ていて下さい。すぐに戻ります」

比呂士は俯きながらドアを開いて、外に出ようとする。

今朝、雅人が悠の病状を見に来たついでに、「絶対に車から出るなよ」と言ってレトルト食品を持ってきたが、普通の人間の数倍のカロリーを必要とするヴァリアントにとって、それは決して十分な量ではなかった。

「待てよ」

比呂士を呼び止めた純也は、財布の中から一万円札を取り出し、悠が使用していたサングラスとともに押しつける。

「金を持っていないだろ。それに、その目を晒して動くな。ヴァリアントがこの辺りにいるってばれたら、俺の弟が困るんだよ。その道を真っ直ぐ行けば、五キロぐらいで二十四時間営業のスーパーがある。そこで食料買ってこい」

「……分かりました。できるだけ早く戻ってきます」

不安げな一瞥《いちべつ》を悠に向けると、比呂士は車外へ出て、闇の中に姿を消していった。純也は大きく息をつく。比呂士と狭い空間で過ごしていると、神経をヤスリで削られているような心地がしていた。

いくらヴァリアントでも往復十キロの距離を走り、そのうえ買い物をしてくるにはある程度時間がかかるだろう。その間に仮眠をとろう。眠る前に念のため点滴の滴下速度を確認しようとした純也は、いつの間にか悠の目が開いていることに気付く。

「起きていたのか?」

「うん。驚いた?」

「そんな毎回驚いてたまるか」

純也が内心の動揺を隠しながら言うと、悠は窓の外に視線を向ける。リアウィンドウに水滴が弾けた。雨が降り出したらしい。

「あのさ、……ごめんね」悠は外を見たまま、弱々しくつぶやく。

「驚かそうとしたことか？　別に謝ることじゃ……」

「そうじゃなくて、今回のこと全部。……騙して、純也君の生活めちゃくちゃにしたこと」

「……気にするなよ」

純也は苦笑を浮かべた。比呂士には強い嫌悪感をおぼえていたが、直接自分を騙した悠に対しては、いまはなぜか怒りを感じてはいなかった。おそらくは、雅人と和解できたからだろう。

悠は硬い表情を崩さぬまま、ためらいがちに口を開き、語りはじめる。

「……兄さんの脱走のために、協力者を見つけるのが私の仕事だったの。私なら森を脱走しても、家出ぐらいに思われてそれほど捜査されないから。社会的地位がしっかりしてて、公安とかに目を付けられていない人を、買収でも、脅迫でもいいから協力者にして、拘置所に潜入しないといけなかったの。けれど、森を出たら隠れて生きていくだけで精一杯で、三週間近く経っても協力者なんて見つけられなかった。どうしていいか分からなくなってた時、純也君を見つけたの。びっくりした。ヴァリアントが普通に生活してるんだもん」

「それで俺は巻き込まれたってわけだ」

純也は苦笑する。悠は唇を噛んで目を伏せた。

「私さ、森で友達いなかったの。って言うか、いじめられていたのかな……」

「いじめ？　悠が？」

純也は訊き返す。陽性の性格の悠と、いじめという陰湿なイメージが頭の中で結び付かなかった。

「森に行ってすぐ、私の兄さんが銀の雨事件の犯人だって、周りで噂になったんだ。それ以来、腫れ物扱い。学校では色々嫌がらせされたしね。だからさ、人間不信みたいになっちゃって、この四年間、兄さんの仲間以外の人とまともに喋ったこと、ほとんどなかった。けど、兄さんの仲間って暗い人が多いから、仲良くなるって感じでもなかったし。だから嬉しかったの。純也君と普通に話ができたこと。もちろん兄さんのことを知らないからだって分かっていたけど、それでも……楽しかった。なんて言うのかな、久しぶりに自分が人間だって思い出した気がした」

「……そうか」

純也は悠の髪を撫でる。はたからは脳天気にすら見えた悠が、これほどの重荷を背負っていたこと、そして自分と同じ感情を抱いていたことに驚きながら。

「ごめん。……本当にごめんなさい。迷惑かけて。私、自分のことしか考える余裕なくて、……純也君のこと、なにも考えてなかった」

悠の目が潤んでいく。

「気にするなよ」純也は同じセリフを繰り返す。「迷惑なんかじゃなかった。俺も楽しかったよ。誰の妹だって関係ないだろ。悠は悠だよ」

悠は微笑むと小さく頷いた。どこか心地よい沈黙が二人の間にたゆたう。

「……ここって、純也君の実家なの？」悠が窓の外の病院を指さした。

「ああ。田舎だろ」

「本当に田舎だね。東京でお医者さんやってて、あんな恰好つけた車乗ってるのに、本当は田舎者だったんだ」

悠はケラケラと笑うと、急に顔をしかめて腹を押さえた。

「まだ手術したばかりなんだぞ。笑うと腹に響いて当然だろ。そういえばＺ４……」

頭の中にスクラップ同然にまで破壊された愛車が浮かんで、純也は肩を落とす。まだローンが残っていたというのに。銃で撃たれた場合、車両保険は下りるのだろうか？　一瞬保険の心配をした純也は、自分が脱獄の共犯者として追われていることを思い出し、乾いた笑いを漏らす。

「なに？　仏頂面したり、急に笑ったりして。大丈夫？」

まだ腹を押さえながら、悠は気味悪そうにつぶやく。

「うるさいな。ほっといてくれ。それよりいつから起きてたんだよ？」

「ついさっき。純也君と兄さんが喧嘩する声で目が覚めて、思わずタヌキ寝入りしちゃった」

「そうか」

「そういえば。手術終わった時、もう一人いたお医者さん、純也君の兄弟？　少し顔が似てたよ」

「ああ、弟だよ。似てたか？」

「うん、何となく雰囲気がね。弟さんは、純也君がヴァリアントだって知っていたんだ」

横になったまま、悠は上目遣いで純也を見た。苦い記憶が頭をよぎり、純也は口元に力を込める。

「あ、別に無理に話さなくていいよ」悠は慌てて両手を振る。

「気にするなよ。ただ、長い話になるぞ。長いうえに、……少しも面白くない」

「時間はあるよ」

「そうだな、まあつまらない話だよ」

純也は雨で濡れた窓から見える病院に視線を向ける。

「四年前な、俺は勤めてた大学病院を辞めて、ここの院長になるはずだったんだよ」

「この病院の？」

「ああ。親父から病院を継いで、つまらない生活をはじめるはずだったんだ」

「四年前だったら、純也君もまだ若かったでしょ。田舎に引っ込むのはちょっと早いよね」

「俺はいまでも若い……まあ、それはいいか。普通なら他に院長やってくれそうな医者を探すとか、色々方法があっただろうけどな。けど、急に院長が必要になったから、そんな暇なかったんだよ」

「急に？」

「前の院長だった親父がな、癌《がん》になったんだよ。膵臓《すいぞう》癌だった。見つかった時にはもうかなり進行していて、余命数ヶ月ってとこだった」

「……それで、帰ることにしたんだ」

「ああ、仕方なくな。ただ、いつも偉そうに亭主関白気取っていた親父とは、もともとそりが合わなくてな。大学進学の時、地元の医大に行けって言う親父に反抗して、東京の大学に入学して、さらに険悪になった。決定的だったのは、俺が大学二年生の時にお袋が亡くなったことだ。なんかお袋の人生が、親父に尽くしてきただけに思えてな、葬式のあとに大喧嘩して、それ以来ほとんど連絡も取ってなかった。だから、親父が癌だっていっても、自業自得ぐらいにしか思ってなかったんだよ……」

外を見つめ続ける純也の目には、四年前の病院が映っていた。

「こっちに戻ってから三日ぐらいして、朝、急に吐き気がして飛び起きたんだよ。それから昼ぐらいまで、ずっとトイレで吐き続けた。胃の中空っぽなのにな」

悠の顔がこわばる。その時、純也の体に何が起きたのか、悠には分かったのだろう。それは悠自身も経験したことなのだから。

「すぐ分かったよ。ＤｏＭＳになったってな。何人もＤｏＭＳ患者を診てきたから……。もう人生終わりだと思った。生き残れる可能性は低いし、もし生き残ったとしても隔離される」

その時の気持ちを思い出し、純也は目を閉じる。

「純也君は、大学病院で感染したの？」

「ああ、多分。感染防御はしっかりしていたはずだったけれど、救急部の激務と、大学病院を急に辞めるための手続きで倒れそうになっていたからな。いまになって思えば、免疫力が弱くなっていたのかもしれない。まあそんな感じで、トイレの住人になっていたところを見つかったんだ。親父にな」

「お父さん、家にいたんだ」

「まだ入院するほどは病状が進んでなかったから、鎮痛用の麻薬《まやく》を内服して痛みを抑えながら、家で生活していたんだよ。親父もすぐに状況を把握して、そりゃあもう世界の終わりが来たみたいな顔していたよ。自分が死にかけて、そのうえ、院長になるために戻ってきた息子が自分より早く死にそうなんだからな。そんな親父に俺は言ったんだよ、『いい気味だとでも思っているのか？』ってな」

悠の表情が哀しげに歪む。

「ＤｏＭＳになったことで自暴自棄だったたっていうのもあるけど、それくらい仲が悪かったんだよ。親父は二、三分黙って俺を見たあと、どこかに消えていった。俺はてっきり通報しに行ったと思ったんだ。DoMS感染者を見つけた場合は、保健所に通報する義務があったからな。あとはDoMSの拠点病院に隔離されて、二度とシャバには戻ってこれないって覚悟した。けれど三十分ぐらいして戻ってきた親父は、とんでもないことを言い出したんだ」

口の中が乾いてきた。純也はカップホルダーから緑茶のペットボトルを手に取り、喉を潤す。

「両手一杯に薬と医療機器を持ってきた親父は、『ここで俺がお前を治す』って言い出した。あのDoMSを家でだぜ。頭がどうかしたのかと思ったよ。でも、……本心ではありがたかった。それから急性期の二ヶ月、末期癌だった親父が俺を治療したんだ」

純也はあの地獄のような日々を思い出す。父が病院から運び込んだ無菌テントの中で過ごし、大量の抗生剤の投与を受け、病院のストックの血液製剤を輸血することで、消えそうになる生命の灯火《ともしび》を細々と燃やし続けた。父はほとんど喋ることもなく、ただ黙々と、癌に冒された体で純也の治療に当たった。

「あんなに親父と一緒にいたのは初めてだったよ。って言っても、親父はほとんど喋らないから、気まずいことこのうえなかったけどな。自分も死にかけているくせに、そんな素振りも見せないで、昼も夜もなく俺の治療をしてくれる親父を見て、俺もなんて言えばいいか分からなかったんだ。そんな感じで二ヶ月経って、俺は奇跡的に急性期を乗り越えて、変異期に入った。そして、……すぐに親父が倒れた」

「癌が悪くなったの？」

「いや……ＤｏＭＳになったんだよ」

純也は喉の奥から言葉を絞り出す。悠が息を呑んだ。

「もともと癌で体力が落ちていた親父は、すぐにひどい肺炎を起こした。もう手の施しようがないくらいな。そんな状態になった親父は、弟を呼び出したんだ」

「弟さんを……」

「ああ、弟の雅人は親父が希望した大学に入って、親父が希望した内科に進んでた。将来研究職につくつもりで、アメリカへの留学も決まっていたんだ。それに、『研究するつもりなら早めに結婚しろ』っていう親父の言葉通り、研修医のうちに結婚してた。簡単に言えば親父の期待の息子だったんだよ、……俺と違ってな」

純也は自虐的に笑う。

「急いで家にやってきて、初めて状況を聞いて混乱している雅人に、親父は『純也の代わりに病院を継いでくれ』って言い出したんだ。当然、弟は反発した。もうすぐ留学して、論文を書きまくって、教授を目指すつもりだったのに、こんな田舎の病院に引っ込むなんてな。けれど、最終的に雅人は受けた。あいつは昔から、親父の言うことに逆らえなかった。親父の遺言《ゆいごん》を無視するなんてできなかったんだろうな。次の日に、親父は死んだよ。やり遂げたって感じの顔で逝ったんだ。俺が感謝の言葉も伝えないうちにな」

純也は大きく息を吐いた。

「病院を継ぐ代わりに、雅人は条件を出した。二度と病院にも自分にも関わるなってな。俺のせいであいつの人生が狂ったんだから当然だな。だから変異期を終えた俺は、葬式にも出ないで、東京に戻ったんだよ。そして完全に変異が終わったあと、非常勤で救急医をやりながら、正体がばれないようにこそこそ隠れて毎日を過ごしていた」

純也は悠を見ながら、心の中で「お前と会うまではな」と付け加えた。

「純也君も……色々あったんだね」

「みんな色々あるさ。DoMSにかかった奴らはな」

純也は平らにした座席に横になり目を閉じる。少し話し疲れていた。

悠と純也の吐息が、狭い車内で融け合う。

「ねえ、私たち、もう誰にもDoMウイルスを感染《うつ》したりしないいんだよね？」

吐息をそのまま声にしたような、かすかな声で悠が言った。

「ああ、らしいな。WHOからの最終発表はまだだけど、それも時間の問題だ」

「それなら、いつか私たちが森の外で暮らせる日も来るのかな。普通の人と同じように」

「ああ、多分な」

「いつ頃？」

「一年後か、十年後か。それとも俺たちが生きているうちには実現しないのか。それは分からないよ」

「そっか……」

「……けっこう時間、経ったな」

純也は目を開け、腕時計を見る。比呂士が出ていってから、すでに三十分以上の時間が経っていた。あのシスコン気味の男なら、そろそろ帰ってきてもおかしくない。上目遣いに雨が打ちつけるフロントガラスに視線を向ける。

突然、車内に目映《まばゆ》い光が差し込んだ。一瞬、視界がホワイトアウトする。純也は身を起こすと顔の前に手をかざしながら外を見た。ほとんど車の駐まっていない駐車場に、一台のセダンが滑り込んできていた。ハイビームにされたヘッドライトの光がこちらに向いている。

「眩しいなぁ」悠も体を起こすと顔をしかめた。

車は二人が乗っているバンの前で停まった。ヘッドライトは相変わらず、サーチライトのように真っ直ぐバンを照らしている。

……何かおかしい。純也の頭に警告音が鳴り響いた。光の中で人の輪郭が動くのがかすかに見えた。デジャヴが純也を襲う。

「伏せろ！」

純也は叫びながら、悠の頭を力任せに押さえつける。ほぼ同時に、鼓膜を破らんばかりの轟音《ごうおん》とともに、フロントガラスが砕け散った。昨日、東京拘置所の駐車場で銃撃された時のように。

純也はおそるおそる割れたフロントガラスの外を窺う。ヘッドライトの中に人影が浮かび上がっていた。逆光でその顔は見えないが、クマのようにごつごつとしたシルエットには見覚えがあった。あの毛利とかいう捜査員のものだ。

ヘッドライトが消える。純也はようやく外の光景をはっきりと視認することができた。

「動かないで下さいよ。岬先生」

毛利は両手で持った拳銃の銃口を、車の中の純也に向ける。

「鈴木比呂士は、あのけだものはどこですか？」

「出てきてもらえませんか、岬先生。そこじゃあ話がしにくい。大丈夫、撃ったりしませんよ。抵抗しない限りね」

巨大な拳銃を構えたまま、毛利は楽しげに言う。純也はゆっくりとドアハンドルに手を伸ばした。

「ちょっと、出ていくつもり？」慌てて悠は純也の腕を摑む。

「いいから、そこに隠れていろ。絶対に動くなよ。いいな」

純也はこれまでになく厳しい声で言う。相手は警告もせず撃ってくるような男だ。おそらくヴァリアントを人間とすら思っていないのだろう。

悠が緊張した面持ちで小さく頷くのを確認すると、純也はドアを開け、車外に出る。いつの間にか、雨は上がっていた。湿った夜風が頬を薙《な》ぐ。純也は両手を高々と上げた。

「ああ、別に手を下ろしてもらって構いませんよ。武器を隠しているなんて思っていません。ヴァリアント自身が兵器みたいなものなんですから、武器なんて必要ない」

毛利は皮肉を込めた言葉を吐きながら、カラーコンタクトもサングラスもつけていない純也の白銀色の瞳を見つめた。

「しかしまさか、先生がヴァリアントだったとはねぇ」

「白々しいこと言うなよ。最初から疑っていたんだろ」

芝居じみた毛利の言葉に、純也は舌打ちをする。

「当たり前だ、化け物が！　てめえらが近くにいるとな、獣臭くて鼻が曲がりそうになるんだよ」

上《うわ》っ面《つら》の慇懃な態度が剝がれ落ち、毛利は腹の底に響く声で叫んだ。

「鈴木比呂士はどこに行った？」

「ここには……いない」

純也が答えると、毛利の分厚い唇がめくれ上がるほどに歪んだ。

「そんなの見れば分かる！　あの野郎がどこに行ったかって訊いているんだ。しっかり質問に答えろ！」

「本当に知らないんだ。拘置所から逃げてすぐ、あの男とは別れた」

純也は逃げることを諦めていた。手術を終えたばかりの悠がいる以上、もはや逃亡は不可能だ。いま大切なことは、毛利と比呂士を会わせないことだった。比呂士は大人しく拘束などされないだろうし、悠が逮捕されるのをよしとするわけもない。二人が出会えば、間違いなく殺し合いがはじまる。

「見え透いた嘘をつくんじゃねえ。オービスにお前と鈴木が、そのバンに乗って群馬方面に向かっているところが撮られているんだよ」

純也の顔が動揺で歪む。それを見て毛利は鼻を鳴らした。

「やっぱり、あいつもここに来てやがったな。怪我していたのは、あいつの妹ってわけか」

カマをかけられたことに気付いて顔をしかめながら、純也は必死に頭を絞る。

「あの男なら妹の手術が成功したのを見て、どこかに消えたよ。どこに行ったかは知らない」

「お前は協力者だ。知らないはずがない。適当なこと言うんじゃねえよ」

「協力者なんかじゃない。本当に知らないんだ」

「言わなければ、お前を殺して、そこにいるあいつの妹に訊くだけだ」

「なっ⁉」

純也は絶句する。いかに相手がヴァリアントとはいえ、無抵抗の相手を警官が撃つなんてことが許されるはずがない。単なる脅しだ。純也はそう思おうとした。しかし瞳孔の奥に黒い炎を灯したように爛々《らんらん》と輝く毛利の目が、本気であることを伝えてくる。

「三人もヴァリアントを逮捕しても連行できないだろ。とりあえず俺たち二人だけで満足してくれ。抵抗はしないから」

「心配はいらねえよ。逮捕するのはお前とそこのガキだけだ。鈴木は……殺す」

毛利が恍惚《こうこつ》とした表情を浮かべるのを見て、純也の背中を冷たい汗が伝っていく。

「それで、鈴木は、どこにいる？」

毛利は一言一言区切りながら、もう一度、同じ問いを口にした。

「なんで、そんなにあいつにこだわるんだ？」純也は何とか考える時間を稼ごうとする。

「……銀の雨事件の被害者を知っているか？」

「なんの話だ？」

純也は戸惑う。被害者の女子高生の名は、確か公表されていなかったはずだ。

「俺の娘だ」

「は？」純也の口から間の抜けた声が漏れた。

「あの事件の被害者は俺の娘なんだよ。俺の娘は、里奈は……鈴木比呂士に殺されたんだ」

純也の鋭敏な聴覚は、毛利の声に一瞬交じった嗚咽を拾い上げる。

「なあ先生。これで分かっただろ、なんで俺が鈴木を殺したいか」

毛利の顔に、弱々しい笑みが浮かんだ。あまりにも衝撃的な事実に、純也はまばたきをすることすら忘れて立ち尽くす。

「頼むからあいつの居所を教えてくれ。あいつさえ殺せれば、俺はあんたたちのことなんかどうでもいい。あんたたちを逃がしたっていいんだ。だからあいつだけ、鈴木比呂士だけ俺によこしてくれ」

毛利の言葉はいつの間にか、懇願に近いものへと変わってきていた。しかし、純也の頭で鳴り響く警告音は小さくなるどころか、さらに音量を増す。目の前の男は精神の均衡を欠いている。限界まで膨らんだ風船のようなものだ。少しの刺激で破裂してしまうだろう。

純也はカラカラに渇いた口腔《こうくう》内を舌で舐める。

「あなたの気持ちは分かる。できることなら俺も教えてやりたい。でも、あいつはどこかに逃げたんだ。教えたくても教えられないんだよ」

「……そうか」

媚びを含んだ笑みを浮かべていた毛利の顔から、潮が引くように表情が消えていく。

「なら、お前を生かしておく意味なんかねえな」

感情が消え去った声でつぶやくと、毛利は人差し指を引き金にかける。

「毛利さん、だめです！」

車から若い捜査員が出てきて叫ぶが、毛利はそちらに一瞥もくれることがなかった。毛利の人差し指がスローモーションで曲がっていくのを、純也は呆然と眺めていた。

雷鳴のような銃声と同時に、純也は濡れた地面に叩きつけられた。背中を強く打ち、息が詰まる。

撃たれた。そう思い、純也は目を閉じる。しかしいくら待っても、痛みは襲ってこなかった。そのかわり、腹全体に重みを感じる。おそるおそる瞼を持ち上げた純也は、息を呑む。腹の上で、悠が苦痛に顔を歪め、腹を押さえてうずくまっていた。無理矢理点滴ラインを引き抜いたのだろう。首筋から赤い血が流れている。

「何してるんだ!?　動いて傷口が開いたら大変なことに……」

純也は慌てて体を起こすと、悠を背後にかばう。

「怪我しているくせに、すげえ動きで飛び出してきやがったな」

嘲笑するように言うと、毛利は「まあどっちが先でもいいけどな」と、再び銃口を向けてくる。

「毛利さん、やめて下さい！　相手は抵抗していません！」

若い捜査員が声を嗄《か》らして叫ぶ。

「青山、これは俺の問題だ。見たくないなら、お前は車の中にいろ」

毛利は青山と呼ばれた捜査員に視線を向けることはなかった。銃口は二人を狙い続ける。

「だめです。銃を……下ろしてください」

懐から拳銃を取り出した青山に、毛利は一瞥をくれる。

「撃ちたければさっさと撃て」

青山の腕が震える。親指が撃鉄にかかるが、それ以上指が動くことはなかった。

「撃てねえなら最初から構えるんじゃねえ。銃を向けるのは引き金を引く覚悟がある時だけだ！」

毛利に一喝され、青山の腕が力なくだらりと下がる。毛利は純也に向き直った。

「さて、俺が本気だってことは分かっただろ、先生。もう一度だけ訊く。鈴木はどこにいる？」

比呂士の行き先を話すべきか迷う。しかし、純也は予感していた。もし比呂士の行き先を喋れば、目の前の男は用がなくなった自分たちを始末すると。

比呂士を殺すのに、他のヴァリアントが近くにいては邪魔になる。ただそれだけの理由で、毛利は自分たちに鉛玉を撃ち込むだろう。

「……言わないのか。それならそれでいい。とりあえずどっちか死ねば、残った方が吐くだろ」

毛利は再び引き金を引こうとする。

「この子は十七歳だ！」純也は悠を指さして叫んだ。

「……それがどうした？」引き金を半分絞ったまま、毛利は怪訝そうに眉根を寄せる。

「この子は、死んだあんたの娘と同じ年齢だ。それでもあんたは撃つのか？」

毛利の顔に動揺が走る。それまで軽々と構えていた巨大な銃が急に重量を増したかのように、照準が定まらなくなる。

「そいつはコウモリだ。人間じゃない。里奈をコウモリと一緒にするんじゃねえ！」

自らの迷いを振り切るかのように毛利は吠えた。その時、大きな足音が響いた。

駐車場にいた四人の目が、音のした方向へと向けられる。そこには、食料ではち切れんばかりにふくれたレジ袋を手にした比呂士が、外灯の薄い光の下に立っていた。

「鈴木ぃ！」

歓喜と狂気で飽和した声で吠えながら、毛利が比呂士に銃を向けた。レジ袋を放した比呂士は、水飛沫《みずしぶき》を上げて横に跳んだ。闇に覆われた空に、銃声が連続して響く。空《から》になった薬莢《やっきょう》がアスファルトの上で跳ねた。

「青山、援護しろ。あいつを近寄らせるな！」

銃弾を撃ち尽くした毛利は素早く弾倉を入れ替えながら、青山に怒鳴る。

純也と悠を撃つことを止めようとした青山も、比呂士を撃つことに躊躇はしなかった。弾幕を張るかのように素早く弾を撃ち込んでいく。遠距離で素早く動く比呂士にその弾が当たることはなかったが、近づかせないことには成功していた。

「動くんじゃねぇ！」

弾倉を再装塡《そうてん》した毛利が、ドスのきいた声を比呂士にぶつける。銃口を比呂士ではなく、悠と純也に向けながら。比呂士の動きが止まる。その顔は焦燥で歪んでいた。

「毛利さん。それはあまりにも……」青山がつぶやく。

「そのまま動くんじゃねえぞ……」

毛利はサディスティックな笑みを浮かべると、素早く銃口を比呂士へと向けた。

銃声が一際強く、純也の鼓膜を揺らす。比呂士の右腕で赤い飛沫がはじける。苦痛の呻きとともに、比呂士は腕を押さえて膝をついた。

「なあ、鈴木。お前、俺を憶えているか？　俺が誰だか分かるか？」

毛利は嬲《なぶ》るかのように、ゆっくりとした口調で訊ねる。

比呂士は膝をついたまま毛利を見る。その顔に浮かんだ表情はなぜか哀しげで、自分を撃った者に対する怒りは浮かんでいなかった。

「分かるのかって訊いてるんだよ！」

怒声とともに毛利は無造作に引き金を引く。比呂士の足元でアスファルトが弾け飛んだ。

「いいか、よく聞けよ、俺はな……」

「毛利真二。里奈の父親」

腕を押さえたまま、比呂士は静かに、しかしよく通る声で言った。毛利は一瞬呆けたように口を開く。やがて、毛利の顔がみるみる赤黒く変色し、般若《はんにゃ》のごとき形相へと変わっていった。

「お前が里奈の名前を呼ぶんじゃねえ!」

毛利は狙いをつけることもせず撃ち続けた。比呂士の周囲で次々にアスファルトが弾ける。そのうちの一発がかすめたのか、比呂士は腕にやっていた手で脇腹を押さえてうずくまった。

全弾撃ち尽くしても毛利は狂ったように引き金を引き続けた。空撃ちした撃鉄が、がちっがちっと何度も重い音をたてた。

十数回は空撃ちしたあと、毛利は再び弾倉を装填する。

「てめえも、俺と同じ気持ちを味わうんだよ!」

毛利は銃口を比呂士ではなく、再び悠に向けた。

「やめてくれ! 僕の話を聞いて下さい!」膝をついたまま、比呂士は懇願した。

「うるさい! その口を閉じろ!」

毛利は視線を比呂士に、そして銃口を悠に向けたまま、引き金に指をかける。いまだ! 純也は手近に落ちていたピンポン玉ほどの石を拾うと、横投げで毛利に向かって投げつけた。

「毛利さん!」青山が叫ぶ。

「うおっ！」

青山の声で、自分に向かって飛んできている凶器に気が付いた毛利は、倒れ込みながら石を避けた。ヴァリアントの筋力で放たれた小石が空気を切り裂きながら、毛利の体があった位置を通過する。

一個の石が状況を劇的に変えた。濡れた地面に倒れ込んだ毛利に向かって、うずくまっていた比呂士が素早く、地を這うように走っていく。毛利は倒れたまま、比呂士を撃とうとするが、銃口が弾丸を吐き出す前に比呂士が拳銃を蹴り上げた。

毛利は立ち上がると、ハンマーのような拳で比呂士の顔面を殴りつけようとする。しかし、比呂士は軽く攻撃をいなすと、毛利の背後に回り込んで羽交《はが》い締めにした。毛利は顔を真っ赤にして四肢をばたつかせるが、ヴァリアントの拘束から逃れられるはずもなかった。

「青山、撃て！　俺ごとこいつを撃ち殺せ！」

毛利がだみ声で叫ぶ。しかし青山は拳銃を持った手を上げることすらできなかった。

「早くしろ！　この馬鹿野郎。残ってる弾、全部撃ち込むんだよ！」

叫び続ける毛利の首に、比呂士は撃たれていない方の腕を回した。毛利の顔に初めて恐怖が浮かぶ。比呂士が力を込めれば、毛利の頸椎《けいつい》は一瞬で粉々に破壊されるだろう。

比呂士が毛利の耳元に口を近づけ、何か囁いた。純也の鋭敏な聴覚でも、比呂士が何を言ったのか聞き取ることはできなかった。

突然、激しく暴れていた毛利の動きが止まる。比呂士は毛利を放した。

「いま、……なんて言った？」
二、三歩たたらを踏んだ毛利は、油切れを起こしたかのようなぎこちない動きで振り返り、比呂士を見る。比呂士は口を真一文字に結んだまま何も言わなかった。
「なんて言ったんだ！」

悲痛な声で叫ぶ毛利の目の前に、比呂士はズボンのポケットから取り出した一枚の写真を差し出した。毛利の目が裂けそうなほどに見開かれた。

「もう……やめましょう」比呂士は諭すように言う。

毛利はゆっくりとその場にしゃがみ込み、自分の足首に手を伸ばす。

「やめて下さい。お願いです」

比呂士は白銀色の瞳で毛利を見つめながら、左右に首を振る。

毛利は歯を剝き出しにし、額に汗を浮かべながら、比呂士を見上げた。数瞬の後、毛利は勢いよく立ち上がった。足首の隠しホルスターから、小型のリボルバー式拳銃を抜いて。

「全部嘘だ。お前の作り話だ！」

吠えながら毛利は引き金を引いた。至近距離から比呂士に銃弾が襲いかかる。

「なんで分かってくれないんだ！」

比呂士はボクサーがヘッドスリップするかのように首を傾けて銃弾を避けると、毛利の胸に向かって拳を打ち込んだ。

ヴァリアントの突きを胸に喰らった毛利の巨体は、一瞬宙に浮き上がったあと、濡れた地面に叩きつけられる。肋骨《ろっこつ》が折れる不快な音が、純也の耳にまで届いた。

「毛利さん！」叫びながら青山は比呂士に銃を向ける。

比呂士は唇を嚙むと、悠に一瞬視線を送ったあと、体を翻し地面を蹴った。

「待て！」

青山は比呂士に向かって拳銃を撃つ。しかし、みるみるうちに小さくなっていくその背中に命中することはなかった。

呆然と比呂士を見送った純也の耳に、笛の音《ね》のような音が届く。地面に倒れたままの毛利が苦しげに喉に手をやり、身を捩《よじ》っていた。

「毛利さん⁉」

拳銃を手にしたまま青山が毛利に駆け寄る。しかし、毛利は苦痛の呻き声を上げるだけだった。

純也は不吉な予感をおぼえる。

「どけ！」駆け寄った純也は、青山を押しのけると毛利の顔を覗き込んだ。

顔面は蒼白で、首筋には蜥蜴《とかげ》が這っているかのように頸静脈が太く浮き上がっていた。純也は毛利の首元に手を触れる。頸動脈の脈拍を触知できなかった。血圧が極度に落ちている。

純也は毛利のシャツに手をかけると、一気に左右に引きちぎった。濃い胸毛に覆われた胸板が露わになる。

「何をしているんだ？　毛利さんから離れろ！」

拳銃を向けてくる青山を無視すると、純也は左手を毛利の左胸の上に置き、右手の人差し指と中指を鉤《かぎ》状に固めて左手の指を叩く。打診をした胸からは、太鼓のような小気味良い音が響いた。純也の顔が引きつる。

「緊張性気胸《ききょう》だ！　すぐに治療しないと死ぬぞ」

銃口を向ける青山に向かって、純也は叫んだ。

「何を言って……？　怪我をしたなら救急車で救急病院に……」

「間に合わない。あと二、三分で治療しないと手遅れだ」

叩き折られた肋骨によって、胸郭《きょうかく》に弁状の傷が生じたのだろう。空気が入ることはできても出ることができないために、胸腔内の圧力が異常に上昇し、血液の心臓への環流を妨《さまた》げている。全身への血流が確保できないという点では、いまの毛利の状態は心停止と大きな違いはなかった。

「コ、コウモリの言うことなんかが信じられると思うか。だいたい、毛利さんはお前らを殺そうと……」

青山は銃を構えたまま、助けを求めるように視線を彷徨わせる。

「そんなの関係ない！　俺は医者だ！」

純也は腹の底から叫ぶ。震える手で銃を構える青山を尻目に、純也は毛利を両手で持ち上げる。もはや毛利に意識はなく、唇は紫色に変色していた。

「やめろ、毛利さんに触るな。撃つぞ！」

「勝手にしろ。俺はこの男の治療をする。撃ちたければ撃てよ」

純也は白銀に輝く瞳を真っ直ぐに青山に向ける。青山の指が引き金にかかり、傍らで事態を見守っていた悠が息を呑む。しかし、銃声が響くことはなかった。

「撃たないのか？　それなら、病院に運ばせてもらうぞ」

純也は青山から視線を外すと、毛利を抱えたまま病院に向かって走り出した。

「私も行く！」悠が腹を押さえながら、隣を走る。

顔を歪めながらついてくる悠に、「大人しくしていろ！」と言いかけるが、拳銃を持つ警官と満身創痍《まんしんそうい》の悠を二人だけで残すわけにもいかず、純也は渋々頷いた。

純也たちは病院の裏口へとたどり着いた。

「ドアを開けてくれ」

毛利で両手が塞がった純也は、痛みのせいか、ややぎこちない走り方で追いついた悠に言う。

「鍵が閉まってる。開かない」

悠はがちゃがちゃ音をたててノブを引くが、扉は開かなかった。

純也が扉を蹴破ろうとした時、銃を持った腕が背後から差し出される。純也と悠の顔に緊張が走った。しかし、銃口が二人に向けられることはなかった。

銃を構えた青山は、ノブの周辺に向けて銃弾を撃ち込んでいく。扉に次々に風穴が開いた。撃ち終えた青山が無造作に靴の裏を叩き込むと、扉は勢いよく内側に開いた。

「開いたぞ！　早く毛利さんを治療しろ！」

声を張り上げる青山に頷いた純也は、暗い廊下を走り抜け、その先にある階段を駆け上がっていく。二階のフロアに明かりが灯っているのが見えた。ナースステーションだ。そこに飛び込むと、中には看護師が二人いた。

「十八ゲージの点滴針はあるか⁉」

飛び込んできた純也を見て、看護師たちが目を丸くする。

「な、なに？」点滴の準備をしていた中年のナースが、啞然とした表情でつぶやく。

純也に続いて、悠と青山もステーションに飛び込んでくる。間の悪いことに、青山は拳銃を手にしたままだった。若いナースが悲鳴を上げる。

純也は看護記録が散乱する机の上に、意識を失っている毛利の巨体を下ろした。

「十八ゲージの点滴針をくれ！」

再び叫ぶが、そばにいる若いナースは弱々しく首を左右に振るだけだった。

「緊張性気胸なんだ！　時間がない。点滴針の置いてある場所を教えてくれ！」

緊張性気胸という言葉に、立ち尽くしていた中年のナースが反応した。毛利の顔色を見ると、すぐに飛びつくように手近の棚を開け、中にあった点滴針を数本、純也に手渡す。

純也は包みを開いて点滴針を取り出すと、左手を毛利の胸に当てる。

「何をするんだ？」青山が不安そうに訊ねてくる。

「胸腔に溜まった空気を出す。邪魔をするな」

分厚い筋肉と脂肪で覆われた胸に触れて肋骨を探し当てると、純也はその上縁《じょうえん》に沿って針を深々と刺し込む。針先が胸膜を破る感触が指に伝わると同時に、点滴針の後方から口笛のような音をたてて空気が吹き出した。肺を傷つけないようにプラスチックの内筒だけ残して針を引き抜いた純也は、続けざまにもう二本点滴針を胸に刺し込むと、毛利の顔を覗き込む。

土気色《つちけいろ》だった唇がかすかに赤みを帯びはじめた。毛利の首筋に手を伸ばすと、指先に頸動脈の拍動が触れる。純也は天井を仰いで大きく息を吐いた。

「助かったのか？」

顔から苦悶の表情が消えていく毛利を見ながら、青山が訊ねる。

「ああ、とりあえずな。このあと、もう少し太いチューブを胸腔に留置する必要がある」

純也はシャツの袖で、額を濡らす汗を拭いた。

「あの……あなたがたはなんですか？」中年看護師が震える声で訊ねる。

青山と悠が一瞬顔を見合わせたあと、同時に純也を見た。説明を丸投げされた純也は、顔を引きつらせながら必死にこの場を誤魔化《ごまか》す手段を考える。

「いえ、ちょっと通りすがりの者で……。ちょっとこの人が緊張性気胸になったもので……」

口をついた言い訳は、自分でも情けなくなるほど惨憺《さんたん》たるものだった。

「その銀色の目は……」

看護師の顔に恐怖が浮かぶのを見て、純也は言葉に詰まる。その時、看護師は訝しげに純也の顔を凝視しはじめた。

「あの……、あなたもしかして、院長のお兄さんじゃ……」

胸で心臓が跳ねる。この病院で仕事をしたのは、わずかな期間だけだった。まさか自分の顔を憶えている看護師がいるとは思ってもみなかった。

助けを求めて振り返ると、悠に露骨に視線を外された。

2

まだ夜も明けきらぬ時間、真柴がゆっくりと玄関の扉を開く。扉の向こうに、華奢なシルエットが浮かび上がった。その姿を見た瞬間、足から力が抜け、葉子は小さな悲鳴を上げて床に膝をつく。

四年前、夜の繁華街でその姿を見て以来、想い、崇め続けた男。鈴木比呂士がそこに立っていた。

「佐久間葉子さんですね」

真柴に促され、ゆっくりとした足取りで室内に入ってきた比呂士は、プラチナの輝きを放つ瞳を葉子に向ける。

「は、はい……」舌が強ばりうまく言葉が出なかった。

「大丈夫ですか？」近づいてきた比呂士が右手を差し出してくる。

葉子はおずおずと手を伸ばす。指先が比呂士の手に触れた瞬間、炎に触れたような熱が一瞬で全身に広がり、目の前で火花が散った。

呼吸が速くなっていく。どんな男と寝ても、これほどの快感をおぼえたことはなかった。ただ手が触れただけなのに、頭の芯が蕩《とろ》けそうだった。

「ご協力に感謝します。あなたのおかげでこの計画を進めることができた」

比呂士は手を引いて葉子を起こす。

「いえ、そんなことは……」

葉子は思春期の乙女のように、頬を紅色に染めて俯いた。

昨日、真柴が予言した通り、鈴木比呂士は盗んだ車に乗って、長野の山奥にあるこの場所、今回のテロ計画でベースキャンプとして使用するこの別荘へやってきていた。

葉子はあらためて比呂士の全身を眺める。着ている服は乾いた泥で汚れ、顔には疲労が色濃く残っていたが、その全身からは生命力が湧き出していた。部屋の奥に進んだ比呂士は、遠巻きに自分を見つめる銀の雫のメンバーたちに微笑みかける。

「はじめまして皆さん。ご協力に心から感謝いたします」

硬直し、いまにもその場にひれ伏しそうなメンバーたちの中から、唯一平静を保っている髭面の中年の男が進み出る。

「鈴木比呂士さん。お会いできて光栄です」

佐川が握手をしようと手を取った瞬間、比呂士は「ぐっ！」と苦痛の声を上げる。佐川は驚いて手を放した。

「どうされました⁉」

葉子は慌てて、比呂士が着ている長袖シャツの腕をまくる。そこにはどす黒い血が染みた包帯が無造作に巻かれていた。

「怪我⁉　すぐに治療しないと！」眩暈をおぼえながら、葉子は叫んだ。

「必要ない！」

いまにも医者を呼びに動き出そうとする葉子に、比呂士は鋭い声を飛ばす。葉子は雷に打たれたかのように全身を硬直させた。比呂士はすぐに表情を緩めると、彫像のように固まる葉子に語りかける。

「私はヴァリアントです。こんな傷すぐに治ります。それより、今夜の計画を確実に遂行することの方が重要です。ただ、心配してくださったことは嬉しいです」

一転して柔らかい口調になった比呂士の微笑みを見て、葉子の胸に歓《よろこ》びが広がっていく。

「あの、それじゃあ、今夜実行っていうことでよろしいんですか？　原発は逃げませんよ。少し体を休めてからでも……」

佐川がおそるおそる比呂士に確認する。

「いえ、今日実行します。計画が遅れれば遅れるほど、失敗する可能性が高くなりますから」

「……そうですか、分かりました」

佐川は頷くと、これまでになく緊張感に満ちた表情で葉子に向き直る。

「それじゃあ、葉子さん。俺は装備の最終確認をしておきます。あなたは計画開始まで、比呂士さんに体を休めてもらっていて下さい」

「……よろしく。佐川さん」

葉子は比呂士、そして真柴に視線を送ったあと、ぎこちなく笑みを浮かべた。

佐川は扉を開けると別荘から出ていく。それを見て、葉子の顔に浮かんだ笑みが、サディスティックなものへと変化していった。

生《お》い茂った葉によって朝日の光が遮られた薄暗い森の中、葉子は二人のシルバー、比呂士と真柴とともに歩みを進めていた。足元には背の低い草をタイヤで踏みつぶした二本の平行な線が、森の奥へと続いていた。別荘を出てから数分進むと、目の前に木が生えていない広い空間が開ける。そこには三台の車が駐まっていた。

最も巨大で武骨なつくりの車、ハマーH2。そのバックドアが開き、一人の男が上半身を車の中に突っ込んで、中に積み込まれている銃器を手に取っていた。葉子たちはH2に近づいていく。かすかに草を踏みしめる音がするが、マシンガンの弾倉を確認している男、佐川が気付く素振りはない。

「佐川さん」

H2に十メートルほどまで近づいたところで、葉子はいたずらでもするかのように、佐川の背中に声をぶつける。佐川は大きく体を震わせ、振り向いた。

「どうしたんですか、皆さん揃って？　シルバーのお二人には日差しがきついでしょ」

「少しぐらいなら大丈夫ですよ。森の中なら、葉に遮られて直射日光は当たりませんしね」

比呂士が微笑みながら答える。三人はそのままH2へと近づいた。佐川の顔に警戒の色が浮かぶ。

「何してるの？　佐川さん」

葉子は車の中を覗き込みながら、これまで佐川に向けたことのない艶《つや》やかな笑みを向けた。佐川の顔に浮かぶ警戒の濃度が上がる。

「武器の最終確認ですよ。いざという時に役に立たないといけないから」

「それはご苦労様」

葉子はトランクに詰め込まれている十数丁の重火器のうちから、サブマシンガンを一丁取り出した。葉子が無理を言って佐川に手に入れさせた特別な銃だった。

「Ｋｒｉｓｓ　Ｓｕｐｅｒ　Ｖですね。これを手に入れるのは苦労しましたよ。米軍の最新兵器ですからね。なにしろ四十五口径弾を使って化け物みたいな威力を出しているのに、特殊装置のおかげでほとんど反動がない」

佐川は愛想笑いを浮かべながら、早口で言う。葉子は銃の安全装置を解除すると、真っ赤な紅をさした唇を開いた。

「それであなたはいま、ここにある銃の弾倉を全部、空砲に替えようとしていたってわけね」

佐川の顔面から軽薄な笑みが剥ぎ取られる。

「何を……言っているんですか？」

「あなた、犬よね？」

「犬？」

「……公安」

ぼそりと真柴がつぶやいた。佐川の顔の筋肉が細かく蠕動《ぜんどう》をはじめる。

「あなたは非合法の商売を見逃してもらう代わりに、公安に情報を売っている。そうよね？」

葉子は唇をぺろりと舐めて湿らせた。

「なに言ってるんですか。お嬢さん、俺は……」

佐川が弁解をしようとした瞬間、真柴が裏拳でその横面を思い切り殴りつけた。それほど力を込めたようには見えないが、それでも、八十キロはあろうかという佐川の体は大きくはじき飛ばされ、地面の上で回転する。葉子は軽い足取りで、血と一緒に折れた歯を吐き出す佐川に近づいた。

「誤魔化しても無駄よ。全部分かっているんだから」

銀の雫のメンバー、特に今回の計画に関わっている者たちについては、大金をかけ徹底的に身辺調査を行っている。佐川が持っていた運転免許証やパスポートなどは本物であり、なかなかその正体を掴めなかったが、興信所を使って行った盗聴で、警視庁公安部と連絡を取っていることが明らかとなった。

当初、葉子は当然、佐川を作戦から外そうとした。しかしそれを止めたのが、すでに葉子と密に連絡を取りはじめていた真柴と、その後ろで真柴に命令を下していた比呂士だった。

「あなたは本当に役に立ったわよ」

葉子は優しげな口調で言った。佐川は唇を濡らす血液を手の甲で拭きながら葉子を見上げる。

「私たちに信頼されるためとはいえ、こんなに武器も用意してくれたし、それに……」

そこで葉子は言葉を切る。これ以上のことは口にしない方がいいだろう。この会話が盗聴されていないとも限らないのだ。

葉子は目を細めると、Ｋｒｉｓｓ Ｓｕｐｅｒ Ｖの銃口を佐川の胸元に向けた。

「待て……」佐川は体を守るように手をかざす。

「さよなら」

つぶやくと、葉子は欠片ほどの躊躇もなく引き金を絞った。バンッという炸裂音《さくれつおん》が響く。佐川の右腕が前腕で切断され、胸の中心に風穴が開いた。その体は交通事故にでも遭ったかのように吹き飛ばされる。佐川は断末魔の叫びを上げることすらなく絶命した。

大きく吹き飛ばされた遺体を睥睨《へいげい》しながら、葉子は口角を上げた。

佐川の説明通り、銃を撃った反動はほとんど感じなかった。

3

心臓の鼓動が全身に響く。松崎亨介《まつざききょうすけ》はグローブをはめた手を胸骨の上に置き、早鐘のような心臓の鼓動を何とか抑えようとする。

大丈夫だ。この日のために血の滲むような訓練を積んできた。うまくいくはずだ。

松崎は必死に自分に言い聞かせる。ふと横や向かい側に座る同僚たちに目をやると、その誰もが、自分と同じように、全身に緊張を漲らせていた。

機動隊員だった松崎が二十一歳でSATに入隊してから、すでに二年の歳月が経っている。所属期間が平均五年ほどと言われるSAT隊員としては、決して新米ではない。しかし、松崎にとって、今日が初めての実戦だった。この日本でハイジャックや銃器を使った凶悪犯罪に対応するSATが出動する機会は極端に少ない。まだ松崎がSAT隊員となっていなかった頃に起きた、革政党本部籠城事件以来の出動だ。

初めての実戦のうえ、相手は猛獣並みの体力を持つヴァリアントたち。しかも、テロの目標は原子力発電所ときている。浮き足立つなと言う方が無理だ。唯一の救いといえば、自分たちが突破されたとしても、後方に他の部隊が控えていることだった。噂では原発の近くには自衛隊も展開しているらしい。

「対象の車を確認」

ヘッドホンから司令部で控える小隊長の声が聞こえてくる。心臓の鼓動が再び加速していく。

「確保しますか？」

隊員の一人が、やや上ずった声で訊ねた。

「まだだ。車にヴァリアントたちと協力者である佐川が乗っているか確認ができていない。現在のところ確認できているのは、実質的にヴァリアントのグループを仕切っていた真柴という男だけだ。その男が助手席に座っている。後部座席の男たちは目出し帽を被っている」

小隊長が淡々と状況を説明する。今回の任務の目的は二つあった。一つはテロを画策している四人のヴァリアントの無力化、そしてもう一つは、ヴァリアントたちの組織に潜入している協力者の安全確保だ。そのため、全員が車に乗っていることを確認しなければ容易には突入できない。精神を炎で炙《あぶ》られるような時間が車内に流れる。

「突入準備。協力者は確認できないが、後部座席に座る三人の男たちの目が銀色に光っていることを確認。真柴、及びその三人を無力化する。協力者は他の覆面の中に紛れていると思われる。ヴァリアント以外には発砲するな」

隊員たちの間に動揺が走る。猛獣並みの体力を持つ相手を、目だけで協力者と見分けろと言うのか？　無意識に松崎の口腔内で舌が鳴る。

「車を停めさせたあと、閃光手榴弾《しゅりゅうだん》を撃ち込む。ヴァリアントたちは拘束、もしくは射殺しろ」

隊員たちの葛藤をよそに、命令は淡々と下されていく。松崎たちが乗っている装甲車は、原発へと続く道と交差する道路に、テロリストたちがやってくる方角からは樹々で見えないように待機していた。あと二、三分で、テロリストの車が十字路にさしかかる。その時、二台の装甲車で挟み込むようにして停車させ、攻撃を加える。それが作戦だった。

この場所が襲撃地点に選ばれたのには、周りに民家がなく民間人に被害が及ばない、隊員たちを乗せた装甲車を容易に隠せるなどの理由があったが、その一方で、百メートルも走れば鬱蒼とした森が広がっていて、ヴァリアントに逃げ込まれる危険性もあった。

「作戦開始まで二十秒」緊張をはらんだ低い声がヘッドホンから響く。

松崎は唾を飲み下すと、手にしたサブマシンガン、MP5の銃身を握りしめる。茹で上がっていたような脳の温度がいくらか下がっていく。脳裏を過酷な訓練の記憶がよぎっていく。

車が突然加速した。作戦開始だ。松崎は顔を上げ、軽く身を乗り出す。かすかに、フロントガラスの奥に外の光景が見えた。武骨で巨大な車、ハマーH2が猛スピードで迫ってきている。

ハマーH2の車体に向かって、松崎たちが乗っている装甲車は突っ込んでいく。反対側の道からも、鏡に映すかのように同じ型の装甲車が近づいてきている。ほぼ同時に、二台の装甲車は側面を晒して、H2の行く手を塞いだ。しかし、H2は停まるどころか、さらにスピードを上げてくる。

「来るぞ!」

運転していた隊員が叫ぶ。松崎たちは顎を引いて体を縮め、衝撃に備えた。

鼓膜が殴りつけられるような轟音が車内に響く。サイドガラスが割れて、破片が飛び散った。首に力を入れていたにもかかわらず、頭が大きく揺れる。歯を食いしばった松崎は外を見る。ハマーH2が二台の装甲車に挟まれるように停まっていた。

「Go!」

車内に号令が響く。それを合図にドアが開き、隊員たちが外へ飛び出していく。夕日の紅い光に横顔を照らされた隊員たちは次々にH2に群がっていった。

フロントガラスが叩き割られ、閃光手榴弾が投げ込まれた。松崎は耳を塞いでしゃがみ込む。

ハマーH2の車内で仮初《かりそ》めの太陽が弾けた。爆音が臓腑を震わす。松崎は立ち上がり、閃光と大音響によって動けなくなったテロリストたちを引きずり出そうとH2に一歩近づく。その瞬間、隣に立っていた隊員の体が吹き飛んだ。

重力が消えたかのように屈強な男が宙を舞い、地面に落下する。松崎はその非現実的な光景を呆然と眺めていた。

自分のすぐそばで上がった「がぁ！」という絶叫で、松崎は我に返る。倒れ伏している数人の隊員たちの中心に、一人の男が立っていた。長身で、白銀の瞳を持つ男が。

松崎はＭＰ５の銃口を男に向ける。しかし、男は足元に倒れた隊員を軽々と片手で持ち上げ、盾として使った。

松崎はサブマシンガンを構えたまま男を睨みつける。その顔には見覚えがあった。真柴一《かず》男《お》。拘置所にいた鈴木比呂士にかわり、テロ計画の中心を担った男。

ＤｏＭＳに感染しヴァリアントとなる前、真柴は陸上自衛隊のレンジャー部隊の隊員だった。司令部では、この真柴を鈴木以上の危険人物として評価していた。

松崎を合わせ、三人の隊員が真柴を取り囲み、銃を向ける。

「確保！」

松崎の後方では、次々とＨ２の中から閃光手榴弾で動けなくなったテロリストたちが引きずり出され、拘束されていた。手榴弾を投げ込んだ瞬間、助手席に座っていた真柴だけが扉を開けて外へ躍り出たのだろう。信じられない判断力と俊敏性だった。

「人質を放して投降しろ。もう終わりだ、真柴」

松崎は銃口を真柴に向けたまま叫ぶと、口元のマイクに向かって「真柴が隊員を人質にしています」と報告を入れる。

「真柴を絶対に逃がすな！」間髪をいれず、ヘッドホンから命令が下される。

そんなことは分かっている。なんの具体性もない命令に苛つきながら、松崎はじりじりと真柴に近づいていく。次の瞬間、真柴は盾にしていた隊員を、自分を取り囲む隊員の一人に向かって、無造作に放り投げた。銃を放し、慌てて仲間を受け止めようとした隊員に向かって、真柴は肩口からタックルを仕掛ける。地を這うような低い体当たりを腹部でまともに受けた隊員は、猛牛の突進を喰らった闘牛士のように撥《は》ね上げられた。

真柴はそのまま森に向かって駆ける。その足が地面を蹴るたび、爆発したかのように土が爆《は》ぜ、体は加速していった。

「待てっ！」松崎は走りながら、サブマシンガンを掃射《そうしゃ》した。

森に消える寸前、真柴の体が大きく揺れた。当たった。ほとんど狙いをつけることもなく放った銃弾の一発が、真柴の足に命中した。しかし、真柴は体勢を立て直すと、スピードを落としながらも、森の中へと姿を消した。

初めて人を撃ったことに動揺しながらも、松崎は真柴を追う。もう一人の隊員が松崎と並んで走った。他の隊員たちは、H2内にいた者たちの拘束と、協力者の確認で、真柴を追う余裕はなかった。

松崎と同僚は森に飛び込む。様々な高さの樹々で視界が非常に悪いうえ、膝丈まで生えている雑草に邪魔されて、奥に進むのは困難を極めた。松崎は注意深く周りを見回すが、真柴の姿はない。

負傷した足で、この森を駆け抜けられるはずはない。どこかに潜んでいるはずだ。吐き気を催すほどの緊張を感じながら、松崎は五感を研ぎ澄ます。

突然、ヘッドホンから声が流れ、松崎は体をこわばらせた。

「確保したメンバーはヴァリアントではない。銀色のカラーコンタクトをした一般人だ。ヴァリアントは真柴一人だけだ。協力者の所在も不明。繰り返す……」

松崎は耳を疑う。真柴以外にヴァリアントがいない？　では、他の三人のヴァリアントはどこに消えたんだ？

松崎は隣を歩く同僚と顔を見合わせる。その時、頭上から葉のざわめきが聞こえてきた。松崎は反射的に顔を上げる。

上空から人間が落下してきていた。背の高い木の上に潜んでいたのだろう。重力に身を任せ、真柴が同僚に向かって落ちてくる。松崎はＭＰ５の銃口を真上に向けようとする。しかし、両手で持ち、腰に固定して撃つことが基本とされるサブマシンガンを素早く上空に向けることは難しかった。

松崎たちがまごついている間に、重力によって加速された真柴の体は同僚に衝突し、鈍い音を響かせる。口から血を流して気絶している隊員にのし掛かった真柴は、まるでただ躓《つまず》いただけであるかのように平然と立ち上がり、松崎に視線を向ける。

真柴の右手で何かが煌《きら》めいた瞬間、松崎はその場で尻餅をついた。無意識の行動だった。

二年間繰り返してきた訓練が体を動かした。真柴が放ったナイフが、風切り音をたてながら松崎の頭頂部を掠め、すぐ後ろの木の幹に突き刺さった。

松崎は座ったまま、引き金を絞った。一文字に薙ぐような掃射。いかにヴァリアントといえど、音速並みのスピードの弾丸を避けることはできなかった。二発の弾丸が真柴の腹部に炸裂し、その体が後方に吹き飛ばされる。

松崎は荒い息をつきながら立ち上がった。木にもたれかかるように倒れる真柴に銃口を向けたまま、ゆっくりと足場の悪い森の中を進んでいく。

真柴まで五メートルほどの距離に近づいたところで、松崎は足を止めた。真柴の腹部からは血が吹き出し、松崎を見上げる白銀の目はどこか虚《うつ》ろだった。明らかな致命傷。たとえすぐに治療をしようとも、もはや救命は難しいだろう。

「鈴木比呂士はどこだ？　他のヴァリアントたちはどこに行った？」

引き金に指をかけたまま、松崎は訊ねる。真柴は緩慢に顔を上げた。

「お前たちの目的は……いったい何なんだ？」

真柴が質問を理解できているのか確信が持てないまま、松崎は言葉を重ねる。

真柴の血に濡れた唇の両端が吊り上がっていった。壮絶な笑みに松崎は思わず身を引いてしまう。

「はは、あははっぁ！」

真柴の口から哄笑《こうしょう》が吹き出した。口から血飛沫が飛び、何度かむせ込むが、笑いの発作が治まる気配はなかった。

この男は囮《おとり》だ。ようやく松崎は自分たちが騙されていたことに気付く。

公安の間抜けが、がせ情報掴まされやがって。この目立つ疑似餌《ぎじえ》の陰で、鈴木比呂士たちは自由に泳ぎ回っている。

鈴木比呂士の本当の目標を聞き出さなくては。そう思いつつも、松崎は確信していた。たとえ拷問《ごうもん》にかけようとも、目の前の男は口を割らないと。

ひとしきり笑いの発作に身を委《ゆだ》ねたあと、真柴は大きく息をつくと、地面に両手をついて片膝立ちになる。松崎は歯を食いしばり、引き金に指をかけた。

「やめろ、真柴。やめるんだ」

口の中に溜まった血を吐き出すと、真柴はさらに身を屈《かが》める。次の瞬間、手負いの獣は松崎に向かって飛びかかった。

黄昏《たそがれ》の空に銃声が虚しく響き渡った。

4

「なんで……俺を助けた？」

白い天井を見上げたまま、簡易ベッドに横になった毛利がつぶやいた。毛利が言葉を発するたびに、胸腔に留置した太いチューブに繋がっている、『ウォーターシール』と呼ばれる水で満たされたプラスチック容器の中で、こぽこぽと泡が立つ。チューブを通して胸腔内から排出された空気が、逆流しないようにするための装置だった。

「……さあな」

リクライニングした一人掛けのソファーに座る純也は、目を閉じたまま答えた。

「なんだよ。考えもなく助けたのかよ。信じられねえお人好しだな」

「自分でもそう思っているよ」と答えようとした純也の言葉は、怒声によってかき消される。

「ちょっと！　助けてもらっといてなんなのよ、その態度は！」

毛利は小馬鹿にするように鼻を鳴らすと、自分の寝ているベッドから最も離れた位置に置かれているもう一つのベッドで、上体を起こし自分を睨んでいる少女を見た。

長袖のシャツとキュロットスカート姿の悠は頬を膨らませる。悠の服は昨夜、雅人が妻の服を持ってきてくれたものだった。

「なにその態度？　純也君、やっぱりこんな奴放っておけばよかったのよ」

毛利はギャーギャー叫ぶ悠から視線を外すと、窓にかかったカーテンを少し開く。高く昇った太陽の光が部屋に差し込んできた。

「眩しいからカーテン開けないでよ」

無視されたことに腹を立てた悠は、さらに声のボリュームを上げる。

「ここは病院だぞ、お嬢ちゃん。静かにしないと他の患者に迷惑だろ」

淡々と言うと、毛利は大人しくカーテンを引いた。正論を吐かれ言葉に詰まった悠は、やり場のない怒りを発散させるかのように、純也に向かって柔らかい枕を投げつける。

顔面で悠のストレスを受け止めた純也は、枕を抱えながら部屋を見回す。俺はここで何をしているのだろう？

十畳ほどの広い病室、そこに純也、悠と公安の捜査員二人が押し込まれていた。深夜の抗争からすでに半日以上の時間が経っている。この部屋は雅人が、ヴァリアントの兄が看護師に目撃されたことに頭を抱えながらも提供してくれた、最も値段が高い個室の病室だった。

昨夜、騒ぎを聞きつけた雅人がナースステーションに駆けつけてきた当初、看護師たちはヴァリアントの純也と悠を指さして、「通報しないと！」とヒステリックに騒いだ。青山が警察手帳を見せて「捜査に協力してもらっているんです」と苦しい説明をし、雅人が「もともと話は通っていたから心配しなくていい」と言うのを聞いて、彼女たちは疑念を色濃く顔に出しながらも何とか騒ぐのをやめた。

雅人に案内された部屋で一息つくと、純也はまず意識を失ったままの毛利の胸腔にチューブを挿入し、そのあと悠の腹を確認した。運良く傷口は開いておらず、腹腔内出血の兆候もなかった。

それらが済んだところで、純也の体力は限界に達した。「この人たちと同じ部屋なんて嫌だ」と騒ぐ悠を尻目にソファーに横になり、すぐそばに青山がいることも気にせずに寝息をたてはじめたのだった。

泥のような眠りから目を覚ました時には、すでに太陽は空高く昇っていた。そして目を開けた純也が最初に見たのは、ベッドに腰掛け大量のスナック菓子を頬張る悠の姿だった。

「何してるんだ！」

絶飲食が必要な消化管手術後の患者が、ぼりぼりと消化に悪そうなポテトチップスを貪り食っているというショッキングな光景に、眠気は一気に消え去った。

「何って、お腹すいたからお菓子食べてるの。さっき、そこの人に買ってきてもらった」

悠はソファーに座り新聞を読んでいる青山を指さした。純也の非難を含んだ視線を浴びた青山は、新聞をソファーの上に放って、「何か食べさせろってしつこかったんだ。仕方がないじゃないか」と疲れた声で言い訳をした。

「お前は腸を縫合したんだぞ、まだ食事なんかできる状態じゃないんだぞ！」

悠に向き直った純也は、眉間に深いしわを寄せた。

「でも現に食べられているじゃない」

悠はどこ吹く風でポテトチップスを咀嚼《そしゃく》していった。

「本当に大丈夫なのか？」

純也が訊ねると、悠は「何が？」というように小首を傾げた。

通常、腹の手術を終えたあとは腸の動きが一時的に麻痺《まひ》する。そのため数日は絶食して腸管を休め、少しずつ回復したところで重湯《おもゆ》からはじめて、一週間ほどかけて普通の食事にまで戻していく。術後一日ほどでポテトチップスなど食べれば、嘔吐《おうと》したり激しい腹痛にさいなまれるのが普通だった。

純也はベッドのそばに山積みにされているジャンクフードの包みの山を見た。すでに大量のスナック菓子を食べても平気なところを見ると、腸管の動きはほぼ完全に回復しているらしかった。

ヴァリアントの回復力に驚きつつ、純也は青山に視線を向けた。

「あんたの仲間は起きてるのか？」

無精髭を生やし、憔悴《しょうすい》した顔の青山は気怠《けだる》そうに頷いた。純也はゆっくりとベッドに近づき、毛利の顔を見た。青山の言う通り、目は開いていたが、その表情からは昨夜見た激情は消え失せていて、蝉の抜け殻《がら》を見ているような気分になった。

「……体調はどうだ？」

自分に銃を向け、そして自分が命を救った男にどう接すればいいのか分からず、純也は言葉を選びながら訊ねた。しかし毛利は焦点の定まらない目で天井を見上げるだけだった。

純也は片眉を吊り上げてベッドから離れると、部屋の中央部に置かれた一人掛けソファーに腰掛けた。

礼を期待したわけではなかったが、ここまで無反応だとあまり気分のいいものではなかった。

これから俺たちはどうなるのだろう？　純也はまだ菓子を頬張っている悠を見ながら鈴木比呂士のことを思い出していた。そういえば、あの男はどこへ行ったのだろう？　本当に原発を乗っ取るなどという馬鹿なことができるとでも思っているのだろうか？

純也は天井を見上げると、脳内で思考を巡らせはじめたのだった。

掛け時計の秒針の音がやけに大きく聞こえる。ついさっき起こった悠と毛利の小さな諍《いさか》いも収まり、部屋の中には、弛緩《しかん》した沈黙が流れていた。

「なあ、お嬢ちゃん」

沈黙を破ったのは毛利だった。目だけを動かして悠を見る。

「……なに？」悠は不機嫌そうに毛利を睨んだ。

「お前の兄貴が俺に何を言ったか、……分かってるよな？」

「ええ、分かってる」悠は声音を低く変えると、表情を引き締めた。

「あれは……本当なのか？」

毛利はゆっくりと上半身を起こす。悠は毛利の問いに答えることなく、この部屋に入る前にバンから持ってきたポシェットを探ると、一枚の写真を取り出した。写真を大切そうに両手で持ちながらベッドを下りた悠は、ゆっくりと毛利に近づいていく。

「お、おい」

純也が思わず引き留めようとするが、悠は「大丈夫」と微笑んだ。

悠は写真を毛利に渡す。受け取った写真に視線を落とすと同時に、毛利の表情筋が痙攣《けいれん》をはじめた。哀愁《あいしゅう》、後悔、悲哀、安堵、憤怒《ふんぬ》、様々な感情が浮かんでは消えていく。喉から喘鳴のような音が漏れる。一瞬、呼吸状態が悪化したのかと純也はソファーから立ち上がりかけた。しかし、毛利の口からこぼれ落ちたのは、酸素を貪るあえぎではなく、深い慟哭《どうこく》だった。

毛利は人目も憚《はばか》らず、乳児のように腹の底から野太い泣き声を上げる。昨夜、黒い炎が宿っていた目からは、大粒の涙が止《と》め処《ど》なくこぼれ落ちた。胸腔からチューブへと空気が押し出され、プラスチック容器の水が激しく泡立つ。

「兄さんもその写真を持ってる。ずっと大切に……」悠は震える毛利の背中に手を添えた。

「俺は……あいつのことを何も分かっていなかった……」

った。

嗚咽が響く部屋の中で純也と青山は、訝しげな顔を晒して、毛利が泣き止むのを待った。

数分かけて、胸の中に溜まっていた感情を全て吐き出した毛利は、小さな声でつぶやいた。

「……やめさせろ」

「なんのこと？」毛利の巨大な背中に手を置いたまま、悠は訊ねる。

「鈴木がやろうとしていることだ。今日、原発を狙ってるんだろ。公安はテロの計画を完全に摑んでいる。原発の周辺は特殊部隊の見本市だろうよ。いくらヴァリアントでもひとたまりもねえ。だからこそ、そこの青山も、鈴木を逃がしたのに平然としてるんだよ」

やっぱり気付かれていたか……。自分の予想が当たっていたことに安堵しつつ、純也は悠の横顔を覗き込む。予想に反し、悠に動揺は見られなかった。

毛利は大きく鼻を鳴らすと、苦笑を浮かべる。

「なるほど、原発は囮か。あっちに対ヴァリアントの戦力を集中させといて、ターゲットは別ってわけだ。あの偉そうにしている公安の奴らが裏をかかれたのか。こりゃあ傑作だ」

「囮⁉」純也は眉間にしわを寄せた。

毛利は純也に一瞥をくれると、再び悠に向き直る。

「けどな、どっちにしろやめさせろ。テロが成功しようが失敗しようが関係ねえ。お前らは破滅するぞ」

「そんなことない。分かるでしょ。みんなが本当のことを知ってくれれば変わるはず。兄さんはみんなに真実を伝えるつもりなの」

真実？　硬い表情の悠を見ながら、純也は眉間のしわをさらに深くする。

「……鈴木たちの計画は、誰も傷つけないのか？」

「えっ？」悠は虚を衝《つ》かれたような表情を浮かべる。

「その計画で、一人も死んだり、大怪我をしたりしないのかって訊いているんだ」

「大丈夫。兄さんは誰も傷つけたり……しないはず」

悠は伏し目がちに、弱々しく答える。

「そう思いたいだけだろ。まっとうな方法じゃあ、ヴァリアントで、しかも犯罪者の話なんて誰も聞くわけがない。けどな、どんな理由があろうが、ヴァリアントが一般人を傷つけたらお終いなんだよ。その時点で凶暴な猛獣っていうイメージがさらに強く、一般人の脳味噌に植え付けられるだけだ」

「じゃあ、私たちはどうすればいいのよ！　このままずっと、黙って森に閉じ込められていればいいわけ？　犯罪者みたいに隔離されて」

「さあな。ただ少なくとも、お前の兄貴がやろうとしていることは間違っている。成功しようが失敗しようが、テロ行為を起こした時点で、世間はヴァリアントを受け入れない」

悠は唇を強く噛む。もはや反論の言葉は出てこなかった。

「やめさせるんだ」毛利は繰り返す。「あの男が計画を実行する前に止めて、自首させるんだ」

「けれど、……私知らないの。兄さんが何をするつもりなのか」悠は自虐的に微笑んだ。

「適当なことを言うな。知らないわけがないだろう！」

黙って話を聞いていた青山が、怒鳴り声を上げる。

「本当なの。私は兄さんを逃がしたら、森に戻る予定だった。最後まで参加したかったけど、みんな絶対にだめだって。何をするかだけでも教えてもらおうとしたけど……」

「そうか」

毛利は悠の言葉を疑うことなく頷くと、純也に視線を送る。

「さっきの『囮!?』って言った時の阿呆面《あほづら》を見ると、あんたは本当に巻き込まれただけっぽいから、知らないだろうしな」

「ずっとそう言ってるだろ」

純也は肩をすくめながら、比呂士の言動を思い起こす。あの男は可能な限り、悠を危険な目に遭わせないようにしていた。脱獄に関しては、仕方なく悠に協力してもらったが、テロ計画には参加させなかったことは納得できた。しかし、原発でないとしたら、あの男の狙いは何なのだろうか？

「なあ、なんで今日なんだ？　今日はなにか特別な日なのか？」純也は俯く悠に声をかける。

「……分からない。計画の実行日は直前まで分からないって言ってた。脱走させる日も、ホテルにいた時、前日にプリペイド携帯に指示が来たの」

「そうか……」

純也はこめかみを掻く。原発テロを囮に使ってまで狙う価値があり、多くの人にメッセージを届けられるような目標。そんなものが……。

そこまで考えたところで、純也は目を見開いた。頭の隅を恐ろしい想像がかすめた。

純也は青山がソファーの上に放り捨てていた新聞を手に取ると、テレビ欄を凝視する。記憶が確かなら、今日は……。視線が紙面の一部に引き寄せられる。

「まさかと思うけど、……これじゃないよな？」

新聞紙を掲げた純也は、震える指で紙面を指した。純也以外の三人は一瞬、訝しげに目を細めたあと、目尻が裂けんばかりに見開いた。悠の口から小さな悲鳴が漏れる。

「やっぱり、これなのか……」純也は頭を抱える。

「うそ。……うそ、そんな」

茫然自失でつぶやく悠の隣で、青山が泡を食って懐からスマートフォンを取り出す。

「何するつもりだよ？」毛利が青山に訊ねた。

「係長に、いえ部長に連絡します。当然じゃないですか」

「やめとけよ。どうせ無駄だ。俺たちの言うことなんて信じないさ。俺も新米のお前も、あいつらから見れば信用のおけない存在だ。自分たちが手に入れた情報と、俺たちが急に伝えた情報、どっちを信じると思う。それに俺たちが命令に違反して鈴木を追ったことも、もう知られているはずだ」

「けれど、原発は囮なんですよ！」青山はもどかしそうに言う。

「しょうがないだろ、あっちが信じないんだから。下手すれば、俺たちが現場を混乱させようとしていると思われるぞ。まあ、報告したけりゃ止めないけどな」

二人の捜査員の会話を聞きながら、純也は出口に向かおうとする。

「どこに行くんだ？」純也の行動に気付いた毛利が声を上げた。

「分かっているだろ？」

純也は毛利と視線を合わせる。比呂士を止められる可能性があるとしたら、ヴァリアントである自分しかいない。

全く俺らしくないよな。純也は皮肉っぽく片頬を吊り上げる。悠に出会う前なら、自分には関係ないと決め込んで何もしなかったに違いない。

自分の変化が好ましいものなのかどうか、確信は持てない。しかし少なくとも、常に胸のあたりにわだかまっていた、あの息苦しさは消え去っていた。

「お前、あの男の組織を舐めているだろ。ヴァリアントが鈴木を入れて四人、その中には元警察官とか自衛隊員もいる。そのうえ、ずっと公安にマークされているような頭のおかしな組織が協力して、銃器まで集めているって話だ。お前が一人で止められるとでも思っているのか？」

想像を遥かに超える組織の規模に、純也は一瞬怯《ひる》む。ヴァリアントと化したチンピラが数人集まって、革命ごっこでもしていると思っていた。

数秒考え込んだあと、純也は軽く頭を振って迷いを振り払った。

「ここでのんびり茶を飲んでいるよりはましだろ。俺の将来の問題でもあるんだよ。俺はヴァリアントなんだからな」

あれほど忌み嫌っていた、自分がヴァリアントだという事実を自然に口にできたことに、純也は驚く。

「べつに止めているわけじゃない。俺は『お前一人じゃ無理だ』って言ってるんだ」

毛利はちらりと悠を見た。血の気の引いた顔で立ち尽くしていた悠は、毛利の視線の意味を理解したのか、口元に力を込めて純也に近づいてくる。

「お前は一昨日手術したばっかりで……」

そこまで言ったところで純也は口をつぐむ。悠の白銀の瞳の奥に、強い決意が灯っていた。

「分かった。……行こう」

純也の言葉に、悠は力強く首を縦に振った。

「ちょっと待て！　毛利さん、いいんですか？　行かせて」

通じないのか、スマートフォンをずっといじっていた青山が、大声を上げる。

「しょうがねえだろ。ここには怪我人と新米しかいないんだ。ヴァリアントが逃げようとしたら、止めようがねえ」

毛利はわざとらしくため息をつくと、純也と悠を見た。

「まあ、とりあえず頑張りな」

5

駐車場に停まったポルシェ　カイエンの四つのドアがほぼ同時に開く。葉子は後部ドアから外に降りた。硬いアスファルトに立っているにもかかわらず、まるでマシュマロの上に着地したかのように、足元が不安定に感じた。

あと一時間もすれば全てが終わる。その時、自分が無事だという保証はどこにもない。拘束されているかもしれないし、射殺されている可能性も十分にある。いまさらながらに、恐怖が胸に満ちてくる。

葉子とともに車に乗ってやってきた三人の男、三人のシルバーたちは、サングラス越しに周辺に鋭い視線を這わせている。

比呂士を合わせて四人いたシルバーのうち、福井の原発に向かったのは真柴ただ一人だった。

別荘を出て福井と東京それぞれに向かう車に乗り込む際、別れの挨拶を交わしながら比呂士と固い握手を交わす真柴の顔に、葉子は殉教者の決意を見てとった。おそらく、真柴はもはやこの世にいないだろう。あのどこまでも武骨で純粋な男は、命をかけて自分のすべきことをしたに違いない。

シルバーですら命をかけなくてはならないほどの計画に、自分のような一般人が参加して、無事でいられるだろうか？　死ぬことが怖いとは思わない、しかしシルバーになることができないまま人生を終えることは、葉子にとってこのうえない恐怖だった。

「綺麗ですね」体を震わす葉子の隣で、比呂士がつぶやいた。

「はい？」

「月ですよ。ほら満月です」

比呂士はサングラスを外すと、微笑みながら人差し指で天空を指した。葉子は空を見上げる。真っ暗な空に、黄色く切り抜いたように真円の月が光り輝いていた。比呂士の白銀の瞳が月の柔らかな光を反射し、淡く光る。

「ええ、……綺麗です」

胸に巣くっていた恐怖が融け去っていく。この人となら何も怖くはない。たとえその先が奈落の底だとしても。

不安が消えた胸の中がほんのりと熱くなった。シルバーに対して、ずっと燃え上がるような興奮をおぼえていた。しかしいま、胸の奥でほのかに灯った感情は、これまでのような生々しいものではなく、ガラス細工のように儚く、それでいてどこまでも透明なものだった。思春期の少女が密かに胸に秘めるような想い。ずっと昔に忘れていた感情が葉子を支配する。

「時間がない。行こう」

三人のシルバーの中でも一際体格のいい男が、腕時計に視線を落としながら言う。

「そうですね。葉子さん、行きましょう」

比呂士は再びサングラスで美しい両目を隠し、葉子を促して歩きはじめる。

葉子は「はい！」と答えると、比呂士の隣に並んで歩きはじめた。今日が終われば、私は生涯、この人の隣を歩いていける。比呂士に抱かれ、シルバーとなり、そして添い遂げることができる。

正面にそびえ立つ全面ガラス張りの前衛的な建物に、葉子は目を向ける。

二十階を超えるその建物の最上部には巨大な文字で、『大和《やまと》テレビ』と記されていた。

自動ドアが開く。葉子たちは過剰なまでの蛍光灯の明かりに満たされたエントランスに入った。十メートルほど吹き抜けになった、開放感がある空間が広がっている。

四人は真っ直ぐに奥にある入場ゲートに向かう。ゲートの前までやってきた葉子たちは、首に下げた社員証を警備員の男にちらりと示した。

緊張で葉子の口腔内がカラカラに渇く。社員証は裏で手に入れた偽造品だった。葉子以外の三人の写真は、メールによって転送された画像を処理したものなので、かなり画質が粗《あら》い。しかも三人はサングラスをかけたままだ。怪しまれる可能性は高い。

しかし心配をよそに、警備員は興味なげに社員証に一瞥をくれただけで、葉子たちにほとんど注意を払わなかった。テレビ局という個性的な人々が集まる場所、サングラスをかけた集団など、さほど珍しくはないのかもしれない。

ごく自然に局内への侵入に成功した四人は、廊下を足早に歩いていった。

「ちょっとすいません」

比呂士は手近にいた、汚れたTシャツ姿の若い男に声をかける。

「ん？　なんッスか？」男は覇気のない声で答えた。

「スタジオに荷物を運ぶように言われたんですが、場所が分からなくて。教えていただけませんか？」

「はあ、どこに運べって言われたんッスか？」

男は面倒くさそうに頭をがりがりと掻く。比呂士の唇に、危険な笑みが浮かんだ。

「『激論　与野党党首生討論会』が行われているスタジオです」

「緊張していますねぇ。党首討論なんて、何回もやってきたでしょうに」

爪を嚙む城ヶ崎を呆れ顔で見ながら、堀が間延びした声で言う。

「いままでとは状況が違うだろ」

確かに国会でもテレビでも、これまで数えきれないほどの討論をこなしてきた。しかし、今日のように全身が押しつぶされるような緊張を味わったことは、二十年を超える議員生活の中でも未だかつてなかった。

「確かにそうですね」堀の口調には、相変わらず緊張感の欠片もない。

「逆に俺は、なんであんたがそんなに平然としていられるのかが分からねぇよ」

今日の討論会の出来次第で、自由新党の未来は大きく変わる。それは間接的に日本の歴史が大きく変わることを意味していた。

「まあ、討論するのは私ではありませんからね」堀はしれっと、そう言ってのけた。

このじじい……。城ヶ崎は老政治家を睨む。

「冗談ですよ、冗談。そんな怖い顔していたら、視聴者受けしませんよ」

「あんたの、その毛の生えた心臓を俺に移植して欲しいよ」

「七十を超えた老人から、心臓を奪う気ですか？　そんなに長くは動きませんよ」

堀は芝居じみた仕草で、自分の胸を両手で覆った。

「なあ、あんたが余裕なのは、何か隠し球があるからじゃないのか？　そうだろ？」

城ヶ崎は堀に顔を近づける。数日前、銀の雨事件の犯人逃走のニュースを見ていた時、堀は「知恵を絞ります」と言った。しかし未だに良い知恵は聞けていない。

「まあ、ないこともないんですが、あるとも言えず、といったところですかな」

「国会答弁みたいな言い方やめろよ」

ノックの音が響き、ドアが開く。番組のディレクターが「城ヶ崎先生、時間です」と顔を覗かせた。とうとうか。城ヶ崎は唇を固く結んで立ち上がった。

「行ってくる」

「ご武運を。ああ、総理」

「なんだ？」城ヶ崎は振り返って堀を見る。

「あなたらしく頑張って下さい、そうすれば道は開けますよ。あと、本番中は爪嚙んじゃだめですよ」

「そちらが城ヶ崎先生の席です」

ディレクターが指さした席を見た瞬間、城ヶ崎の顔が引きつる。「あそこ……か」

司会者が立つ中心から扇状に広がるように、司会者側から向かって左側には連立与党各党の、右側には野党各党の席が置かれていた。そして城ヶ崎に用意されたのは、司会者席からすぐ右隣の席だった。中心部を挟んだ向かいの席には、革政党の党首にして内閣総理大臣の丸井忠夫《ただお》が姿勢よく腰掛けていた。

齢五十を超えているが、主婦層に人気の整った顔立ちはいまも健在だ。やや白髪が交じり、遠目ではグレーに見える髪は整髪料できれいにセットされ、仕立てのよいイタリア製のスーツとやけにマッチしている。

「何か問題がありますでしょうか？」

「……いや、なんでもない」城ヶ崎は舌打ちしそうになるのを必死にこらえる。

本来ならこの席は、野党第一党である自由国民党代表が座るべきだ。参院で四十近い議席を持ち、高い支持率を誇るとはいえ、自由新党の衆院での議席は十三に過ぎない。衆院だけを見れば泡沫政党ともいえる自由新党が、首相と正面から対峙する席に座る。テレビ局が城ヶ崎と丸井を対立させて視聴率を稼ぐつもりであり、そしてその調味料として「対ヴァリアント政策」が取り上げられることは明らかだった。それを証明するかのように、選挙戦でかなりの苦戦を強いられているはずの丸井の表情からは、露骨な余裕が窺える。

「お久しぶりです、城ヶ崎先生」席に着いた城ヶ崎に、丸井が声をかけてくる。

「……どうも」

まがりなりにも、現在この国の首相を務めている男を無視するわけにもいかず、城ヶ崎は素っ気ないながらも返事をした。

「お互いに厳しい選挙ですが、今日は正々堂々といきましょう」

優越感を全身から発散させている丸井の態度に、今度は舌打ちが弾けた。一瞬歪んだ丸井の顔から視線を外すと、城ヶ崎は目を閉じた。

「城さん、久しぶり」

唐突に強い力で背後から肩を叩かれる。城ヶ崎が振り返ると、自由国民党代表の羽賀《はが》が、いかつい顔に笑みを浮かべ、手を差し出していた。

「羽賀さんも元気そうですね」

自分が首相だった時代、防衛大臣を務めた先輩議員の顔を見て、こわばっていた表情がいくらか緩む。

「元気なんかじゃねえよ。俺みたいな老体にこんな厳しい選挙はこたえるんだよ。しかも、自分の選挙だけじゃねえんだぞ、全国に応援演説に行かないといけねえんだ。聞けよ、この声。喉つぶれちまって」

羽賀は獣が唸るような笑い声を上げた。

「なかなかハスキーでいい声ですよ」

「おお、そうか。この声でクラブに行ったらもてるかな。ああ、それより城さん……」

豪快に笑い声を上げた羽賀は、一転して声を潜め、耳打ちするように言う。

「今日出た世論調査の結果聞いたか？　かなりやばいぞ」

「いえ……まだです」

直前まで堀と打ち合わせをしていたので、世論調査など悠長に調べている余裕はなかった。

「革政が第一党に躍り出やがった。あんたのところからごっそり十五パーセント引き抜いていったよ。このままだと四年前の二の舞だ」

「……そうですか」

城ヶ崎は唇を薄く嚙みながら頷く。ある程度支持率に影響が出ていることは予想していた。しかし、鈴木比呂士脱走のニュースが流れてからわずか数日で、ここまで潮流が変わるとは……。

あいつも調査結果を知ってやがるな。城ヶ崎は横目で丸井を見る。そうでなければあれほどまでの余裕は持てないだろう。

次々と各党の代表が席に着いていく。局のスタッフたちの動きが慌ただしくなる。城ヶ崎は腕時計に視線を落とした。時刻は十八時五十五分を回っていた。

「それでは、あと三分ほどで本番がはじまります」小汚いTシャツを纏《まと》ったADが声を上げる。

城ヶ崎は自分の頰を両手で張り、気合いを入れた。

エレベーターの扉が開く。比呂士は備品が転がっている廊下に出ると、左右を見回した。奥にスーツを着込んだ大男が二人、大きな扉の前に直立不動で立っている。

SPだ、あそこだな。比呂士は真っ直ぐに扉へと近づいていくと、男たちに気付かないかのように扉に手をかけた。

「待って下さい」

SPの一人が扉と比呂士の間に体をねじ込んだ。比呂士は自分より背の高い男を見上げる。スーツの上からでも、男の鍛え上げた肉体が見てとれた。

「ここ、党首討論の会場ですよね。ここに来るよう指示されたんです」

比呂士は愛想良く微笑んだ。

「許可証の提示をお願いします」

室内でもサングラスをかけたままの比呂士に、SPたちは警戒の視線を投げかけてくる。比呂士は首に下げた社員証を掲げた。

「いえ、社員証ではなく、このスタジオに入る許可証のことです」

「そんなものが必要なんですか？」比呂士はわざとらしく首を傾げた。

「ないなら、お引き取り下さい」有無を言わせぬ口調でSPは言い放つ。

比呂士は「困ったな」とつぶやくと、下から覗き込むようにSPに顔を近づけ、口を開いた。

「なら、こんな許可証はいかがですか？」

比呂士は人差し指でサングラスを押し下げた。白銀の瞳が蛍光灯の明かりの下に晒される。SPは目を見開き、声を出そうと口を開いた。しかし、声が喉から滑り出す前に、比呂士はSPの口元を鷲摑みにし、その体を片手で高々と持ち上げる。

もう一人のSPが慌てて懐に手を伸ばすが、拳銃を取り出す前に、比呂士の脇に立っていた大柄なヴァリアントの拳が顔面にめり込んだ。地響きのような音をたてながら、SPは廊下に倒れ動かなくなる。

比呂士は嬲るかのように、SPを持ち上げたまま笑みを浮かべた。SPは何とか逃れようと、必死に蹴りを放つが、足が浮いた状態では威力のある蹴りができるわけもなかった。比呂士は空いている方の手をSPの喉元に伸ばした。SPの目が恐怖で見開かれ、掌で覆われた口からくぐもった悲鳴が漏れる。比呂士は喉を摑んだ手に力を込めていく。二、三度ビクリと体を大きく痙攣させると、必死に宙を摑んでいたSPの手が力なく垂れ下がった。

比呂士は空き缶でも捨てるかのようにSPの体を放り捨てると、後ろにいる葉子と、二人

ングラスを投げ捨てた。
葉子が鞄の中から取り出したサブマシンガンを掲げ、三人のヴァリアントはかけていたサ
「時間です。時代を変えましょう」
の仲間に向き直る。

6

「……丸井首相のおっしゃることは、理想論に過ぎない。現に企業の業績は右肩下がりになっている。財政出動も中途半端で、投入した税金のわりに効果が表れていないのは明らかだ。そのことに対する反省はないのですか？」

城ヶ崎は滑舌《かつぜつ》良く丸井に向かって言葉をぶつけていった。

「財政再建は一朝一夕《いっちょういっせき》にはできません。現在はまだ過渡期にあり……」

丸井は城ヶ崎の質問をのらりくらりと受け流す。

「革政党が政権を取って四年が経った。いつまでを過渡期というのですか？」

さらに攻勢をかけられた丸井の口元がかすかに強ばった。

討論会はいままでのところ、城ヶ崎、そして自由国民党の羽賀をはじめとする野党の圧勝と言ってよい状況だった。丸井はいくら追及されても余裕の態度のまま、それらしいことを

言って煙に巻いているが、同様の茶番劇をこの四年間見せつけられている国民は、もはやその言葉を信用しないだろう。外見がよく、口が達者なだけの無能、それが現在、世間での丸井の評価だ。

城ヶ崎は机の上に置かれたコップを手に取り、冷水で渇いた口を潤す。ここまでヴァリアントの問題は俎上《そじょう》に載っていない。しかし、それは決して喜ぶべきことではなかった。経済、外交、国防等々、様々な問題がすでに討論されたが、まだ放送時間は半分近く残っている。おそらくは、間もなくヴァリアント問題が取り上げられ、それに多くの時間が割かれることだろう。

「さて、皆様まだ意見がおありのようですが、時間ですので、話題を移したいと思います」

司会者が話題を変える。

「数日前、衝撃のニュースが走りました。四年前のヴァリアントによる女子高生暴行、及び、警察官への傷害致死事件。通称、銀の雨事件の犯人である鈴木比呂士被告が、拘禁されていた東京拘置所から脱走、未だその消息が摑めていないというのです」

とうとう来やがったか。城ヶ崎は司会者の過剰におどろおどろしい説明に顔をしかめる。

「しかも共犯として、二人のヴァリアントが脱走に協力しております。さらに未確認ながら、憩いの森から、鈴木比呂士を、あの凶悪事件の犯人を崇拝する数人のヴァリアントが姿を消しているという情報もあって、国民は強い不安を感じています。現在、憩いの森を脱走したヴァリアントに対しては、発見次第、帰還の勧告をし、それに従わない場合に初めて強制措《そ》置《ち》が取られることになっています。しかし、この姿勢が弱腰であり、憩いの森からの脱走に対してもっと厳しい罰則を科すとともに、憩いの森周囲の警備を強化すべきとの声が国民の間から上がっています。この問題に対して各党党首の皆さんのご意見を伺いたいと思います」

司会者が言い終えないうちに、丸井が勢いよく手を挙げた。

「丸井総理どうぞ」

「このヴァリアント問題は、現在国民の皆さんが最も関心があるとともに、不安を抱えていらっしゃる事柄だと私は理解しております」

カメラを真っ直ぐに見つめながら語る丸井の口調には、鬼気迫るほどの覇気が籠もっていた。

生き生きしやがって。城ヶ崎は苛立ち、思わず爪を噛みそうになる。

丸井が千両役者であることは認めざるを得なかった。政治という舞台で巧みにカリスマを演じるこの男は、最も客の目を惹きつけるタイミングを決して逃しはしない。万年野党だった革政党を、DoMSパニックという追い風があったとはいえ、政権与党に押し上げただけのことはある。

この男に、政治的な手腕とポリシーがあれば、不世出の政治家になったかもしれない。しかし、丸井を突き動かしている原動力が、単なる名誉欲でしかないことに、城ヶ崎は昔から気付いていた。

こんなポピュリストにあと四年もこの国を任せるわけにはいかない。城ヶ崎は拳を握り込み、滔々と喋り続ける丸井を睨む。

「我が党は、四年前ヴァリアント問題が出てきてから今日に至るまで、一貫してその危険性を主張し、厳しい対処を求めてきました。ＤｏＭＳ予防法施行以来、我が党はヴァリアントに対するさらなる規制強化の必要性を訴え、法案提出を検討してきましたが、野党の強い反対により今日まで見送ってきました」

丸井は言葉を止めると、意味ありげな視線を城ヶ崎、そして羽賀へと送ってくる。城ヶ崎は一瞬反論しようとするが、喉元まで出かかった言葉を必死に飲み下す。ここで慌てて反論しても、視聴者には言い訳をしているようにしか見えないだろう。

「おそらく法案に反対した党の皆さんは、ヴァリアントに対して性善説を唱えているのだと思います。しかし、それが現実離れした理想論に過ぎないことは明らかです。実際は、多くのヴァリアントが憩いの森から脱走し、罪を犯しています。現在のＤｏＭＳ予防法は決して十分とは言えません」

「丸井首相の説明は誤解を招く。確かに憩いの森から脱走したヴァリアントはいるが、その多くは家族に会うためだ。それに彼らが犯した罪はほとんどが、一般社会では憩いの森で使用されているカードが使えないために、空腹に耐えきれなくなり食料を窃盗《せっとう》した程度のはず」

全ヴァリアントを凶悪犯罪者のように言う丸井に耐えられず、城ヶ崎は思わず口を挟む。

「窃盗も立派な犯罪です。しかも考えて下さい。その窃盗をしているのは猛獣並みに危険な相手なんですよ。これは強盗に等しい。これで国民が安心して生活を送れると思いますか？」

今度は城ヶ崎が言葉に詰まる番だった。その隙を見逃さず、丸井はまくしたてる。

「確かに城ヶ崎先生の言う通り、ヴァリアントの皆さんも国民です。しかし国民なら公共の福祉のため、ある程度の自己犠牲は当然ではないですか。我々はその代償として少なからずヴァリアントに補償をしている。その補償は国民の血税から支払われているのです」

「まるで囚人のように自由を奪われて、そのうえ差別を受けることを、金で補償などできるはずがない。それがＤｏＭＳという大病から生還した人々に対する、この国の仕打ちなのか？」

城ヶ崎は歯を食いしばり反論を試みる。ここで怯めば、丸井がさらに嵩《かさ》にかかって猛攻を仕掛けてくる。相手の弱みにとことん食らいついていく丸井の抜け目のなさには、自分が首相だった時代から何度も痛い目に遭わされてきている。

「それでは、城ヶ崎先生はヴァリアントの隔離をやめろとおっしゃるのですか？　世間をまたＤｏＭＳ蔓延という悪夢に晒そうとおっしゃるのですか？」

丸井は大仰に肩をすくめ、頭を左右に振る。

「違う。すぐに隔離政策をやめようというわけじゃない。しかし、予防接種の導入により日本ではＤｏＭＳ発症者は三年近く出ていない。どれほど隔離の必要性があるのか再検討を……」

「数千人のヴァリアントのために、一億三千万人の命を危険に晒すのか？　馬鹿げている！」

拳を握りしめて、血を吐くような思いで言葉を紡ぐ城ヶ崎に、丸井の罵声《ばせい》が飛ぶ。前首相と現首相は数メートルの距離を置いて、火花が散りそうなほど激しく睨み合う。

「さて、お二人の間で激しい議論が交わされていますが、他の皆さんのご意見も伺ってみたいと思います。自由国民党代表の羽賀さんは、このヴァリアント問題に対して何かご意見はありますか？」

ヒートアップする二人の間に入るように、無言でやり取りを聞いていた羽賀に、司会者が水を向けた。城ヶ崎は隣に座る先輩議員を期待と不安を込めて見る。一瞬唇に力を込めたあと、羽賀は城ヶ崎の視線を避けるように、俯きがちに話しはじめた。

「我が党としましては、現在の状況では、規制強化も仕方がないと考えています。ただ、それがヴァリアントの皆さんの人権を大きく損なわないかどうか、議論が必要で……」

「それは、規制強化には賛成と捉えてよろしいですか？」

歯切れの悪い羽賀の言葉を、司会者が端的にまとめる。

「……ある程度の規制強化には賛成です」

羽賀の答えを聞きながら、城ヶ崎は目を固く閉じた。

「自国党は四年前のＤｏＭＳ予防法については賛成していますが、その後、革政党が提案している規制強化案には反対していますね。いまのお話では、今度ヴァリアントに対する規制強化の法案が提出された場合、自国党は賛成をするということですか？」

「その法案の内容を吟味して、人権に十分配慮したうえで賛成することを検討いたします」

もはや羽賀の言葉から迷いは消え去っていた。曖昧な物言いは選挙で不利になることを理解して。

「ありがとうございます。他の政党の皆様はどうでしょうか？」

その言葉を皮切りに、各党党首が次々と発言をはじめる。その内容は、積極的、消極的の差こそあれ、判で押したかのようにヴァリアントに対する規制強化を認めるものであった。

一通り党の代表たちが発言を終えたあと、丸井が勢いよく挙手する。「丸井首相どうぞ」と司会者が言い終えないうちに、丸井は覇気のこもった声で話しはじめた。

「革政党は今回の衆院選の公約に、ヴァリアントに対する規制強化を掲げております。いままで罰則がなかった、憩いの森からの脱走について刑事罰を盛り込んだ法案を提出します。

また憩いの森の周りを強固な壁で囲み、脱走を不可能な状態にすることも検討……」

丸井の演説を聞く城ヶ崎の胸には、ヘドロのような敗北感がじわじわと湧き上がっていた。

自分の行動は正しかったのだろうか？　いまこの国はヴァリアント問題以外にも多くの課題を抱えている。政治家として自分が取るべき行動、それはポリシーを捨ててでも、政権を取り返すことではなかったのだろうか？

自問自答をする城ヶ崎は、ふと視界の端に異物を捉えた。顔を上げその違和感の正体を探る。すぐにそれは見つかった。スタジオの入り口近く、テレビスタッフたちの背後にいる四人の男女。女は両手で巨大な鉄の塊を持ち、そばに立つ三人の男の目は、このスタジオを満たす過剰なライトの光を白銀色に反射させていた。

「やめろ！」

女は妖艶《ようえん》な笑みを浮かべると、黒光りする武器を天井に向けた。

城ヶ崎の叫び声をかき消すかのように、サブマシンガンが咆哮を上げた。

7

スタジオに入った比呂士は、部屋に溢れるスポットライトの眩しさに目を細める。そのライトの中心では丸井首相が得意顔で何か語っていた。

とうとうだ。比呂士ははやる気持ちを必死に抑える。この四年間、待ちに待った瞬間が近づいている。全身の産毛が逆立つようだった。

「葉子さん。スタートの合図をお願いします」

比呂士は拳を握りしめると、隣に立つ葉子に声をかける。葉子は頷くと、羽織ったコートを脱ぎ捨てた。その手にあるサブマシンガンが露わになる。

葉子はサブマシンガンをセミオートモードにすると、銃口を天井に向けた。爪に紅いマニキュアを塗った指先が引き金にかかる。

「やめろ！」

スタジオの奥に作られた一段高くなっている舞台の上から、こちらに気付いた城ヶ崎が怒声を上げる。それを聞き、舞台袖に控えていたSPたちが、一斉に自分が守るべき政治家たちに向かって走り出した。次の瞬間、けたたましい銃声がスタジオの空気を震わせた。

銃声をスタートの空砲代わりに、三人のヴァリアントは床を蹴り走り出す。あまりの脚力に、床材の一部が弾け飛んだ。立ち尽くしているテレビスタッフたちの間をすり抜け、比呂士たちは舞台上の獲物に向かって駆けた。

数人のSPが比呂士たちの前に立ち塞がる。しかし、三人のヴァリアントは速度を緩めなかった。

決着は一瞬でついた。もはやそれは勝負というよりも、蹂躙《じゅうりん》と呼ぶべきものだった。屈強なSPたちはまるで交通事故にでも遭ったかのように、軽々と宙に吹き飛ばされ、硬い床に叩きつけられる。障害物を一瞬で排除した比呂士はスピードを落とすと、今度は一歩一歩床を踏みしめるように獲物へと、内閣総理大臣である丸井忠夫へと近づいていく。

「はじめまして、丸井総理。鈴木比呂士と申します。お目にかかれて光栄です」

椅子に腰掛けたまま呆然と見上げてくる丸井に慇懃に頭を下げると、比呂士は右手を差し出す。しかし丸井は動かなかった。比呂士は身を乗り出すと、身を守るように顔の前に掲げられた丸井の右手を強引に取って握手をする。

「あなたに会いたかった。夢に見るぐらいに」

優しく。過剰なほど柔らかく比呂士は言う。次の瞬間、比呂士は力任せに丸井の手を握った。ゴリラに匹敵する握力が、肉と骨を容赦なく押しつぶす。熟れたトマトがつぶれたような不快な音に、カエルが自動車にひかれたような濁った悲鳴が続いた。周囲を取り囲むSPたちが上着の中に手を入れる。

「銃捨てろよ。政治家の皆様が人質だ。俺たちなら一瞬で首をへし折れるぜ」

髪を茶色に染めたヴァリアント、仲間の一人である橋本が、丸井以外の連立与党党首二人の後ろで声を張り上げる。SPたちの動きが止まるのを確認して、比呂士は口を開く。

「ご覧のように、私たちは首相を人質に取りました。これより皆さんに要求を伝えます。もし聞き入れられない時は、丸井首相の命の保証はできません」

比呂士は一言一言区切るように、ゆっくりと話しはじめる。意識しないと、声が上ずってしまいそうだった。

「まず初めに、SPの皆さんは、怪我をしている仲間を連れて、全員この建物の外へ出て下さい。スタジオの外で待機することも許しません。仲間の一人がスタジオの前に立って監視します。彼とは無線で常に連絡を取ります。彼からSP、または特殊部隊がスタジオの外に近づいたと連絡があったり、彼からの連絡が途絶えた場合には……、首相を殺します」

SPたちの口から呻き声が漏れた。

「急いで下さい」

動かないSPたちを見て、比呂士は丸井の首元に手を伸ばしていく。指先が首の皮膚に触れると同時に、痛みに呻いていた丸井がくぐもった悲鳴を上げた。それを見て、SPたちはじりじりと出口に向かって移動しはじめる。

SPたちがためらいつつもスタジオ外に出ると、比呂士は次の要求を述べはじめる。

「次に、この放送を中断しないで下さい。このテレビ局の外にも協力者がいます。彼らからテレビ放送が中断されたと連絡が入った場合は、やはり首相を殺します」

言葉を切った比呂士は、テレビスタッフたちを見回す。

「申し訳ありませんがテレビスタッフの方で、放送継続のために必要な方々はここに残って下さい。危害は加えません。他の方はスタジオを出て結構です」

テレビスタッフの数人が脱兎のごとく出口に向かって走りはじめる。扉のそばで控えていた葉子が彼らに銃口を向けた。スタッフたちは恐怖に顔を歪めて足を止めた。

「本当にあなたたちがいなくて放送できるの？　後で嘘だって分かったら、他の人を撃つわよ」

道でも訊ねるかのように、ごく自然に葉子は言う。その言葉にほとんどの者は慌てて頷くが、一人の中年男が肩を落とし、重い足取りで元いた場所へと戻っていった。

「分かればいいのよ」葉子は満足げにサブマシンガンの銃身を撫でた。

「あの……私たちは……？」

それまで司会席で身を小さくしていた司会者が、首をすくめながら比呂士に訊ねた。

「あなたや各党首の皆さんには用事はありません。避難して結構です」

比呂士は司会者に一瞥をくれると、興味なげに言い捨てる。

「そ、それじゃあ」

司会者は忍び足で出口に向かって進み出す。党首たちも、ためらいがちに移動をはじめた。

「ふざけるな！」

怒声がスタジオの空気を震わせた。その場にいる全員の視線が、声の発生源へと向けられる。そこでは顔を紅葉のように赤くした城ヶ崎自由新党総裁が比呂士を睨みつけていた。

「ふざけるな！」城ヶ崎は同じ言葉を繰り返す。「これまでどれだけのヴァリアントが、不当な扱いに耐え忍んできたと思っているんだ！　人間らしい生活を取り戻す日を夢見て、どれほどの辛酸《しんさん》を嘗めてきたと思っているんだ！　その多くの人々の思いを、お前たちの身勝手な行動が台無しにしたんだぞ！」

ほとんど息継ぎをすることもなく言い放つと、城ヶ崎は荒い息をついた。

「……城ヶ崎さん、あなたのヴァリアントに対する配慮には感謝の言葉もありません。あなたは私たちを人間として扱ってくれる数少ない政治家です。ですからどうぞお引き取り下さい。これからのことは、あなたには関係ないことです」

比呂士は慇懃に頭を下げる。

「私は首相の座を追われ、党を離れても、予防法に反対してきた。その努力が台無しにされそうだというのに、関係ないだと」

城ヶ崎の奥歯がぎりりと鳴った。

「……分かりました。そこにいて下さっても結構です。ただ邪魔はしないで下さい。もし邪魔をするなら容赦はしません。たとえあなたでも」比呂士は目を細め、城ヶ崎を睨む。

「ヴァリアントのことを考えるなら、いますぐ丸井首相を解放し、投降するんだ」

「あなたのおっしゃることは分かります。けれど、これから私がすることは間違いなく、ヴァリアント全体の利益になるものなんです」

比呂士は城ヶ崎からカメラへと視線を戻した。

「テレビはちゃんと放送されていますね」

カメラの後ろにいるスタッフたちに声をかけると、プロデューサーらしき中年の男が右手の親指を立てた。

この大事件を放送することで視聴率を稼ごうとでも思っているのだろうか？　テレビマンのしたたかさに苦笑しつつ胸に手を当てると、比呂士はゆっくりと話しはじめた。

「皆さんがご存じのように、私は銀の雨事件の犯人とされています。そして、確かに私は犯罪者です。一人の警察官と……被害者の女子高生、毛利里奈さんを殺してしまいました」

毛利里奈という名前を発した瞬間、声が震えてしまった。比呂士は喉元の筋肉に力を込める。

「全て私の身勝手な行動が引き起こしたものです。私は法によって裁かれるべきです。ただし、それは正しい事実認識に基づくべきです。……私は毛利里奈さんを襲ってなどいませんん」

比呂士は白銀の瞳を真っ直ぐにカメラに向ける。この番組を見ているであろう多くの国民に語りかけるために。

比呂士はゆっくりと薄い唇を開くと、この四年間、溜めに溜めてきた想いを声に乗せる。

「彼女は私の恋人でした」

8

駐車場に飛び込んだ車が、横滑りしながら停止する。タイヤが甲高い悲鳴を上げた。

「いたっ。お腹痛い。もう少し安全運転できないの？」

雅人から借りたセダンの中で、左の脇腹を押さえながら悠が抗議の声を上げる。

「だから病院で待っていろって言っただろ。強引についてきて文句言うな」

純也は素早くエンジンを切ってキーを抜く。

「待っていられるわけないでしょ。私の兄さんなのよ。早く行かないと！」

「……ちょっと待て」扉を開け外へと出ようとしていた悠の肩に、純也は手を置く。

「なに？」悠の表情がかすかにこわばった。

「一つ確認しておきたい。なんで兄貴を止めようと思ったんだ？」

「何を言ってるの？」悠の白銀色の瞳が訝しげに細められる。

「お前はずっと、兄貴の計画を実行させようとしてきただろ。そのために拘置所を脱出させて、テロを起こさせようとしていた。それが、政治家たちが標的だって分かったとたん、なんで急に止めようって思ったんだ？」

病室で比呂士の目的に気付いた時は、興奮してそのことにまで思考が回らなかった。しかし、ここに来るまでの車内で冷静に考えてみると、悠の行動が不審に思えてきた。

「確かに政治家たちを襲うっていうのは、とんでもないテロ行為だ。けれど、もともとあの男が恐ろしいことをやるつもりだってことは分かっていたはずだ。何しろ、原発を囮にするぐらいだからな。なのになんであの男の目的が政治家だって分かったら、急に止めようと思ったんだ？」

純也は悠の白銀の瞳を真っ直ぐに覗き込む。

すぐに比呂士を止めに行かなくてはならないことは分かっている。しかし、この疑問から目を背《そむ》けたまま、悠に対して疑念を持ったまま、行動をともにすることはできなかった。

「だって、……まさか兄さんが人を傷つけるつもりだなんて、思っていなかったから」

悠は消え入りそうな声で答える。しかし、その答えに純也は納得できなかった。

「あの男は、女子高生を襲って金を奪ったうえ、警官を一人殺した凶悪犯だぞ。どんなことでもするに決まっているだろ」

思わず強い口調で純也が言うと、悠は顔を上げて純也を睨みつけた。その大きな目に涙が浮かび、プラチナの瞳が揺れた。

「違う！　兄さんは、本当はすごく優しいの。警官を殺しちゃったのは、あのとき混乱していたし、自分の体力がどれくらいなのかまだ分かっていなかったから。だから、今回の計画でもひどいことはしないって思ってた。けどあいつがいたら……兄さん何をするか分からない。あいつだけは、絶対に兄さんは赦《ゆる》せないはずだから」

純也は苛立ちをおぼえる。いくら兄とはいえ、女子高生を強姦し金を奪った男を、なぜ「優しい」などと言えるんだ？

「あいつって誰だ？」

「総理大臣の丸井。あいつが目の前にいたら、兄さん、多分……殺しちゃう」

純也は眉をひそめた。確かに丸井は、ヴァリアントに対して厳しい処遇を進めてきた急先鋒だ。多くのヴァリアントが丸井に対して多少なりとも恨みを抱いている。しかし悠の言葉からは、もっと直接的な因縁が比呂士と丸井の間に存在するように感じた。

「なんでそこまで丸井を恨んでいるんだ？　まだ隠していることがあるだろ？　それを教えてくれ」

「それは……ダメ。兄さんが自分の口で発表するまで誰にも言わないって、みんなと約束したの。あの捜査員には、兄さんが直接言ったから教えただけで……」

悠はためらいがちにつぶやく。

「そんなことを言っている場合じゃないんだ！　いますぐあの男を……」

純也のセリフはけたたましいエンジン音によって遮られる。フロントガラスの外に視線を向けると、十数台の警察車両が駐車場になだれ込んできていた。車の扉が開き、完全武装の機動隊員たちが次々と飛び出して、テレビ局へと走っていく。

「時間がない。悠、お願いだ。俺にお前を信じさせてくれ」

純也は再び悠を見つめると、手を伸ばしてその両肩に手を置く。純也と悠の視線が絡んだ。

十数秒の沈黙のあと、悠の唇がゆっくり開いていった。

「……兄さんと里奈さん、恋人同士だったの」

「恋人？　里奈？」

「銀の雨事件の被害者。あの捜査員の娘。事件の一年くらい前から、兄さんと里奈さんは付き合っていたの」

「なっ⁉　そんな馬鹿な……」

あまりにも衝撃的な悠の告白に、純也は言葉を失う。

もし悠の言っていることが本当だとするなら、銀の雨事件の全貌はまったく変わってしまう。被害者の少女は強姦されＤｏＭＳに感染したのではなく、恋人と愛し合った結果、感染してしまったということになる。けれど、それなら……。

「それなら、なんであいつはそのことを言わなかったんだ？」

「言ったわよ。言わないわけないじゃない。兄さんは何度も言ったけど、誰も聞いてくれなかった。マスコミも、検事も、弁護士も、裁判官も。あの二人、隠れて付き合っていたから証言してくれる人もいなくて、最終的に兄さんは強盗強姦犯に決めつけられたの」

「なんでそんなことが……」

「兄さんの裁判が初めてのヴァリアントの裁判だったのよ。感染の危険があるからって、裁判は非公開で、闇の中で進んでいった。全部あの時に政権を握っていた革政党の、あの丸井って男の差し金よ」

悠はキュロットスカートのポケットから一枚の写真を取り出し純也に差し出す。毛利を、あの復讐鬼と化していた男を涙させた写真。写真の中では三人の若者が幸せそうに微笑んでいた。

ブレザーを着てVサインをする、いまよりも少し幼い悠。その隣に立つ比呂士の顔には、現在のような暗い影はない。そして比呂士の手は、隣ではにかむ、垂れ目で長い黒髪の少女の肩に置かれていた。

「私たちがDoMSになる一年くらい前。兄さんと里奈さんが付き合い出した頃の写真。兄さんがバイトしていた喫茶店で里奈さんがよく勉強していて、そのうちに付き合うようになったの」

悠は目を細め、写真を懐かしそうに眺める。しかし、すぐにその表情は硬くなっていった。

「ヴァリアントになって森に入ってから、この写真を持って、マスコミに連絡しようとしたりした。けど全部無視されて、そのうえ、『これ以上掘り返すな』って脅迫電話までかかってくるようになった。ネットに流すことも考えたけど、怖くてできなかった。誰も頼る人がいなかった。怖くて何も言えなくなった。誰も信じられなかったの！」

堰《せき》を切ったように喋り続ける悠の言葉を聞きながら、純也は啞然とする。ＤｏＭＳが三人の若者の未来を暗く塗りつぶし、そしてその悲劇を私利私欲のために利用した者がいる。

「……本当に丸井が、革政党がそんなことをしたのか？」

「兄さんは何度も聞いたの、検察官とか警官、あと自分の弁護士まで、政府からの圧力について話し合っているのを。ヴァリアントが耳もよくなることは最初のうちは知られていなかったから」

純也は黙り込む。銀の雨事件によるヴァリアントへの恐怖と嫌悪を原動力に、政権を奪い取った革政党にとっては、確かに事件の真相が暴かれることは避けたいだろう。もともとダーティーな噂も多い政党であり首相だ。それくらいやってもおかしくはない。

「あの男は今日、全国放送で事件の真相を語るつもりなんだな？」

純也の問いに、悠は口を固く結びながら頷いた。

「悠、俺はいまからあの男を止めるつもりだ。それでも、俺に協力するのか？」

「……もちろん、本当は兄さんのしたいようにさせてあげたい。兄さんは四年間、ずっと辛い思いをしてきたんだから。けど、人を殺すのはダメ。確かに兄さんは警察官を一人殺してる。けれど、自分の意志で、殺すつもりで殺したら、きっと兄さんはもう戻れなくなっちゃう。だから……」

悠はそこで言葉を切ると、口元を押さえてうなだれた。

「……行くぞ」純也はぼそりとつぶやいた。

悠は顔を上げ、充血した目で不思議そうに純也を見る。

「一緒にあいつを止めるんだろ。気合い入れて行くぞ」

純也は悠の軽くウェーブのかかった髪をくしゃっと撫でる。

悠は目をしばたたかせたあと微笑むと、「うん！」と力強く頷いた。


「どんな感じ？」

術後患者とは思えないスピードでテレビ局に向かって走る悠が、隣でスマートフォンのテレビ機能で状況を確認しつつ足を動かしている純也に声をかける。

「必要ない奴らをスタジオから避難させてる。けどやばいな、丸井の手を握りつぶしちまった。急がないと」

純也は顔をしかめると、スマートフォンをズボンのポケットに押し込んだ。

「頭じゃなくて手でしょ。まだ大丈夫よ」

「恐ろしいこと言うんじゃない！」

二人は大和テレビの正面玄関前へとやってきた。入り口の自動ドアが開いた瞬間、純也の喉から呻き声が漏れた。

エントランスは満員電車のように人で溢れかえっていた。ＳＰ、制服警官、警備員、記者、野次馬、それらがホールに押し込まれている。純也と悠は顔を見合わせると、人混みを掻き分け進みはじめた。

「すみません。通して下さい」

力ずくで進もうとするが、奥に行けば行くほど人口密度は高まり、先へと進めなくなる。このままだと間に合わない。焦りが純也の胸を焼く。その時、すぐそばにいた若い警備員と目が合った。警備員は一瞬呆けた表情を晒したあと、大きく息を呑む。

「ドラキュラ病だ！」

純也を指さすと、警備員は甲高い声を上げた。わずかな間を置いて、周囲で悲鳴が上がり、純也と悠の周りから人々が離れていく。一瞬にして二人を中心に半径三メートルほどの空間が出来上がった。

「最初からこうすればよかった」

悠は鼻を鳴らすとすたすたと歩きはじめた。純也もすぐに後を追う。二人の進む方向の人混みが左右に割れていく。

「止まれ！」

割られた人混みの先に数人の警官が飛び出し、二人に銃を向けてきた。

いきなり銃を向けるなよな。純也は顔をしかめる。

ヴァリアントの瞬発力をもってすれば、警官たちが発砲する前に、周囲の人垣の中に飛び込むことは可能だろう。しかし、パニックに陥った警官が発砲して、負傷者が出ないとも限らない。

「私は鈴木比呂士の妹よ！」

唐突に悠が声を張り上げた。純也は目を剝く。

「分かったでしょ。私たちは鈴木比呂士の仲間。私たちを通さないと、この国の総理大臣の首が飛ぶわよ」

悠は妖しい笑みを浮かべると、「文字通りの意味でね」と付け加えた。警官たちの顔に、激しい動揺が浮かぶ。

「どきなさい！」

警官たちが浮き足立ったのを見て、悠は声を張り上げた。その一声で警官たちは急いで道を開ける。

「純也君、行こう！」

悠は上体を前傾させ、床を蹴った。小柄な体が一気に加速する。純也は慌てて悠の後を追う。二人は立ち尽くしている警官たちの間をすり抜けるように走ると、一気にフロアの奥にあるエレベーターホールまで駆け抜け、開いていたエレベーターに飛び込んだ。純也は素早く七階のボタンを押す。さっき、警官たちが「七階で籠城している」とつぶやいたのが聞こえていた。

「これで俺もテロの共犯者かよ……」

「仕方がないでしょ。そんなことより、もうすぐ着くよ」

ぼやく純也に悠が鋭い声で言う。ポーンという軽い音が響きドアが開いた。目の前を数人の男女が駆けていった。解放された人々が非常口に向かっているのだろう。

「本当に大変なのはここから」エレベーターから降りた悠が静かに言う。

「……ああ、そうみたいだな」

廊下の先、スタジオの入り口らしきドアの前に、堂々たる体格の中年男が立ち塞がっていた。百九十センチはあろうかという長身、スーツから覗く首は太く、筋繊維が浮かび上がっている。一見すると、SPの一人のように見える。しかし男を見た瞬間、純也は背中に軽い震え、ヴァリアント同士の共鳴を感じ取った。

男がこちらを見る。その両目は蛍光灯の光の下、白銀に輝いていた。

「あんなヴァリアントがいるのかよ……」

純也の頬が引きつる。ヴァリアントは一般的に、変異の過程で筋肉が圧縮され、細身で引き締まった体形となる。しかし目の前の男はまるで、羆《ひぐま》が服を着ているかのようだった。

「増田さんっていうの。元機動隊員で私に護身術を教えてくれた人。あれでもかなり小さくなったんだって」

「何をしに来た？」

「やめてくれよ。もともとどんなだったんだよ」

「悠と……協力者の医者か」増田は腹の底に響く声でつぶやく。

「鈴木に会いたい」増田の威圧感に気圧《けお》されつつ純也は答えた。

「無理だ」増田は一言で切り捨てる。

「銀の雨事件の真相を喋ることには反対しない。だから会わせてくれ。話すだけでいいんだ」

増田の目つきが鋭くなる。白銀の光線に貫かれたような気がして、純也ははらわたが冷えていく。

「それは、あの男が丸井を殺す邪魔をするということか？」

「……ああ、そうだ。もし丸井を殺したら、ヴァリアントは今後もずっと差別され続ける」

「それがどうした？」

「どうしたって……」

絶句する純也の前で、増田は歯茎《はぐき》が見えるほどに唇を歪めた。

「丸井を殺すことが俺の目的だ。あの男を殺すシーンを全国に放送するからこそ、俺はこの計画に協力した。本当なら自分の手で殺したいが、そこは俺より苦労した鈴木に譲ってやる。この国の奴らは知るべきなんだ。俺たちがどれだけ苦しんだか。自分たちの生活がどれだけの犠牲の上にあるのか。首相の生首を見れば、嫌でも思い知る。もし、鈴木が思いとどまったりすれば、俺が丸井と鈴木、二人とも殺してやる」

増田の瞳の奥に、危険な色の炎が灯った。

「落ち着いてくれ。丸井を殺したりすれば、ヴァリアントはずっと凶暴な化け物だって思われ続ける。もう二度と、偏見をなくすことができなくなるんだぞ」

純也は必死に説得しようとする。しかし、増田は小馬鹿にするように鼻を鳴らした。

「丸井を殺そうが殺すまいが、なんにも変わらねえよ。どっちにしろ、俺たちはずっと凶暴な化け物だと思われ続けるんだ」

「そんなことない！　銀の雨事件の真相を国民が知れば、きっと風向きは変わるはずだ。きっと、いつかは差別も弱まって……」

「お前に何が分かる！」

純也のセリフを、増田の唸るような声が遮る。

「森に入ったこともないお前に何が分かる⁉　ヴァリアントであることを隠して、差別から逃れてきたお前に何が分かるっていうんだ⁉」

正論をぶつけられ、純也は言葉に詰まる。

「ヴァリアントになった俺は、妻と離婚した。小学校に入ったばっかりの娘を残してな。そうしないと、妻と娘が差別を受けると思ったからだ。俺は大人しく憩いの森で駐在として働きながら、養育費を払っていた。けどな、二年前どうしても我慢できなくなって、森から脱走して家族に会いに行ったんだ。……必死の思いで会いに行った俺に、妻と娘はなんと言ったと思う？」

純也には予想が付いた。しかしそれを口に出すことはできなかった。

「『近寄るな化け物』。あいつらは、俺にそう言ったんだ。差別から守ってやっていたつもりが、家族が俺のことを『化け物』だと差別していたんだ！　俺をもう『人間』だと思っていなかったんだ」

増田は吠えると、拳を壁に打ちつける。壁にひびが走り、廊下が揺れた。

「俺たちを『凶暴な化け物』にした元凶は丸井だ。あいつの首を全国放送で晒すことで、俺たちの存在から目を逸らして、のうのうと生きてきた奴らの目を覚まさせてやる。邪魔するつもりなら勝手にしろ！　俺も勝手にお前を殺す！」

増田は大きく両手を上げた。柔道選手がよく取る構えだったが、増田の巨体がその体勢を取っている姿は、立ち上がった羆が威嚇《いかく》しているかのようだった。

説得は無理だ。そのことを悟った純也は、息を細く吐く。

こうしている間にも、比呂士が丸井を殺害してしまうかもしれない。行くしかない！

奥歯を食いしばると、純也は身を低く沈めて増田に向かって走った。格闘技の経験はないが、野生の獣を凌駕する体力を持つヴァリアントにそんなことは関係なかった。適当に拳を振るうだけでも、コンクリートすら砕ける威力がある。

医者である純也には、人体の急所が手に取るように分かった。そのどこかに打撃を加えることができれば、たとえ相手がヴァリアントの大男でも無力化できるはずだ。

一瞬で間合いを詰めた純也に、増田が両手を振り下ろして摑みかかるが、その手をかいくぐって懐にもぐり込む。純也は拳を固めると、増田のみぞおちに向けて力いっぱい打ち込んだ。

大きな岩を殴ったような衝撃が拳頭《けんとう》に走り、腕が痺《しび》れる。頭上から増田の呻き声が聞こえてきた。

体が小さい分、自分の方がスピードが上だ。何とかなる。そう思った瞬間、視界が百八十度回転した。硬い床が頭上すれすれに迫る。

純也は反射的に片手を地面について体勢を立て直し着地すると、バックステップで増田と距離を取る。悠のそばまで戻った純也は混乱しつつ、軽く頭を振った。

「いったい何をされたんだ……？」

「……出足払い」悠は低い声で言う。「純也君の足を払ったの。襟取られていなかったからなんとか逃げられたけど、もし摑まれていたら床に叩きつけられて頭蓋骨が割れていたかも。増田さん柔道五段で、全日本選手権に出たこともあるから」

「嘘だろ……」

純也は呻く。そんな男、ヴァリアントになる前から十分に化け物じゃないか。

純也は数メートル先に立つ増田を警戒しつつ、横目で悠の様子を窺う。なぜかその顔からは表情が消えていた。

「悠、腹の傷の具合はどうだ?」

ヴァリアントである増田にも聞こえないよう、蚊の鳴くような声で純也は訊ねる。悠はかすかに顎を引いた。普通の人間なら、術後それほど経っていないこの時期に動くことなどできない。しかし、人間離れした回復力でかなり治癒しているようだった。

さすがに術後患者である悠に戦わせるわけにはいかない。しかし、うまく増田の気を引いてくれれば、勝機を見つけ出せるかもしれない。紙のように薄い可能性だが、いまはそれにかけるしかなかった。

鋼鉄のような筋肉に守られたみぞおちや肝臓を殴っても、十分なダメージは与えられない。狙うなら、目か睾丸《こうがん》、もしくは脊椎《せきつい》だ。

「悠、合図をしたら、どうにかあの男の気を逸らしてくれ。その隙に俺がなんとかするから」

純也は再び、増田に聞こえないほどのかすかな声で言う。悠は小さく頷いた。

覚悟を決めた純也は、正面に立つ増田を睨みつけると、膝を軽く曲げて重心を落とす。その時、そばに立っていた悠がごく自然に近づいてきた。次の瞬間、純也は顔面から地面に叩きつけられる。

何が起こったか分からなかった。衝撃で脳が揺れ、頭の中でガンガンと音が響く。腹這いに倒れている純也は慌てて体を起こそうとするが、右肩がピンで地面に磔《はりつけ》にされているかのように固定され、動くことができなかった。純也は必死に右側に顔を向ける。そこに広がる光景を見て、頭の中が真っ白になった。

悠が純也の手首を摑んで、その関節を逆に捻り上げていた。肘関節には悠の左手が添えられ、肩には膝が乗せられている。関節を極《き》められて投げられたことに、純也はようやく気付く。

純也はなんとか悠を振り払おうとする。しかし、手首、肘、肩の三ヶ所の関節が完全に極められた状態では、全く力を入れることができず、足がバタバタと動くだけだった。

「ごめん……」

悠の弱々しい謝罪を聞いて、純也は暴れるのをやめた。

「……なんでなんだ？」

「やっぱり、私は兄さんを止めて欲しくない。兄さんの望むようにさせてあげたいの」

「あの男が首相を殺してもいいっていうのか!?　それで、ヴァリアントが今後ずっと差別の対象になっても」

「増田さんの言うように、なにをしようとヴァリアントはこれからも差別され続ける」

「なら、なんでここに来たんだ。兄貴を止めるためじゃなかったのか？」

「ううん、違うよ」悠の白銀の瞳が冷たい色を湛える。「純也君を止めるため」

「俺を……？」

「そう、病院で兄さんを止めるって言い出した時、本当ならその場でどうにかしたかった。けれど、私は女だし、しかも手術のあとでどうしようもなかった。だから、ついてきたの。ここなら、増田さんと協力して純也君を止められるから」

悠は年齢に似合わない淫靡《いんび》な笑みを浮かべると、「けど、こんな簡単に捕まえられるなら、そんな心配、必要なかったかも」と付け足した。

純也は強く唇を噛む。また騙された。また裏切られてしまった。不思議と怒りは感じなかった。ただ、胸郭の中身が抜き取られたかのような無力感に襲われていた。

もはやどうしようもない。比呂士はこの国の首相を殺し、ヴァリアントにとってさらなる受難の時代がはじまる。抵抗をやめた純也を睥睨しながら、悠は口を開く。

「増田さん、手伝って。私の力じゃ、さすがに関節を外したりはできないから」

「あ、ああ……」

増田にも悠の行動は意外だったのか、慌てて近づいてくると、純也の首筋に膝を乗せ体重をかけてきた。頸椎がみしみしと軋み、口から苦痛の声が漏れる。

「殺しちゃダメ。肩の関節を外すだけよ。それだけでもう邪魔はできなくなるから。増田さんなら簡単にできるでしょ」

いから」

「抵抗しないでね、純也君。脱臼する時は痛いけど、後でしっかりはめ直せば障害は残らないから」

頭上から増田の低い声が降ってくる。それとともに左手が万力のような力で掴まれた。

「ああ、簡単だ」

悠の声が響くとともに、右腕が解放される。しかし、左腕と首筋を固定され、動くことはできないままだった。やがて左手が背中で捻り上げられる。可動域を超えた動きに、肩関節が悲鳴を上げる。あと少し力が加えられれば脱臼するだろう。

激痛を覚悟し、純也は歯を食いしばる。しかし、肩が外されることはなかった。そのかわりに腕と首にかかっていた圧力が消える。

何が起こったか分からず顔を上げた純也は、目を大きく見開く。巨大な増田の背中に悠がしがみつき、細い腕を丸太のような首に回していた。おそらく、増田が純也の関節を外そうとしている隙に、背後から飛びついたのだろう。その姿は父親におぶってもらっている、小さな子供のようだった。

増田は顔を真っ赤にしながら、喉に食い込んだ悠の右腕を掴んで引き剝がそうとする。しかし、細くてもヴァリアントの腕だ。しかも、完全な裸絞《はだかじめ》の形に入っている。増田といえど容易には逃げられないだろう。

増田の唇が紫色へと変化していく。腕を引き剝がすことを諦めたのか、増田は肘を背中に張り付く悠の腹に打ち込んだ。悠の口から苦痛の悲鳴が漏れる。

「純也君！」

悠が叫ぶ。その声で我に返った純也は、自分がするべきことに気付く。

純也は跳ね起きると、固めた拳を力いっぱい増田のみぞおちに打ち込んだ。首を絞められた状態では、さっきのように腹筋を固めることはできなかったようだ。内臓がひしゃげる感覚が拳に伝わってくる。増田は口から胃液を吐きながら膝をつくと、そのまま顔面から廊下に倒れ込んだ。

悠は増田の首に絡めていた手を解《ほど》き、仰向けになる。

「どうして……」

純也が顔を覗き込むと、悠は額に脂汗を浮かべながらも、無理矢理笑みを浮かべた。

「ああでもしないと、私たちが増田さんに勝てるわけないと思ったから。ごめんね、驚かしちゃって。それより、意識が戻る前に増田さん縛り上げないと」

悠は廊下の隅に転がっていたガムテープに視線を向ける。逃げる際にテレビ局のスタッフが落としでもしたのだろう。頷いた純也はそれを拾うと、倒れたまま細かく痙攣している増田の後ろに回した両手と、両足首に何重にもガムテープを巻き付けた。いくらこの男でも、ここまでしっかりと拘束すれば動けないだろう。

「悠、大丈夫か？」

ガムテープを放り投げた純也が振り返ると、悠は倒れたまま体を丸めていた。純也の顔が険しくなる。いくらヴァリアントの回復力が驚異的だといっても、完全に治癒したわけではない。立ち回りで、傷口が開いてもおかしくない。これ以上は無理だ。

「あとは俺一人でやる。悠はここで休んで……」

「私も行く！　私が行かないと、兄さんは絶対に止まらないの！」

悠の叫ぶように発した声が、純也のセリフをかき消す。

「行こう、純也君。早く兄さんを止めないと」

ゆっくりと立ち上がり、増田が守っていた扉に手をかけた悠は、振り返って純也を見つめる。

「……分かった。行こう」

純也は悠の手に自分の手を重ねる。二人はゆっくりと重い扉を開いていく。

その隙間から照明のまばゆい光が漏れてきた。

9

この男はなんと言ったんだ？　城ヶ崎は唖然としながら、テレビカメラに向かって語りかけている鈴木比呂士を眺める。

「事件の一年ほど前から、毛利里奈さんと交際していました。ＤｏＭＳにかかって何度も死線を彷徨っていた時、私はずっと彼女のことを考えていました。急性期を切り抜けて何とか生還した時、私はどうにかして彼女に会いたかった」

会場の混乱をよそに、鈴木は淡々と語っていく。

「けれど、ヴァリアントになった私は隔離されることが決まっていました。だから、私は彼女に会うために隔離施設を脱走したのです」

鈴木は乾いた唇を湿らすように舐めた。

「脱走してすぐに私は彼女の家に行きました。父子家庭の彼女の家には、その時彼女しかいませんでした。彼女は涙を見せて喜んで迎えてくれました。そして私は彼女と……愛し合いました」

鈴木の言葉が途切れる。誰もがその話に聞き入り、スタジオは呼吸することすら憚られるような静寂に満ちていた。城ヶ崎は無意識に握っていた拳の中が、汗でじっとりと濡れていることに気付く。

「本当に軽率な行動でした。予防接種を終えていた彼女には感染しないと思っていたのです。けれど彼女は予防接種を受けたばかりで、まだ免疫が十分についてはいなかった。そして、私は性行為によってＤｏＭＳウイルスが感染するとは知らず、その結果……彼女はＤｏＭＳになってしまった」

鈴木の表情が火で炙られた蠟《ろう》のようにぐにゃりと歪んだ。

「彼女は私が捕まることを心配して、私と会ったことを誰にも話さないと誓ってくれました。そして、彼女と愛し合ったあと、服も着終わらないうちに彼女の父親が帰ってきて、私は慌てて逃げ出そうとしました。そんな私に、彼女は家にあった金を逃走資金にと手渡してきたのです。なんの計画もなく施設から抜け出してきていた私は、その金を受け取って逃げました。窓から出ていく寸前、私は彼女の父親に見つかりました。彼女の父親が下着姿の娘を発見し、しかも彼女が頑《かたく》なに何も言わないのを見てどう思ったのか、……想像に難《かた》くありません」

鈴木は辛そうに目を伏せる。それが自然な行動なのか、それともテレビカメラの向こう側にいる多くの人々に向けたパフォーマンスなのかは、城ヶ崎にも分からなかった。

「それから数週間、里奈さんから受け取った金を使い、足りなくなれば、窃盗をして逃走を続けていました。その後どうするか、具体的な計画があったわけではありません。ただ、捕まって二度と彼女に会えなくなることだけは避けたかったんです。けれど所詮、十九歳の子供です。指名手配されていた私は間もなく見つかり、十数人の警官に取り囲まれました。そこで私は初めて警官の口から、里奈さんがＤｏＭＳに感染して亡くなっていたことを知りました。……私が彼女を殺したんです」

鈴木の顔に痛々しいほどの自嘲が浮かぶ。

「最初、私は施設から逃走し、ＤｏＭＳを彼女に感染させたことによって逮捕されるのだと思いました。しかし彼らにとって、私は強盗犯であり、強姦犯であり、ヴァリアントという正体不明の化け物でもありました。彼らは私を警棒で殴り、地面に押し倒しました。里奈さんの死を知らされ、自暴自棄になっていた私は思わず、押さえつけている警官をはねのけ、思いきり殴ってしまいました。自分の力がどれほど強化されているかも知らずに。……亡くなった警官とそのご家族には大変申し訳なく思っており、そのことにつきましては罰を受けるのは当然だと思っております」

鈴木は細く長く息を吐くと、「以上が事件の真相です」と一言付け足した。

スタジオに沈黙が下りる。

「……あ、あの、ちょっとよろしいですか？」

カメラの後ろに立っていた男が、おずおずと手を上げる。

「この番組のプロデューサーです。お話を聞いて驚き、とても衝撃を受けています。そこであなたに伺いたいのですが、あなたは何か自分の主張を証明できる証拠などお持ちですか？」

鈴木は男の言葉に小さく頷くと、ジャケットの懐から一枚の写真を取り出し、カメラに向ける。城ケ崎は目を凝らしてその写真を眺める。そこには幸せそうな三人の少年少女が写し出されていた。

「私と里奈さんが交際をはじめた頃の写真です。私の隣が里奈さんで、もう一人は私の妹です」

スタジオ内にどよめきが走った。

「その少女が銀の雨事件の被害者なのですか？　いや、被害者と言っていいのかな……」

プロデューサーの男は逃げた司会者の代わりをするように、鈴木に話しかける。

「お疑いでしたら調べて下さって結構です。彼女は毛利里奈さん、私の恋人でした」

鈴木は胸に手を置いて大きく息を吐くと、真っ直ぐにテレビカメラを見る。

「私はずっと、このことを検事や弁護士に言ってきました。施設から逃げ出したこと、里奈さんにＤｏＭウイルスを感染させたこと、警官を殴り殺してしまったこと、それらによって私は裁かれるべきです。ただ里奈さんを襲ったという汚名《おめい》だけは耐えられません。けれど、私の主張はなぜか国選弁護人にすら黙殺されてしまい、私は強盗強姦犯として裁かれました」

鈴木は丸井を睨む。白銀の瞳が危険な光を湛えた。

「全てお前たちが仕組んだんだ。お前の党が、僕とすべてのヴァリアントを陥れたんだ！」

「私はそんなことはしていない。全て君の妄想だ！」

丸井が鋭い声で否定したと同時に、机に置かれたその手に鈴木の拳が振り下ろされた。重い音が響き、手の下の机にまでひびが入る。丸井の絶叫がスタジオにこだました。

「お前たちが裏で糸を引いていたのは分かっているんだよ。ヴァリアントの聴覚を舐めるな。拘置所や裁判所の職員たちが囁き合っているのを何度も聞いた。政権からの命令で、僕を陥れているってな！」

鈴木は声を荒らげる。もはや原形をとどめていない手に覆い被さるようにして痛みに耐えていた丸井は、歪んだ顔を上げ、震える唇を開いた。

「なにかの……間違いだ……」

「ふざけるな！　この期に及んで！」

鈴木は再び拳を振り上げる。丸井の口から小さな悲鳴が漏れた。

「やめるんだ！」城ヶ崎が声を嗄らして叫んだ。「暴力で口を割らしても意味がない。それ以上、その男に危害を加えるな！」

鈴木は拳を振り上げたまま、振り返って城ヶ崎を見る。

「こいつの口から真実が語られなければ、同じことが繰り返される。僕が言ったことはヴァリアントの妄想にされる！」

「そんなことにはしない！　私が責任を持って今回のことを調べ上げる。この放送を見ている人々の前で私が約束するんだ。それでも不十分だというのか？」

城ヶ崎に見つめられた鈴木は、振り上げた拳をゆっくりと下ろした。沈黙がスタジオを満たす。城ヶ崎は息を殺して鈴木の回答を待つ。

鈴木の表情がふっと緩んだ。

「ありがとうございます。その言葉、とても嬉しいです」

鈴木が深々と頭を下げるのを見て、城ヶ崎は安堵の息を吐く。しかし、頭を上げた鈴木の顔には、危険な笑みが浮かんでいた。

「けれど、自分の尻は自分で拭きます」

鈴木は丸井に向き直ると、その首元に手を伸ばしていく。

「仕方なかったんだ！」喉を摑まれる寸前、丸井は嚙みつくように叫んだ。

「仕方なかった？」鈴木の手が止まる。

「この国のためだったんだ。あの時、ＤｏＭＳのパニックによって国民は恐慌状態に陥っていた。社会に平安を取り戻すためには、強いリーダーが必要だった。もしあのとき事件の真相が知られれば、ヴァリアントの隔離が難しくなり、国民の不安を解消することは……」

痛みで思考がまとまっていないのか、まくし立てるように言ったところで、丸井は言葉を切る。口にして初めて、自らの失言に気付いたのかもしれない。

「そんなことのために、俺を利用したのか。そんなことのために俺たちは……」

比呂士の白銀の瞳が怒りで紅く充血し、ルビーのような輝きを放ちはじめた。

「マスコミに手を回したな？」鈴木は低く抑えた声で訊ねる。「検察にも、裁判官にも圧力をかけたな。俺の証言を世間に流さないために、全部お前たちが裏で圧力をかけた。そうなんだな？」

「国民が一丸になりＤｏＭＳパニックから復興するためには、誰かが泥を被る必要があった！　私は自分がその十字架を背負うと決めた！　国のために命をかける気で決心したんだ！」

喘ぐように丸井が叫ぶのを、城ヶ崎は冷然と眺めた。自らが行ったあまりにも自分勝手な裏工作が明るみに出たいま、丸井にできるのはそれを耳当たりの良い言葉で正当化することぐらいなのだろう。

「十字架を背負ったのはお前じゃない。俺と他のヴァリアントたちだ。国のために命をかけていたのなら、この場で死んで謝罪しろ」

鈴木は丸井の首を鷲掴みにすると、軽々とその体を持ち上げた。苦痛でばたばたと動く丸井の足が宙を蹴る。鈴木が指を閉じれば、豆腐を握りつぶすかのように容易に、丸井の喉は引きちぎられるだろう。

「やめるんだ！」

城ヶ崎が叫ぶ。しかし、狂気に爛々と瞳を輝かせた鈴木は反応しなかった。

もうあの男には誰の言葉も届かない。もう誰もあの男を止められない。城ヶ崎が絶望に唇を嚙むと同時に、スタジオ内に声が響き渡った。

「やめて、兄さん！」

城ヶ崎は声のした方向に目を向ける。スタジオの出入り口付近に少女が立ち、鈴木に哀しげな目を向けていた。白銀色に輝く目を。

鈴木は体を震わせ、動きを止める。その全身から迸っていた狂気の炎が薄れていく。

「……見るな」

弱々しい鈴木のつぶやきが、城ヶ崎の鼓膜をかすかに揺らした。

10

間に合わなかったか？　スタジオに入ると同時に純也は顔をしかめた。

スタジオの奥にある舞台に立つ比呂士は、丸井の首を摑んで持ち上げていた。しかし、丸井の足が動いているのを見て、かろうじて最悪の事態にはなっていないことを知る。

「やめて、兄さん！」

隣で悠が叫んだ。比呂士は体を硬直させると、こちらを向く。その唇がかすかに動くが、何を言っているのかはヴァリアントの聴覚でも聞き取ることができなかった。

「もう十分でしょ。それ以上はやめてよ。兄さん！」悠が再び声を上げる。

「……お前には関係ない。ここはお前が来るところじゃない。すぐに帰るんだ」

比呂士は丸井を持ち上げたまま、押し殺した声で言う。

「帰るわよ！」悠は兄を睨みつけた。「兄さんと一緒にね」

「俺はもう帰れない。ここでこいつを殺して……」

「殺してどうするの？　ここで警官に射殺されるの？　それとも自殺でもするつもり？　私は兄さんに死んで欲しくて、計画に協力したんじゃない！」

比呂士は答えなかった。おそらくは悠の言う通りなのだろう。ここで丸井を殺し、自らも死ぬ。それこそが比呂士の計画だった。

「兄さんが本当のことを世間に伝えたいっていうから、私は協力した。けれど兄さんは、ただ復讐したかっただけなんでしょ。兄さんは自分のことしか考えていなかった」

「違う、俺は本当にお前のことを思って……」

「なら、なんで死のうとするの？　里奈さんが望んでいたと思うの！」

悠に糾弾された比呂士は、もはや言葉を紡ぐことができなかった。

「ずっと一人だった。森でずっと一人で生きてきた。やっと会えたのに、兄さんは私を置いて自己満足で死ぬの？　そんなこと絶対に許さない！」

悠は腹を押さえながら、舞台に近づいていく。

「動かないで！」悠の前に女が立ち塞がった。両腕で武骨な自動小銃を抱えた女が。

派手な顔立ちの女だった。目は黒いのでヴァリアントではないようだ。

女が銃口を向けてくるが、悠はまるでその姿が見えていないかのように歩を進める。

「動かないでって言ってるでしょ！」

女がヒステリックな声を上げ引き金に指をかけるが、それでも悠は歩き続けた。

純也は息を呑んでその光景を眺める。女に飛びかかることも考えたが、反射的に引き金を引かれる可能性もある。ただ事態の推移を見守ることしかできなかった。

悠と女の距離が縮まっていく。女の顔に焦燥が浮かんだ。二人がぶつかる寸前、女は銃口を下げ、顔を伏せた。俯く女に一瞥もくれることなく、悠はその脇を通過していく。

「それ以上、近づかないでくれ。やめるわけにはいかないんだ。こいつを殺すからこそ、命を捨てようとしてまで仲間たちはついてきてくれたんだ……」

比呂士の声は懇願するかのようだった。比呂士に数メートルほどまで近づいたところで悠は足を止める。スタジオ中の視線が悠に集まる。いつの間にかこの空間を支配するのは、比呂士から悠へと替わっていた。

「その男を殺して死ぬつもりなら、私も殺してよ。……もう一人にしないでよ」

悠は再び歩き出し、手を伸ばせば届く距離まで比呂士に近づく。

「その男と私を殺すの？　それとも、もうやめるの？」悠は比呂士に向かって手を伸ばした。

比呂士に持ち上げられていた丸井の体が段々と下がっていき、首を摑んでいた手が離れる。

丸井は荒い息をつきながら、椅子に倒れ込んだ。

「ふざけるなよ。何のためにここまでやってきたんだよ！」

それまで黙っていた比呂士の仲間が声を上げる。若い男だった。二十歳前後といったところだろう。短く刈った髪を明るい茶色に染めている。深夜の繁華街にいくらでもいるような青年、それが男の印象だった。瞳が白銀色であることを除けば。

「やれ、やっちまえよ。どうせ俺たちはずっと、森に監禁され続けるんだ。ウイルスを他人に感染させる可能性があるんだからな。なら、せめてそいつだけは殺して、俺たちの恨みを晴らしてくれよ！」

男は比呂士のかわりに丸井を殺しかねない勢いでまくし立てる。

「そんなことない。遅かれ早かれヴァリアントの隔離は解かれる。だから早まるな」

状況を見守っていた純也が、男に向かって声をとばした。

「は？　ふざけんな！　なんでそんなこと言えるんだ？　てめえ誰なんだよ」

男は純也を睨みつける。

「俺は医者だ。ヴァリアントの医者だ。いいか、よく聞けよ。俺たちはＤｏＭウイルスを全く排菌してない。ヴァリアントはどうやっても他人にＤｏＭウイルスを感染させないんだ。性行為でもな」

「なに言ってんだよ！　そんなわけないだろ！　ならなんで俺たちは隔離されてるんだよ？」

「確認されたのはここ数ヶ月のことだ。それまでは隔離が必要だった。けれどいまは状況が変わったんだ」

純也は丸井に視線を向ける。

「その男に訊いてみろ。多分知ってるはずだ」

比呂士が丸井に視線で問いかける。恐怖で心が折れてしまったのか、丸井はすぐに口を開いた。

「た、確かにそのような報告も受けた。変異してから一年以上経ったヴァリアントからは、どうやってもDoMウイルスは感染しないらしい。もうすぐWHOが公式発表するはずだ。ただ、まだ確定した情報ではないから、世間への発表は控えていたんだ」

「そんな状況なのに、お前はヴァリアントの規制を強化しようとしていたのか？」

比呂士は怒りで声を震わせ、拳を固める。その拳が白い手で包まれた。

「兄さん、もういいよ。もう、里奈さんも許してくれるよ」

丸井の血で濡れた比呂士の手を両手で優しく包み込みながら、悠は微笑む。比呂士の体から力が抜けていき、その肩が、細かく震えはじめた。悠は兄の体を優しく抱きしめる。

「……ありがとう、兄さん」

「あんたも、これで納得してくれるだろ」

純也はスタジオを奥に進んでいき、若いヴァリアントの男のそばに近づく。

「分かったたって。投降すりゃいいんだろ」男はふて腐れたかのように言うと、皮肉っぽい笑みを浮かべた。「まあ、やるべきことはやったさ。これで森じゃ、俺は英雄だ」

張り詰めていたスタジオの空気がほぐれていく。事件は終わった。誰もがそう思った。

次の瞬間、耳をつんざく銃声がスタジオの空気を震わせた。

純也の顔を生温《なまぬる》い液体が打ちつけた。

11

足元で何か重い音がした。葉子は焦点の定まらない視線を落とす。自分の腕の中にあるはずのＫｒｉｓｓ Ｓｕｐｅｒ Ｖが床に転がっていた。しかし、葉子はそれを拾おうとはしなかった。思考も体も硬直して、動くことができなかった。

比呂士が首相を人質にしてまで何をしたいのか。葉子は今日まで知らなかった。そんなこと知る必要もないと思っていた。

自分は比呂士に尽くし、彼の望みを叶える。その報酬として彼に抱かれ、シルバーへと昇華する。葉子にとって重要なことはそれだけだった。

だから、銀の雨事件の被害者が実は恋人だったと比呂士が告白した時、驚き、衝撃を受けた。一瞬、胸の奥でマグマのようなジェラシーが湧き上がったが、それはすぐに消え去った。

相手はもはや死んでいる女だ。ＤｏＭウイルスに感染させてもらったというのに、シルバーになれなかった弱い女だ。これからシルバーとなり、比呂士と添い遂げるであろう自分が嫉妬する必要などない。比呂士が恋人への愛情を語るのをいくらか苦々しく思いながらも、葉子は余裕を保っていられた。

その余裕が消え去ったのは、比呂士の妹と見知らぬ男、二人のシルバーがスタジオに乱入してからだった。あとは丸井を殺して脱出するだけという状況になって現れた招かれざる客は、比呂士に投降するように説得をしはじめた。

その時点では何とか冷静さを保っていられた。自分と比呂士との絆は、たとえ妹だろうと立ち入ることができないほど強固なものだと、葉子は確信していた。

しかし、比呂士は妹の言葉を受け入れ、丸井を解放してしまった。

ショックで立ち尽くした葉子に止めを刺したのは、見知らぬシルバーの男の言葉だった。

「ヴァリアントはどうやっても他人にＤｏＭウイルスを感染させないんだ。性行為でもな」、男はそう言った。

あのシルバーは頭がおかしいのか？　シルバーと性行為をすればＤｏＭＳになる。そんなことは常識ではないか？　男の言葉は丸井に否定されると思っていた。否定されなければならないはずだった。

しかし、……丸井は肯定した。

丸井が男の主張を真実であると認めた瞬間、葉子は乳房の奥でガラスが砕けるような音を聞いた。きらきら輝いていた未来が割れた音、心が砕け散った音。

目が回る。頭が割れるように痛い。喘息《ぜんそく》でも起こしてしまったかのように息苦しい。この身の置き場もない苦痛から逃れるためにはどうすればいい?

葉子は両手で頭を抱えながらうなだれる。そのとき視界に、あるものが飛び込んできた。

葉子は自分がいま何をすべきなのかに気付いた。

ゆっくりと膝をつくと、葉子は床に落ちていたＫｒｉｓｓ Ｓｕｐｅｒ Ｖに手を伸ばした。

指先に触れた鉄の塊の冷たさが、砕け散った心の痛みをいくらか癒やしてくれた。

12

比呂士が丸井を解放したことで弛緩したスタジオの空気が、銃声によって激しくかき乱される。

純也の目の前で、茶髪のヴァリアントの右腕が付け根から吹き飛んだ。顔面に生温い血液が打ちつける。現実感のない光景に、純也は動けなくなる。

「ふざけるな!」銃声に勝るともおとらない迫力の怒声が響き渡る。

右肩から先を失いもはや絶命寸前のヴァリアントから、純也は声のした方へと視線を向ける。そこには、銃口から煙を上げるサブマシンガンを両手で構えた女が立っていた。ついさつき、悠の前に立ち塞がった女だった。

十メートルほど離れた位置に立つ女の目を見た瞬間、脊椎に冷水が注ぎ込まれた心地がした。

死人のごとく瞳孔が散大し、白い結膜《けつまく》に蜘蛛の巣のように血管が浮き出した目からは、止め処なく涙が流れ出ている。脳内にけたたましい警告音が鳴り響く。

「私がどれだけあなたに尽くしてきたか。どれだけシルバーになることに……」

女の声は嗚咽が交じり、聞き取れなくなる。

「お前のせいだ！」

布を裂くような絶叫を上げ、女は銃口を動かす。立ち尽くす悠へと。

考える前に、純也は床を蹴って走り出していた。固まっている悠に飛びかかり、覆い被さるように倒れ込む。再び銃声が轟いた。

左のふくらはぎに焼け付くような痛みが走り、純也は呻き声を上げた。足を見ると、ふくらはぎの肉がごっそりと削ぎ取られていた。

女は倒れている純也と悠に狙いを付ける。この足では避けられない。死の予感が純也の全身を縛る。その時、目の前に人影が両手を大きく広げて立ちはだかった。

「兄さん!?」

体の下にいる悠が声を上げると同時に銃声が鼓膜を震わせ、比呂士の体が大きく宙を舞った。倒れ伏す二人の頭上を吹き飛ばされた比呂士が通過していく。

「あ、ああ、ああ……」

血色を失った悠の唇の隙間から、絶望の呻きがこぼれる。

「鈴木！」

純也は立ち上がると、後方に吹き飛ばされた比呂士に足を引きずって近づいていく。床に倒れている比呂士を見た純也は、思わず口元を覆った。左の脇腹が巨大な鮫にでも喰いちぎられたかのように、大きく抉《えぐ》られていた。

純也はジャケットを脱ぐと、抉られた脇腹に押しつけ、止血を試みる。それが気休めに過ぎないことを知りながら。

「やめ、ろ……」比呂士は弱々しくつぶやく。

「喋るな。失血死するぞ」

「違う。悠、やめろ。どくんだ……」比呂士は口から血の塊を吐き出す。

純也は比呂士が自分ではなく、その後ろを見ていることに気が付く。振り返った純也の目に、両手を広げ立ちはだかっている悠の姿が映った。

狂気の炎を身に纏った女は、サブマシンガンを構えたまま近づいてくると、悠の数メートル前で足を止める。

「どいて、私がその人に止めを刺す」

　女が氷点下の声で言う。数分前とは逆の状況、しかし悠は微動だにしなかった。

　純也は女に飛びかかろうと体を屈めるが、ふくらはぎに激痛が走り、その場で膝をついてしまう。

「そう……、ならもう頼まない」

　女は独りごちるようにつぶやくと、サブマシンガンの側面についているつまみを操作する。純也の目は『ｓｉｎｇｌｅ ｓｈｏｔ《シングルショット》』から『ｓｅｍｉ ａｕｔｏ《セミオート》』へ、つまみが切り替わるのを捉えた。引き金が引かれれば、あの炸裂弾のような銃撃が悠ごと辺りを薙ぎ払う。

「悠……どけ」「そうだ、どくんだ！」

　切れ切れの比呂士の声に、純也も追従する。

「絶対に嫌！」悠は銃口を真っ直ぐに見つめたまま、叫んだ。

「……さようなら」

　泣き笑いのような表情で、女は引き金にかけた人差し指を動かした。

　銃声がスタジオに響いた。数十数百の鉛玉によって引き裂かれることを覚悟し、純也は目を閉じる。しかし、銃声は一発しか聞こえなかった。

　おそるおそる瞼を上げる。目に飛び込んできたのは、女が両手から血を流しひざまずいている光景だった。数秒前まで自分たちを狙っていた禍々しい銃器は、女の周りで粉々に砕け散っている。

いったい何が？　混乱した純也に、スタジオの出入り口辺りから野太い声がかけられる。

「これで、借りは返したぞ」

「あんたか……」純也は唇の片端を上げる。

巨大な拳銃を両手で構えた毛利が、扉の前で仁王立ちになっていた。そのすぐ後ろでは、青ざめた顔の青山が、胸腔チューブに繋がった水に満たされた大きなプラスチックの容器、ウォーターシールを持って立っている。

「数時間ぶりだな、先生。あんたらだけには任せてられないから、思わず来ちまったよ」

毛利が言葉を発するたび、ウォーターシールの水面にぽこぽこと泡が立った。


銃声を聞いたためか、それともテレビに映し出された状況を見てなのか、SPや機動隊員がスタジオになだれ込んできた。彼らは素早く、比呂士を撃った女を拘束し、城ヶ崎と丸井のもとに駆け寄る。しかし、SPたち以外の警官は舞台には近づかず、劇を見守る観客のように、その中心を見つめていた。

「兄さん、私ね……」

倒れ伏す比呂士を抱きかかえるように座りながら、悠は何か言おうとするが、嗚咽で言葉が出てこない。悠のシャツは、比呂士の血で赤黒く汚れていた。誰の目にも、比呂士がもはや手遅れであることは明らかだった。

「ごめんな。悠……ごめんな」譫言《うわごと》のように比呂士は繰り返していた。

「ううん、いいの」悠は掠れた声を絞り出す。

「岬さん、悠を……お願いします」

比呂士は悠の後ろに立つ純也に虚ろな視線を送る。

「ああ、分かっている。安心しろ」

光を失いつつある比呂士の白銀の瞳を真っ直ぐに見つめながら、純也は頷いた。比呂士の口角が、かすかに上がる。

「鈴木は、もうダメか？」

いつの間にか隣にやってきた毛利が、純也に囁いた。

「あんた、どうやって入り込んだんだ？」

「俺はこう見えても公安の捜査員だぞ。『交渉に呼ばれた』って言ったら、簡単に信じてくれたよ」

毛利は比呂士に近づくと、片膝をついた。

「おい、鈴木、聞こえるか？　毛利だ。里奈の親父だ」

比呂士は緩慢に顔を上げ、毛利を、恋人であった少女の父親を見た。

「まだ死ぬなよ。いいか、よく聞け。俺はお前が死んでも、絶対にお前を許さねえ」

毛利はドスの利いた声で言う。比呂士の唇に軽く力が入った。毛利は言葉を続ける。

「恋人の親父に会う時にはな、一発殴られるのが礼儀なんだよ。それなのになんだ、そのざまは。女に撃たれただと。いくら俺でも、この状況じゃあ殴れねえだろ」

毛利が野太い声で冗談めかして言う。比呂士は一瞬目を見開き、そしてふっと表情を緩めた。

「……すみません」

「あっちで里奈によろしくな。仲良くするんだぞ」

毛利はぽんっと比呂士の肩を叩くと立ち上がった。

弱々しく「……はい」と答えると、比呂士は手を伸ばし、悠の白い頬に優しく触れた。

「悠……。幸せに……」

比呂士の手から力が抜け、悠の膝の上に落ちる。

比呂士に感じていたヴァリアント同士の共鳴が消え去った瞬間、純也は口を固く結んだ。

「……兄さん」

悠は比呂士の胸元に顔を埋めて、肩を震わせはじめる。純也は手を伸ばし、髪を梳《す》くように悠の頭を撫でた。

「放せ！　放すんだ！」

誰も喋らなくなったスタジオ内に、突如大声が上がる。見ると丸井がＳＰを怒鳴りつけていた。血で汚れ、歪みに歪んだその顔には、かつて俳優のようと言われた面影は微塵も見当たらない。

何をやっているんだ、あの男は？　純也の眉間にしわが寄る。

丸井は制止しようとするSPたちを振り払うと、つぶされた手の痛みも忘れたかのように、大股に純也たちに近づいてきた。総理大臣の前に立ち塞がることができる警官などいようはずもなく、純也たちを取り囲むように立っていた機動隊員たちは慌てて道を開ける。

荒い息をつきながら、丸井は亡骸となった比呂士を抱える悠に近づいた。

「この屑《くず》が！」

金切り声が上がる。そして、丸井の革靴の裏が蒼白く変色した比呂士の顔面に叩きつけられた。

何度も、何度も、何度も……。その蛮行《ばんこう》に誰もが固まり、動けなくなる。

純也は目を疑う。いかに手をつぶされ、命を奪われかけたとはいえ、これが国のトップに立つ男のすることなのか？

「総理、やめて下さい」

我に返ったSPたちが、丸井の両脇を抱えて、比呂士の遺体から引き離す。

一瞬の思考停止の後、激しい怒りが純也の胸に燃え上がった。無意識に拳を握り込んでしまう。

ヴァリアントでなければ、一撃で普通の人間など絶命させうる力を持っていなかったとしたら、相手が首相であろうと殴りかかっていただろう。純也はずるずるとSPたちに引きずられていく丸井を見送る。その時、背中にぞくりと冷たい震えが走った。振り返った純也は全身を硬直させる。丸井を白銀の瞳で睨みつける悠の全身から、陽炎《かげろう》のように怒気がたち上っているのがはっきりと見えた。

そこにいるのは、もはや純也の知る少女ではなく、怒りに身を任せた一匹の獣だった。止めなくては、いますぐに悠を止めなければ大変なことになる。そう思いつつも、純也は天敵に睨まれた小動物のように動けなくなっていた。

悠の全身から湧き上がるオーラは、純也のみならず、丸井、毛利と青山、そして身を挺して要人を守ることが任務であるSPたちすら硬直させていた。

比呂士の遺体を静かに床に横たえた悠は、身を屈め、両手足を床につける。それは獲物に襲いかかる豹《ひょう》を彷彿させ、美しかった。キュロットスカートの裾から伸びる悠の足の筋肉が張り詰める。

この美しい野獣によって丸井は引き裂かれる。誰もがそう思った瞬間、丸井の顔面に拳が叩きつけられた。しかし、その拳は悠のものではなかった。

「いい加減にしないか！」

顔を紅潮させ、丸井を殴りつけた拳をぶるぶると震わせながら、城ヶ崎は叫ぶ。その剣幕に丸井だけでなく、純也も背筋を伸ばしてしまう。

「彼はお前の愚行の最大の被害者だ。もっと敬意を払え！」

現職の総理大臣に対し、城ヶ崎は容赦ない罵声を浴びせかける。鼻血を流し尻餅をつく丸井は口を開くが、そこからは「あうあう」とオットセイの鳴き声のような音しか漏れ出さなかった。

城ヶ崎は丸井から視線を外すと、獲物に飛びかかる姿勢のまま硬直している悠に近づく。

「君のお兄さんが取った方法は間違っていた。しかし、そこまで追い詰めてしまったのは、私たちだ」

父親が娘に話しかけるような柔らかい口調で言うと、城ヶ崎は悠に向かって深々と頭を下げた。

「君のお兄さん、そして全てのヴァリアントの皆さんに、その責任の一端を担う者として、深く謝罪する」

悠の体から立ち上っていた陽炎が霧散する。怒りでこわばっていた表情筋が緩み、歪む。悠は両手で顔を覆うと、大きな嗚咽を上げはじめた。

「お前ら、城ヶ崎に助けられたな。お嬢ちゃんが丸井を殴り殺していたら、大変なとこだったぞ」

近寄ってきた毛利が肘で純也の脇腹を押す。

「分かってるよ」

純也は毛利の手を振り払う。馴れ馴れしく話しかけてくる毛利に辟易しはじめていた。この男、俺を殺そうとしたこと、忘れているのか？　憑きものが取れたように晴れ晴れとしている毛利の顔を見て、純也は鼻を鳴らす。

いや、本当に憑きものが取れたのかもしれない。自分の娘を襲ったというのが誤解だったとしても、比呂士を赦すのは簡単ではなかったはずだ。比呂士が原因で娘がDoMSになり、命を落としたのは紛れもない事実なのだから。比呂士を赦すことによって、毛利は自らを四年間縛ってきた鎖から解き放ったのだろう。

「さて、もう一仕事してくるか」毛利は独りごちると、すたすたと歩きはじめる。

「え？　あ、ちょっと待って下さい」

ウォーターシールを手にした青山が慌ててついていく。

「見ただろう。城ヶ崎が私を殴ったんだ！　あの男もテロリストだ！　逮捕しろ！」

丸井は倒れたまま、城ヶ崎を指さし叫び声を上げていた。しかし、彼の身を守るべきSPたちも、しかめっ面で返事すらしていない。そんな彼らに毛利は大股に近づいていった。

「総理、あんまり叫ばない方がいいのでは。その醜態、全国に晒してますよ」

丸井のそばまで来ると、毛利はテレビカメラを指さした。丸井は目を丸くすると、関節が錆び付いたかのようなぎこちない動きで首を回し、カメラマンを見る。

「……お前、まさか撮っているのか？」

「は、はい」顔中血塗《ちまみ》れにした総理大臣に凄まれ、カメラマンは首をすくめた。

「切れ！　いますぐ切るんだ！　絶対に放送するんじゃないぞ！」

「けど、生放送ですから……」カメラマンはおろおろと左右を見回した。

「総理、総理」

毛利はこの国の総理大臣の肩を叩いた。

「なんだ！」いまにも噛みつきそうな勢いで丸井は振り返る。

「いえ、テレビを見ている国民の気持ちを代弁しようかと思いまして」

笑顔で言うと、毛利は突然、ハンマーのような拳を丸井の横面に撃ち込んだ。熊のような大男に殴られた丸井は二メートルほど吹っ飛ぶと、脳震盪《のうしんとう》を起こしたのか細かく痙攣し出した。

スタジオに、耳がおかしくなったかと思うほどの静寂が下りる。毛利の隣では青木があんぐりと口を開けていた。

「さすがに、こりゃあ警察クビだな。……退職金、出ると思うか？」

振り返って純也を見た毛利は、おどけるように言った。

「俺に訊くなよ」

青山に同情しながら、純也は悠に近づき、その肩に手をかける。

純也はジャケットを、傍らに横たわる比呂士の遺体にかけ、その体を持ち上げようとひざまずく。撃たれた足から脳天まで激痛が走るが、奥歯を食いしばって耐えた。

「純也君、……私にやらせて」悠が小さく、しかしはっきりとした声で言った。

「ああ、そうだな。……その方がいい」

純也が場所を譲ると、悠は兄の遺体を両手で持ち上げ、スタジオの出口に向かって歩きはじめた。純也も必死に足を引きずりながらその隣を歩く。

スタジオの中にいる人々は二人の通り道をゆっくりと開けていった。悠は白銀の瞳で正面を見据え、人々の壁の間を、胸を張って一歩一歩進んでいく。

悠の腕に抱えられた比呂士の顔は、純也にはどこか満足げに見えた。

「……終わったな」

悠は嗚咽を嚙み殺すと、小さく頷いた。

エピローグ　1

「さて、そろそろ行きますか」

堀は椅子の肘掛けに両手を置くと、「よっこらしょ」と声を出して立ち上がった。

「じじ臭いな」

「じじ臭いも何も、私は紛れもなく、純度百パーセントのじじいですからね」

堀は城ヶ崎の皮肉を気にした様子もなくケラケラ笑うと、「ちなみに総理も世間的には、そろそろじじいです」と付け加えた。思わぬ反撃を受けた城ヶ崎は舌を鳴らす。

去年行われた衆院選で、城ヶ崎率いる自由新党は過半数の議席を得るという大勝利を収めた。それに反比例するように革政党は惨敗を喫し、三十議席を割り込んで壊滅状態に追い込まれた。

その原因が、全国に放送された鈴木比呂士によるテレビ局襲撃事件であることは誰の目にも明らかだった。革政党は事件後、すぐに丸井の党首辞任と新党首の就任を発表したが、それらも焼け石に水に過ぎなかった。四年前、この国の移ろいやすい世論によって政権を奪い取った革政党は、今度はその世論によって止めを刺されたのだった。

衆院第一党となった自由新党は、自由国民党と連立を組み、第二次城ヶ崎内閣が発足した。

そして衆院選から一年近く経った今日は、城ヶ崎にとって政治人生で最も重要な一日だった。「DoMS予防法の廃止に関する法律」の採決日。

ヴァリアントの憩いの森への入所義務を廃止し、ヴァリアントの生活に対する全ての制限を取り払う法律。WHOによってヴァリアントがDoMSの感染源とはならないことが確認され、アジア全域でのDoMウイルスの撲滅成功が宣言された現在、この法律の成立に反対する政党はなかった。

「ちょっといいか?」部屋から出ようとしている堀に城ヶ崎が声をかける。

「はい?」

「一年前の事件の日、俺がスタジオに行く前、あんた言っただろ。『あなたらしく頑張って下さい』ってやつだ。あれはどういう意味だったんだ」

「そんなこと言いましたっけ? 最近物忘れが激しくて……」堀は首を傾ける。

「見損なわないでくれ。そんな呆けかけたじいさんを、俺が官房長官に指名すると思うか」

「これは失礼。しかしいまさらですなぁ」

「いまさらじゃない。今日だからこそだ。採決の前に訊いておきたいんだ」

「総理はどう考えておられますか?」堀は悪戯《いたずら》をする小学生のような表情になる。

「あんた……あの日、鈴木たちがテレビ局を襲うことを知っていたんじゃないか？」

探るように言う城ヶ崎に、堀は屈託のない笑顔を見せる。

「あの時の私の仕事は、なんとしても革政党に勝ち、政権を再びもぎ取ることでした」

「それはイエスっていう意味か？」

「どう捉えるかは総理しだいです。まあ付け加えるなら、私は前警視庁公安部長との間にかなり太いパイプがありましてね」

「なるほどな。公安とぐるか……」

城ヶ崎は首筋をぼりぼりと掻く。公安がテレビ局のテロの際、完全に裏をかかれた責任を取る形で、警視庁公安部長だった宮田は職を辞している。しかし宮田は、あの革政党政権になる前から公安を仕切っていた切れ者は、気が付いていたのだろう、鈴木比呂士たちの目的が原発などではなく丸井であることを。そしてそのうえで、裏をかかれたふりをして、革政党をつぶそうとした。自らの首が飛ぶことを覚悟して。

「私のことを軽蔑しましたかな？　卑怯者《ひきょうもの》と蔑みますか？　もし官房長官を替えたいなら反対はしません。健康上の理由ということで、すぐにでも身を引きますよ。なに、私みたいな老いぼれなら、国民も『ああ、そうなんだ』って思うだけですよ」

「いいか、二度と言わすなよ。俺の官房長官はあんただけだ。その腹黒さも併せて、俺はあんたを右腕にしたんだ。あんたが本当に死なない限り、あんたには身を粉《こ》にして働いてもらうからな。そのつもりでいてくれよ」

「承知いたしました。総理」堀は唇の両端を吊り上げる。

「まあ、あんたは俺より長生きしそうだけどな」

「当たり前じゃないですか。私は子供の頃からよく、『お前は長生きするよ』って褒められていたんですよ」

「それは褒め言葉じゃない」

「そうなんですか？」心から意外そうに堀は目を丸くする。

のれんに腕押しという諺《ことわざ》の意味を実感しながら、城ヶ崎は深いため息をつく。

「まあ、安心して下さい。誰にも気付かれないでしょうし、何かあったとしても、私が責任取りますよ。こんなじじいの腹なら何回でもかっ捌《さば》いてやりますから」

本当に堀の腹の中を見てみたいものだ。よっぽど黒いものが詰まっているのだろう。苦笑しながら城ヶ崎は両手で自分の頬を張り、気合いを入れる。

「それじゃあ行くぞ！」

「はいはい、まいりましょうか、総理」

二人の政治家は勢いよく扉を開き、足を踏み出した。

エピローグ　2

「岬先生、お客様がみえていますけれど」

診療を終えて自分の肩を揉んでいると、中年の看護師が声をかけてきた。看護師の目が薄い蛍光灯の光を白銀色に反射する。半年ほど前から、純也は憩いの森の外れにある、この小さな診療所で医師として働いていた。

ヴァリアントの活動時間に合わせ、診療時間は午後六時から深夜零時まで。ちょうどいまが診療終了時間、日付が変わる瞬間だった。

「はいはい、どうぞ入ってもらって？　誰かな？」

製薬会社の営業だろうか？

看護師が答えるより早く「俺だよ」と、熊のような元公安捜査員が顔を覗かせた。

「……なんだ、あんたか」

「なんだはないだろ、せっかく来てやったのに」

毛利は看護師に「失礼」と言うと、ずかずかと診察室の中に入ってきた。

「頼んでないよ」

ため息をついた純也は、看護師に「もう上がっていいですよ」と声をかける。

「まあ、そう言うな。土産も持ってきてやったんだからよ。仕事は終わったんだろ」

毛利が訪ねてくる時は、必ずといっていいほど日本酒の酒瓶がついてきた。

「まだだよ。これから紹介状を四枚書いて、診断書もいくつか書かないといけないんだ」

机の隅に重ねられている書類を指す純也を尻目に、毛利は酒瓶の包みを開け、バッグから取り出した二つの紙コップになみなみと酒を注《つ》ぎはじめる。

「まだ仕事が終わってないって言ってるだろ」

「お前、ヴァリアントだろ。一杯や二杯で酔うわけねえ。景気づけに少しぐらいいいだろ」

毛利は強引にコップを純也に渡すと、もう一つのコップを手に取り、ぐいっと一気に呷る。

純也は仕方なく受け取ったコップを傾ける。口の中に日本酒の芳醇な香りがふわりと広がる。

悔しいが、毛利の持ってくる酒の味が抜群なことは、認めざるを得なかった。

「それで……新しい仕事の調子はどうだ？」

自分のコップにいそいそと二杯目を注いでいる毛利に、純也は訊ねる。首相をテレビカメラの前で殴り倒した毛利は、当然、警察を辞めることになった。首相に暴行を働いたにもかかわらず、最終的に起訴猶予《きそゆうよ》で済み、懲戒免職ではなく依願退職という形で落ち着いたのは、毛利の行為がテレビを見た多くの国民に支持され、懲戒免職にすれば警察組織に非難が殺到する恐れがあったからということだ。その判断は、同様に丸井を殴った城ヶ崎が国民に熱烈に支持され、自由新党が衆院選で躍進したのを見れば、正しかったのだろう。

かくしてしっかりと退職金をもらって警察官を辞めた毛利は、四ヶ月ほど前から警備会社で警備員として働き出していた。なぜかこの憩いの森で。

「ぼちぼちってとこだ。ところで、このニュースはもう知ってるか？」

空になったコップを置くと、毛利はバッグの中から新聞を取り出し、机の上に放る。今日の日付の夕刊紙だった。その一面には紙面を埋め尽くすように、「ＤｏＭＳ予防法廃止決定!!」という文字が躍っていた。

「当たり前だろ。今日の患者、全員このニュースの話題を振ってきたんだぞ」

肩をすくめながらも、純也は巨大なフォントの文字から目を離すことができなかった。文字を目で追うたびに、実感がじんわりと胸の中の温度を上げていく。

「注いでくれよ」

新聞から視線を引き剝がした純也は、空になったコップを毛利に向かって突き出した。

「飲まないんじゃなかったのか？」笑いながら毛利はコップに勢いよく酒を注いだ。

「さっきあんたが言っただろ。俺はヴァリアントだ。もう一杯くらい飲んでも酔わないよ。それに今日くらいは、いいかなってな」

「ああ、今日くらい、いいさ。いくら飲んでもな。……長かっただろ？」

「ああ……長かったな」

純也は酒を喉の奥に流し込む。アルコールが喉に痛みを残しながら胃へと落下した。

「おお、いい飲みっぷりだな。さすがはヴァリアントだ。ほれもう一杯。乾杯するぞ」

毛利は楽しげに、みたび純也のコップになみなみと酒を注ぐ。

「乾杯？　何に乾杯するんだよ」

純也は顔面の片側を吊り上げ、皮肉っぽく笑う。自分と毛利が共通で乾杯できる対象など思いつかなかった。自分のコップにも酒を注ぎながら、毛利は分厚い下唇を突き出し考え込む。

「そうだな……もしかしたら俺の義理の息子になっていたかもしれない男に、っていうのはどうだ？　まあ、それだと献杯になっちまうけどな」

毛利はかすかに哀愁を漂わせて言うと、コップを掲げた。

「……ああ、悪くないな」

純也は自分の持った紙コップをぶつけた。カスッという間の抜けた音が上がる。二人は同時に喉に酒を流し込む。純也の脳裏に微笑んでいるような比呂士の死に顔が浮かんだ。

「そういえば、今日はお嬢ちゃんは来ないのか？　あ、これお嬢ちゃんにな」

酒臭い息を吐きながら、毛利はバッグから缶入りの大きなクッキーの詰め合わせを取り出した。

「悠？　さあ。あいつも部活とかで忙しいからな。来ないんじゃないか？」

本当は午前一時頃、悠がこの診療所に来て一緒に食事をしに行くことになっていたが、そのことを言うと、毛利がそれまで診療所に居続けそうで、純也はとっさに嘘をついた。憩いの森で働きはじめてからというもの、毛利はやたらとこの診療所を訪れるようになっていた。おそらく、悠に死んだ娘の面影でも見ているのだろう。悠もそんな毛利を敬遠することなく、ときには小遣いをせびったりしている。よく自分に拳銃を向けた相手とそこまで仲良くなれるものだ。

事件から一年、かつてはいじめを受けて孤立していた悠も、次第に学校に慣れ、友人も増えてきたようだった。もともと陽性の性格をしている悠だ。凶悪犯罪者の妹という汚名さえ消えれば、すぐに周りに溶け込めるのだろう。

「お嬢ちゃん部活に入ったのか？　俺にも教えてくれたらいいのに。何部に入ったんだ」

「美術部だってよ。体育系の方が似合ってると思ったんだけど、ヴァリアントのチームだと、一般チームと試合できないからな。ほらそこにある絵、それ、悠が描いたやつだ」

純也は部屋の隅、患者からは最も見えにくいところに額に入れて飾ってある油絵を指さした。数週間前に悠が「診察室に飾ってね」と言って手渡してきたものだ。

「……抽象画か？」数十秒、穴が開くほど絵を見たあと、毛利は自信なげにつぶやいた。

「いや、風景画らしい」

「前衛的だな」

「素直に下手って言えよ」

自分のセンスを疑われるので、できることなら引き出しの奥にでもしまっておきたいのだが、プレゼントされた手前そういうわけにもいかず、次善の策として目立たないところに飾ってある。

「さて、それじゃあ俺は帰るよ。お嬢ちゃんが来ないんじゃあ意味ないからな」

やっぱり悠が目当てだったのか。純也はさっさと行けとばかりに手をひらひらと振る。まだ仕事が残っている。悠が来る前に終わらせないと、またねちねちと文句を言われる。扉を開き診察室から出た毛利は、何かを思い出したかのように振り返り、公安の捜査員だった時のような険しい顔になる。

「なんだよ」ただならぬ様子に純也は思わず身構えた。

「お嬢ちゃんに手を出してないだろうな。もし十七歳の未成年に手を出したりしたら、警察を辞めたとはいえ……」

本当に父親気取りだな。純也は軽い頭痛を感じた。

「悠はもう十八歳だよ。この前、誕生日だった」

純也が間違いを正すと、毛利は目を剝いた。

「お前……まさか、もう」

「違う！　変な勘違いすんな」

純也はまだ疑いの目を向ける毛利を追い払うと扉を閉める。扉の向こうから「絶対に手を出すんじゃないぞ」とだみ声が聞こえてきた。

純也は大きくため息をつくと、毛利が置いていった日本酒を舐めるように飲みながら、書類との格闘を再開した。


「ヤッホー」薄暗い診療所に明るい声が響く。「純也君、仕事終わってる？」

もう来たのか。純也は焦ってペンを動かす。あと一枚、紹介状を書き終わっていなかった。

「なに？　まだ終わっていないわけ？」

診察室の扉が開き中を覗き込んできた悠が唇を尖らす。

「悪い、あと五分で終わるから」純也は書類に処方内容を書き写しながら謝る。

「あ、お酒。お酒飲みながら仕事していたの？」

机の上に置かれた酒瓶とコップを見て、悠は頬をふくらませる。腹が減っているからか、虫の居所が悪そうだ。

「さっき、毛利が持ってきて、強引に飲ませていったんだよ」

「あっ、毛利さん来てたんだ。せっかくだから待っていてくれればよかったのに」

「あんな熊みたいなおっさんと、二人っきりでずっといられるかよ」純也は顔をしかめる。

「これ飲んでいい？」悠は酒瓶に手を伸ばした。

「ダメに決まっているだろ」

「なんでぇ。私もう十八歳になったよ」

「酒は二十歳からだ。お前はこれでも食ってろ。毛利からだよ」

純也は机の引き出しにしまっておいたクッキー缶を悠に渡す。

「あ、クッキーだ。ありがと」

悠はクッキーの缶を開けると片手で抱え、もう一方の手を缶と口の間で往復させはじめた。

狭い診察室にペンの音と、クッキーを噛むポリポリという音だけが控えめに響く。

「なんかさ、もうすぐ私たち、ここにいなくてもいいことになるんだよね。純也君はさ、ここから出られるようになったら、……やっぱり東京に帰るの？　それとも実家の病院？」

缶の中身を半分ほど胃に収めたところで、悠はつぶやくように言った。

「なんだよ、突然？」純也はペンを止め、顔を上げる。

「別に、ただちょっと訊きたかっただけ」

悠は誤魔化すように缶から一切れクッキーをつまむと、口の中に放り込んだ。

「とりあえず当分はここにいるよ。せっかく顔見知りの患者も増えたしな。急に俺がいなくなったら困るだろ」純也は悠の頭に手を置く。

「とりあえずってどれくらい？」悠は上目遣いに質問を重ねる。

「そうだな……まあ、悠がここから出ていかない限り、ここにいるさ。安心したか？」

「……なんで私が安心するわけ？　別に純也君がいなくなっても私は困らないわよ」

悠はぶっきらぼうに言うと、「子供扱いしないでってば」と言って、頭の上に置かれた純也の手を払う。しかし、悠の両頬の筋肉がかすかに緩み、唇の端が上がるのを純也は見逃さなかった。

「はいはい」再びクッキーを口に運びはじめた悠を見て肩をすくめながら、純也は書類に向かう。ちらりと横目で窺うと、悠は表情をふにゃりと崩す。

俺はお前と一緒にいるよ。お守《も》りを頼まれちまったからな。純也の表情も自然に緩んだ。

「よし終わった」純也は書類の末尾にサインを書き終え、伸びをした。

「終わったの？　それじゃあ早くご飯行こうよ、すっごくお腹すいた」

椅子から飛び下りると、悠は白衣の裾を引っ張る。

「いまクッキーを一缶食っただろ」

「こんなものじゃお腹の足しにならないわよ」

「それで、今日はどこに連れていけばいいんだ？」

「前から行ってみたかった焼き肉屋さんがあるんだ。そこに行こ」

嬉々として悠は飛び跳ねる。

「はいはい。分かったから白衣を引っ張るな。破けるだろ」

純也は書き終えた書類を引き出しの中にしまうと白衣を脱ぎ、電灯のスイッチをオフにした。

診療所を出ると悠は体を反らして暗い空を見上げた。

「星、……きれいだね」

「ああ、きれいだな」

悠に倣って純也も空を仰ぐ。夜目が利くヴァリアントの瞳には、天の川が、天空で瞬《またた》く光のカーテンのように美しく映った。

純也はごく自然に悠の頭にぽんっと手を置いた。悠は振り返って、子供と大人の境界にいる少女にしか作ることのできない笑みを浮かべ、その手に、自分の両手を重ねる。

絹のように滑らかな感触が手の甲をくすぐった。

二人は並んで夜空を見上げ続ける。

天空には北十字星が巨大な白銀のクロスを描いていた。

本書は二〇一六年六月、幻冬舎文庫より刊行された作品です。
光文社文庫版刊行にあたって加筆修正を加えました。

光文社文庫

白銀《はくぎん》の逃亡者《とうぼうしゃ》

著 者 知《ち》念《ねん》実《み》希《き》人《と》

2023年5月20日 初版1刷発行

発行者 三 宅 貴 久
印 刷 新 藤 慶 昌 堂
製 本 ナショナル製本

発行所 株式会社 光 文 社
〒112-8011 東京都文京区音羽1-16-6
電話 (03)5395-8149 編 集 部
8116 書籍販売部
8125 業 務 部

落丁本・乱丁本は業務部にご連絡くだされば、お取替えいたします。
ISBN978-4-334-79535-1 Printed in Japan

組版 萩原印刷